T0178942

Salvarás a mis hijos

Salvarás a mis hijos

Asesinos de series. Temporada II

Roberto Sánchez

Rocaeditorial

© 2020, Roberto Sánchez

Primera edición: septiembre de 2021

© de esta edición: 2021 Roca Editorial de Libros, S.L.
Av. Marquès de l'Argentera 17, pral.
08003 Barcelona
actualidad@rocaeditorial.com
www.rocalibros.com

Impreso por EGEDSA

ISBN: 978-84-17805-92-0
Depósito legal: B. 11636-2021

Todos los derechos reservados. Esta publicación no puede ser reproducida,
ni en todo ni en parte, ni registrada en o transmitida por, un sistema de
recuperación de información, en ninguna forma ni por ningún medio,
sea mecánico, fotoquímico, electrónico, magnético, electroóptico, por
fotocopia, o cualquier otro, sin el permiso previo por escrito de la editorial.

RE05920

INTRODUCCIÓN

*P*asó la palma de la mano derecha haciendo de limpiaparabrisas sobre el espejo del baño impregnado de vaho. Se miró a los ojos entre la turbiedad empañada. Con el índice y el corazón se bajó las bolsas para comprobar que seguía sano. El indicador de siempre, el de toda la vida del señor, había sido la línea sanguinolenta que queda por debajo de globo ocular. «Como un toro, Benítez, ¡estás hecho un toro! ¡Con unos huevos como los de Osborne!» Refrendó la sentencia cogiéndose la bolsa escrotal con la mano izquierda.

Con la toalla alrededor de la cintura se sentó sobre la tapa del inodoro mientras eso que él llamaba «efecto sauna» le abría los poros.

«Esto deben ser mierdas de la metrosexualidad de los cojones, pero aquí, a morir. Hay que mantener el chasis unos cuantos años más, tronco.» Consignas de autoafirmación que apelaban a un orgullo que había vuelto a encontrar. Con el mismo espíritu de sacrificio y de superación que lo ayudaron a dejar la etapa oscura y a llegar mucho más allá de lo que había podido imaginar, hasta unos terrenos de los que renegaba con saña no hacía tanto tiempo.

El subinspector Ricardo Benítez repasaba en la aplicación del móvil la monitorización de cómo había ido su entrenamiento.

«Vamos, ya que hemos estado a punto de sacar los higadillos y de echar el bofe, echémosle un ojito a la hoja de ruta. Estamos en el camino. Estamos en la senda. ¡Sí, señor!»

Revivía kilómetro a kilómetro los diez que se habían merendado sus piernas para acabar la jornada. Esa era su intención. Volcarse y acabar reventado. Que nada pudiera enturbiarle el sueño. Caer rendido en la cama.

Otros quince kilómetros lo separaban de Rosa Galiano, la jefa de Ficción de Universo Media. Rosa cerraba la agenda del día en su casa de Las Rozas. Tarde. Muy tarde. Encendió su tele. En el doble sentido. Canal 7Tv.

Si no podía madrugar, a la hora que fuera de la tarde. Muy tarde hoy. Benítez cumplía diariamente con el plan marcado por Adolfo, el de Balística. Adolfo se había hecho ya cuatro maratones. Incluido el de Nueva York, aunque le gustó más el de Valencia. Benítez, con llegar al medio maratón de abril en Madrid, ya se daba con un canto en los dientes. ¡Si hace cuatro días estaba quemando alquitrán en sus pulmones y el único deporte que conocía era «el de la vida»! O sea, de casa al coche, en ascensor, y alguna calle pateada si se ponía cuesta arriba el aparcamiento en el lugar de los hechos. Ni eso, porque solía dejar identificado el coche, intentando molestar lo menos posible. Y aun así, a veces se lo llevaba la grúa. «¡La puta madre que los parió! Hay más tontos que lechugas, a porrillo.»

Pero ahí estaba la prueba de que había abandonado el sedentarismo, entre otras cosas. Había salido de casa en Vara del Rey, al trote, notando que corría la sangre espoleada en el calentamiento previo. Primer minuto camino del parque Tierno Galván, para bajar la cuesta tras el puente que atraviesa las vías de Delicias, echando un vistazo a la derecha, al Museo del Ferrocarril.

En el canal televisivo que tenía sintonizado Rosa Galiano, uno de los que ella dirigía, emitían a esa hora su programa de máxima audiencia. El mismo que, cualquier otro día, Benítez tendría de fondo mientras cenaba. Pero hoy no, porque hoy Benítez ha tenido una jornada movidita—«¡Y lo que te rondaré, moreno!»—. Y ha salido a correr entrada la noche.

«Hoy no va a ser Benítez, si ya arrancas mal, jodido lo tenemos. Pero y los gitanos, ¿qué dicen?: "No queremos niños con buenos principios". A ver si es verdad y lo que cuenta es el final. No, si la rodilla empieza a dar la matraca, en cuanto llegue a la explanada baja me vuelvo. Mañana será otro día. Ya me la había notado. No andaba muy fino en las sentadillas. Hoy me cruje, verás. Ya verás cómo me rompo.»

A Rosa Galiano no le está gustando un pelo lo que emite 7Tv. Muy enfadada, coge el móvil y hace una llamada. Más airada todavía, hace aspavientos, se altera, grita. No a la tele, sino al teléfono. A quien la escucha al otro lado.

El primero. Un kilómetro. José Mercé, una bulería, *Aire*.

«Esta lista de reproducción me sirve. Claro. ¡Como para romper el ritmo por cambiar la musiquita estoy ahora. Ya. Ya voy más ligero. ¿Los diez? Ni loco. O sí. Todo se andará. Los putos perros. ¿Por qué tengo que subir el ritmo cuando no toca porque el gilipollas del dueño está pelando la pava con la rizos esa? ¡Coge al chucho, mamón! ¡Átalooo! Ni razas peligrosas ni mandangas. Un setter escocés, o setter irlandés o como coño se llamen. Uno de esos ya te la arma. La Policía no está, no estamos, cuando hacemos falta.»

Dejó el Planetario a la izquierda. Calles de constelaciones y estrellas por la parte trasera. Él, por la vereda que se abre en el parque Tierno Galván en una plaza que parece la del ágora. Hacia el sur. Ese es su norte. Lo indica la brújula del reloj inteligente, del móvil inteligente, todo cuanto lo rodea es superinteligente. Hasta la fibra de los pantalones que se ha comprado y que, junto a las zapatillas y el resto del equipaje, le han reventado la extra.

«Todo sea por la causa.»

En Las Rozas, a quince kilómetros de allí sin medidor de GPS por medio, Rosa Galiano grita algo que suena a «¡Hija de la gran puta!».

Vetusta Morla, *23 de junio*. La pasa. *Te lo digo a ti*. Esta sí está en consonancia con el infierno en las piernas de Benítez en el kilómetro 2.

«Solo dos. ¡Ufff! Mierda mierda, ¡que hoy no llego! ¿Cómo cojones aguanto hasta el Calderón y vuelvo? Imposible.»

Arganzuela. Kilómetro 3.

«El Spotify debe ir con el satélite. Siempre me suena aquí el *I wonder* de Sixto Rodriguez.»

I wonder do you know who'll be next.

«Ya me la sé sin tener ni papa de inglés. Mira, un poco más arriba dan las segundas mejores porras de Madrid. Las *number one* caen por una tasca chiquita de Canillejas, en la calle Santa Tecla. Me pilla lejos. Y yo aquí, con el estómago cortado. Aguanto hasta la cena y me meto un chuletón. El talón tampoco anda bien. Ya está dando por culo.»

Madrid Río.

«Si ahora mismo me da el jamacuco, si no he perdido la conciencia, les digo a los del 112 que tengo un colega en un piso de Lavapiés, en labores de vigilancia de tres frikis de tres pares de narices. Los del blog de las series. Los que fueron, ¿o son todavía?, medio asesores nuestros. Tres pobres diablos a los que consagró un libro con la historia que ellos querían usar para un guion que nunca escribieron. Y este fin de semana los va a volver a poner en el mapa "la peli del libro".

»Ahí empezó todo. En el piso de Lavapiés en el que se instaló el cabrón de Salaberri, nuestro subinspector desaparecido. Vamos, a mí no me cabe ninguna duda de que ese está pringado hasta la bola. Seguro que pillaría cacho con la chica del trío, la maquilladora. No me extrañaría que montara todo el tinglado para eso. ¡Chuscar mueve el mundo! ¿A quién se le puede ocurrir la idea peregrina de que tres sabelotodos de las series nos puedan ayudar a unos polis *mu* profesionales a investigar? ¡Y nada menos que unos asesinatos! Por muy basados en seriecitas de televisión que estuvieran... *¡na!* ¡Una *tontá* muy grande!

»Voy en tiempo, voy en tiempo... La puta que parió al

talón. Venga, camina o revienta. Corre y no seas maricón, macho. Hoy que voy bien con el empeine y con el *vulgus* ese del dedo gordo, hoy es el talón el que dice aquí estoy yo.

»Marta se llama ella, pedazo arpía. Marta, Rubén y Andrés. El trío del blog. ¡Infelices! No pierdas el hilo, tío. No bajes. No aflojes. No pierdas el ritmo».

Y la voz de la *app*: «Llevas cua-tro ki-ló-me-tros, el último en menos de cuatro minutos».

«Puta madre. ¡Putaaa madreee! Pero es la bajada, y al final ya veo el Calderón. Lo que queda de él.»

Arranca otra de Spotify. El comienzo suena a pop británico pero es *Nueva sensación*, de los Second: *Hace tiempo que me encuentro jodidamente mejor.*

«Estoy cantando en voz alta. Me ha mirado una pareja de jubilados con chándal Adidas del 94.»

En las inmediaciones de la casa de Rosa Galiano, en Las Rozas, un coche ha arrancado de malas maneras, como si tuviera prisa. Pero no prisa de llegar tarde, sino de salir a toda leche, de neumáticos para qué os quiero. Sí, de huir. Ha girado derrapando y ha subido por la calle perpendicular a la que vive la directiva de televisión. A toda hostia.

«Si esto le diera la vuelta a Madrid, ahora ya me hacía todo el anillo. *No se compra con dinero, es una nueeeva sensaciónnn.*»

Media vuelta. Cantando a grito pelado.

«Superado el ecuador. Todo es cabeza. Todo es cabeza. Mantenla fresca. Firme.»

Repasó los cinco kilómetros de vuelta. Se afeitó. Eso que tenía hecho ya para mañana.

O para lo que surgiera esa misma noche, seguro que iba a surgir.

Se dio la loción y dos palmadas en cada mejilla. Ya no echaba de menos que nadie se las diera en la espalda.

Sonó el teléfono que abortó sus planes inmediatos de cenar y meterse en la piltra.

«Benítez, majo, que montas el circo y se amansan los leones. Al menos, nos vamos duchadetes.»

Con el estómago vacío, se subió al coche. En el GPS puso la dirección que le acababan de dictar. La de Rosa Galiano.

«¡Otra que no cena! Vamos a Las Rozas.»

Quince kilómetros.

T02x01

1

Benasque, 2016

Oía las voces de quienes lo buscaban: «¡Damián! ¡Damián!».
Y él, inmóvil, con el pecho aprisionado entre dos enormes
rocas. Una fue la que detuvo la caída final. El caudal del agua,
que ya bajaba rugiendo, aumentaba con ímpetu. Los nu-
barrones amenazaban con traer más. Sin poder llevarse la
mano a la cara para desviar la sangre que le resbalaba desde
la ceja y llovía en su boca. A hierro y a hierba. A eso sabía. El
niño se iba escurriendo poco a poco.

«¿Dónde estás, Damián? ¡Damián! ¡Eeeooo!» Habían
jugado al escondite mil veces, pero aquel día no lo estaban
llamando igual. Distinguía a Casandra, a Agatha, también
a Aileen y a Alicia. Incluso se habían sumado las voces de
los mayores, más cargadas de dramatismo. Llegaban desde
lo más alto, donde debían estar los dioses del valle, según les
habían contado a él y a sus hermanos.

El torso, mientras, parecía querer liberarse de las rocas
que lo aprisionaban y se asomaba al río peligrosamente. La
intensidad del dolor no le dejaba responder. La culpa había
sido de la pelota. Le había dado a él de rebote, pero es la ley
de la botella: le tocaba ir a por ella.

Damián tenía absolutamente prohibido adentrarse en el
bosque. Y bajo ningún concepto podían atravesar la verja,
que era una red de alambres que pinchaban. Aunque no era

tan compacta, porque él cupo por donde los jabalíes habían estado husmeando metiendo el hocico. No escarmentaban. A más de un ejemplar lo habían puesto firme los mayores de la casa. Más de una vez Damián oyó disparos. De escopeta. La hermandad apreciaba mucho la carne del jabalí y sus exquisitos embutidos. Eran de lo mejor que tenían al alcance. Esa misma mañana, en cuanto acabara el partidillo de fútbol, Damián había planeado que se iba a zampar, junto al tazón de leche de almendra, un par de *llescas* de pan con aceite de ese fuerte y rancio, con tomate y butifarra de cabeza de jabalí. En la casa estaba todo pautado. Antes de la primera sesión de deporte no se desayunaba, solo tomaban un vaso de agua tibia con limón y un pelín de sal. Entonces padre abría el portón y salían en fila india, a ritmo marcial sobre el sendero de cantos rodados que llevaba al prado con unas porterías sin redes. Con el sol de cara, pisando con la rotundidad de los tacos de las botas. «Y uno y dos, y uno y dos…, y tres y cuatro. ¡Aaalto!»

Desde que sonaba el despertador hasta que tocaban la hierba habían pasado seis minutos y diecisiete segundos. Cada nuevo día amanecía con el *Ave María* de Schubert. Una pieza pagana que en aquella casa era un credo; aunaba el espíritu firme, estricto y disciplinado que regía la comunidad.

Un trueno auguró lo peor. Lo que llovía sobre sus labios ya no era solo sangre. Goterones que se convertían en cascada. Damián creía que el final estaba cerca. Desde que encalló su cuerpo en la roca que le separaba del principio de la nada, en su interior empezó a sonar aquella música familiar: la oración que había aprendido, sin saber su título, su origen ni quién era su compositor, en la voz de Maria Callas.

> *Ave Maria,*
> *Jungfrau mild [...]*
> *Aus diesem Felsen starr und wild [...]*
> *O Mutter, hör ein bittend Kind!*

[Ave María,
dulce Virgen (…)
Fuera de esta salvaje roca inquebrantable (…)
¡Oh, madre, escucha a un niño suplicante!]

17

2

Madrid, 2018

Marisa Cortázar no daba ya ni un euro por aquel día. Lo había sentenciado pintándolo en gris. Fue un miércoles que pasó por su vida de la misma manera anodina que cualquiera de los 365 días de los 80 años anteriores. Sin embargo, antes de adquirir el negro profundo que tiñe una noche de noviembre, opositó a ganarse un color más excitante. Quizás el del rojo de la sangre que corría, escalera abajo, desde la cabeza desnucada de Rosa Galiano, su vecina, hasta el charco donde desembocaba; el que se había formado justo debajo de una enorme pantalla de televisión que permanecía encendida. Con una imagen en pausa.

Fue esa poderosa luz la que la atrajo. No se pudo reprimir tras ver el fulgor de aquel azul eléctrico. Así que Marisa traspasó los setos. Entre ellos había una rendija. La misma por la que se proyectaba el resplandor que se le antojó hipnótico.

Hasta la fecha nunca había pasado de cotillear desde allí, a hurtadillas, manteniendo la distancia. Esa noche separó las ramas como quien se abre paso en la jungla, aprovechando que entre dos arbustos había quedado ese resquicio de brotes endebles y quebradizos por culpa de la plaga dañina de la última primavera.

Cruzó el césped ajeno. Lo hizo de puntillas, como si así no pudiera ser detectada. Alzó la vista hacia los ángulos superiores del porche, por si hubiera cámaras de seguridad que le hu-

SALVARÁS A MIS HIJOS

bieran pasado inadvertidas. Miraba a derecha e izquierda, con las manos, que eran zarpas, agarrotadas, como si esperara que la asaltase una fiera sabiendo que no podría defenderse. A lo sumo, darle la cara antes de ser devorada.

Se detuvo ante el ventanal. Pegó la nariz al cristal. Curvó las manos a modo de gafas de buzo tratando de que el reflejo de la farola no le impidiera ver el interior.

Allí estaba Rosa tendida, inmóvil. Con un rictus entre el asombro y el horror. No le pareció tan descabellado que segundos antes le hubiera parecido que gritaba un desaforado «¡Hija de la gran puta!». Marisa juraría haber oído eso desde la calle, sin que la doble cristalera hubiera sido capaz de amortiguarlo del todo. Las zarpas que fueron visera se convirtieron en mordaza para ahogar una exclamación de terror.

En la tele, la imagen congelada era la de esa actriz, Arlet Zamora. La chica que estuvo secuestrada. La que ahora iba a protagonizar una película. Desde que su marido se pasaba el día durmiendo, Marisa no perdía ripio de lo que se cocía en la actualidad. En todos los ámbitos, pero en el del género rosa, variedades y espectáculos podía considerarse una alumna aventajada.

Se dio media vuelta, cambiando el paso de bailarina por el de una atleta de obstáculos para alcanzar la acera. Bendita adrenalina. Aunque para traspasar la valla estuvo a punto de dejarse allí el resuello.

Quedó atrapada como si un mecanismo de vigilancia que no se hubiera disparado durante su allanamiento se pusiera en marcha. Un resorte de alambre, tal vez, que le enganchaba la bata con la que había salido a tirar la basura. La tenía prendida a la altura de su omóplato derecho y la elevaba un poco del suelo, lo suficiente para que sus zapatillas no pudieran pisar con la fuerza necesaria para salir huyendo. Braceó para soltarse de la trampa. No tenía suficiente flexibilidad para quitarse el gancho que la retenía desde un ángulo muerto para su campo de visión.

19

Tenía el móvil en el bolsillo. ¿Llamaba a su esposo? ¿Cómo le explicaba aquello? Total, estaría ya rendido como un bendito y ni se iba a coscar. ¿Gritaba socorro? Mucho peor. El hijo de Rosa tampoco había dado señales de vida, ni dentro ni fuera de casa. ¿Y si se giraba y conseguía ponerse de cara a la fachada? Al menos así, si venían a rescatarla, siempre podría argüir que oyó cómo su vecina pedía ayuda y no dudó en atrochar por entre las ramas. Una urgencia es una urgencia.

En ese instante empezaron a escupir agua los aspersores. Del susto, dio un respingo, y lo que fuera que la tuviera ensartada acabó por rasgarle de arriba abajo la bata. Sonó como el tiralíneas de la tijera diestra del sastre.

Marisa cayó sobre la hierba húmeda. Casi ni llegó al suelo, porque aprovechando el impulso, brincó calle arriba hasta alcanzar su domicilio. Con la respiración contenida. Sin darse cuenta de que el brazo biónico que ella imaginaba que la había cazado no era más que una rama más sana que el resto, ni de que llevaba las piernas chorreando a causa del riego y de la incontinencia provocada por el miedo.

Lo primero que hizo al sentirse a salvo fue llamar a la Policía y explicarles que creía que algo le había ocurrido a su vecina. Y que ese algo no tenía pinta de ser bueno. Marisa Cortázar se ahorró algunos detalles. En su cabeza bailaban los relatos que pudieran ser creíbles sin incriminarla. Mientras llegaban los agentes, debía arreglarse. Y buscarle un destino a aquella bata rajada. La enrolló, hizo un ovillo con ella, sin percatarse de que en su huida había perdido algo.

Tampoco prestó atención al rugir del motor revolucionado de un coche que doblaba la última curva, hacia la salida de la urbanización. Se fue quemando los gases y los neumáticos como solo lo haría si fuera conducido por alguien que no deseara dejar ningún rastro de su presencia por los alrededores de la casa de Rosa Galiano.

3

*M*inutos antes de que Marisa la descubriera muerta, Rosa Galiano había quitado el sonido de la tele por enésima vez. Falsa alarma. ¿Y si fuera una manía que había adquirido desde que se quedó sola? Sola es un decir, porque estaba Nacho, su hijo. Arturo no contaba. Ya le gustaría, pero tenía que ser realista. Arturo era de otra esfera. El sexo estaba bien, pero Rosa sabía que nunca dejaría a su mujer. Tampoco lo pretendía, las cosas como son. A ella le distraía aquella aventura. El morbo de estar liada con el director general, con el gran jefe. Tenía su punto que le riera las gracias la estirada de Almu, la mujer de Arturo, que también trabajaba en 7Tv.

Tenía razón Patricia, su psicóloga: «Ahí en la tele tenéis vuestro ecosistema. Os pasáis la vida allí. En la tele coméis y en la tele os buscáis los apaños, chica. Lo entiendo. De casa a la tele y de la tele a casa. No tenéis vida».

Bajó otra vez el volumen. Le pareció oír algo en el jardín. El gato de los vecinos. Seguro. Le había cogido el gusto a dejar su impronta bajo el matorral de plantas olorosas que sembró el jardinero en primavera. Se rio para aliviar la tensión.

«Olorosas, desde luego. ¿No dicen que son tan limpios los gatos? Será por eso por lo que dejan los regalitos en casa ajena. Si se me pasa por la cabeza, solo como un *flash* pero se me ocurre, ponerle un bol de comida con veneno que reviente al puto gato de una vez, que deje ahí sus heces, los vómitos, los últimos ácidos que le provoquen los espasmos intestinales, y que se retuerza mientras se le ulceran las tripas, ¡coño!, ¿soy una sádica o una psicópata? Porque sé que no lo haría nunca. Jamás en la vida. ¿Por qué se me pasa por la cabeza, entonces?» Una ocurrencia parecida le había soltado a Patricia, la única persona con la que hablaba fuera de la tele y del grupo editorial, en su última sesión.

«Es una válvula de escape, Rosa. No te tienes que martirizar. No te culpes por tener esos pensamientos. Nos pasa a todos. Los sueños, por ejemplo. Los sueños son otra manera de expiar nuestros demonios. No tienen por qué coincidir con lo que haríamos, ni con nuestros anhelos. Son nuestros miedos. Se desahogan así. No entienden de pautas de educación ni convenciones sociales. No tienen esos filtros. Pero no le haces daño a nadie. El psicópata lo ejecuta, no lo piensa.»

«Patricia, sigo asustada. La pesadilla recurrente con Nacho sigue y se repite. Una y otra vez. Ya es prácticamente a diario. Me lo cargo todas las noches. Y durante el día con lo que cargo es con una mala conciencia que no puedo con ella.»

«Vuelvo a decirte que es normal, Rosa. Eso no significa que quieras matar a tu hijo.»

«Me gustaría estar tan segura como tú de que es así.»

Rosa había tenido la última gran bronca con Nacho veinticuatro horas antes. Bastaba con que madre e hijo coincidieran diez minutos. Y era difícil, porque desde que la nombraron jefa de Ficción, Rosa no paraba por casa a las horas en las que podía coincidir con él. Antes, tampoco mucho. Pero la situación había ido a peor en el último año y medio. Fue un ascenso envenenado. Galones llevaba, pero le habían acarreado una losa de responsabilidad con la que su ingenuidad no contaba. Todo fueron felicitaciones. «Si alguien se lo merecía, esa eras tú», «No te puedes ni imaginar lo que me alegro», «Por fin se reconoce el talento dentro de la empresa». Sí, ella suscribía los parabienes. Todos los proyectos del área en la que ya trabajaba pasarían por sus manos. Ella iba a repartir los encargos que previamente hubiera aprobado entre los productores ejecutivos que habían sido sus iguales. Era consciente de que le iban a colar algunos «impuestos revolucionarios» de los que llueven desde las alturas. Una de las servidumbres de pertenecer a un gran grupo de comunicación.

Universo Ediciones se hizo con el control absoluto de la fusión que acabó metiendo en el mismo paquete de Universo Media a la principal editorial y sus satélites: un periódico que sobrevivía en la jungla del papel y una ristra de teles que salían como esquejes, más o menos temáticos, del gran tronco de 7Tv y Canal Ocho. Desde su ascenso, toda la ficción —la de producción propia y la que se compraba hecha y en lata en el mercado internacional— llevaría el sello último de la Galiano.

Entre los proyectos que traían la pátina de la imposición jerárquica, el que había sido la causa —otra— de sus desvelos en los últimos meses: la película *Asesinos de series*. Había que exprimir el éxito editorial, había que aprovechar de inmediato el tirón. Esa fue la consigna. Los resortes que desde fuera imaginaban algunos como un engranaje sincronizado para que las sinergias del grupo remaran en la misma dirección en la realidad del día a día eran bastante más rudimentarios. Tendemos a magnificar todo lo que tiene que ver con la tele. La verdad es infinitamente más cutre. Si no hubiera sido por la buena voluntad y los horarios sin fin de ella misma, de Elena, su abnegada secretaria, y de la propia Almudena Granados, como directora de Comunicación del grupo, el elefante no habría dado ni el primer paso.

Pero el objetivo se había conseguido: Universo Media Cine estrenaba ese viernes *Asesinos de series* en la gran pantalla. Se estaban jugando mucho. Por eso quizás tenía en la tele del salón una imagen congelada, en pausa. Rosa estaba pendiente del evento.

Durante toda la semana Rosa había logrado colocar en el *prime time* de 7Tv, su cadena generalista, la de más audiencia, a los creadores, a la directora y a los actores de *AdS* (las redes y los foros ya la llamaban por sus siglas). Otra jugada maestra

23

del *marketing* llevaba el nombre de Arlet. La chica que había sido secuestrada, y cuya historia se contaba en la trama, había logrado su gran oportunidad: cumplir su sueño como actriz de un estreno a lo grande, interpretando el papel de Isabel Velasco, la inspectora jefe al frente de la investigación de los asesinatos reales.

—¡Vaya ideíta! No se parecen una mierda, jefa. —Esa fue la primera reacción de Benítez ante el plano detalle de la mirada de Arlet, corregida con lentillas de un tono verdoso, que seguía congelada en la pantalla del televisor de 52 pulgadas en aquel chalé de Las Rozas—. Usted es mil veces más…, más todo que esa chiquilla.

Isabel Velasco hizo el mohín característico de cuando se sabía interesante.

—Si es un halago, me lo quedo para el cinefórum que hagamos luego, Benítez. Ahora toca lo que toca —sentenció Velasco señalando el cadáver de Rosa Galiano.

Su nuca reposaba sobre el séptimo escalón. La brecha había dejado un charco de sangre que todavía goteaba hacia los peldaños inferiores, siguiendo el camino que no pudo completar la directiva de televisión. Su teléfono móvil estaba hecho añicos algo más abajo.

—Fue por aquí, jefa.

—¿Cómo dices?

Benítez había visto girar sobre sí misma a Velasco mientras iba escaneándolo todo con la mirada. Anotaba en el bloque de pósits símbolos que solo ella podría descifrar más tarde.

—Por esa ventana. Esa es la que está buscando. La ventana por la que la vecina vio a la víctima como está ahora y dio el aviso. —Señalaba un vano acristalado vertical, largo y estrecho, que no tenía ni bastidor ni bisagras para abrirse, a modo de tragaluz en la pared del hueco de la escalera—. A la vecina la tenemos en su casa esperando para charlar con nosotros.

—¿A esta hora, Benítez? —Miró el reloj. Cerca de la una de la madrugada.

—Usted siempre defiende que es mejor no dejar dormir a los recuerdos. A ver si mañana ha tenido tiempo de ponerle literatura… Es el único testimonio que tenemos.

—Sí, poco más podemos hacer aquí ya. Cuando levanten el cadáver, que acaben los de la Científica y mañana nos vemos todos a las 10.

—A las 11.

—A las 10:30. Ni *pa* ti ni *pa* mí.

—Se lo digo a Nando y hacemos esa visita que tenemos pendiente, a ver si nos pone un cafetito.

—¿Con galletas también para el señor?

—Mientras no sean de mantequilla…

*U*n timbre, por muy melodioso que sea, suena a urgencia y sobresalto a según qué horas de la madrugada. Por eso Benítez lo pulsó con suavidad, aunque la vecina estuviera esperándolos.

—Pasen, por favor, pasen —los recibió Marisa, que había tenido tiempo de acicalarse y a la que tampoco parecía importarle lo más mínimo que el ruido generado por la ambulancia y los equipos policiales pudiera profanar el sueño de su marido.

—Duerme como un bendito en la planta de arriba. No se apure por eso, agente.

—Benítez, subinspector Ricardo Benítez.

Algún día perdería la cuenta, pero desde que aprobó la oposición de ascenso, ya había repetido aquella presentación en 27 ocasiones.

La casa de la Cortázar le daba la espalda a la de Rosa Galiano. Estaba en la parte superior del desnivel salvado por una bocacalle a la que miraban los dos jardines laterales. Marisa debía bajar esa cuesta cada noche para llegar a la esquina, hasta los contenedores de basura.

—Fue a la vuelta. Al subir, me llamó la atención el reflejo que salía del ventanuco. Era de la tele, claro. Al bajar ya me fijé, y cuando volvía a casa vi la misma intensidad de luz. Así que me extrañó, la verdad.

—¿Oyó algo?

—No, nada. Absolutamente nada. —Marisa se mordió los labios y notó el sudor de sus manos. Con cada sílaba mentirosa que pronunciaba se le agolpaba un latido desbocado—. Los setos que tienen en la valla son muy tupidos, pero desde la zona más alta, donde acaba el límite de su casa, ahí hay un hueco entre algunos brotes que se quedaron secos de cuando el hongo aquel de la primavera pasada. Yo no soy de husmear, no se vayan a hacer una idea equivocada.

—Por supuesto que no, Marisa —la tranquilizó Velasco sabiendo lo divertido que sería en ese momento leer el pensamiento de su compañero—. Siga siga.

—Desde allí, les decía, solo veía la misma luz que parecía la de un gran foco lanzado directo a la escalera.

—¿Y distinguió a Rosa?

—No, solo veía un bulto, quieto, como si estuviera plantado en medio de la escalera. —Más sudor. Más latidos. Más preguntas internas sobre por qué narices estaba mintiendo.

—¿Recuerda qué hora sería? Es muy importante este dato, Marisa. —Ya no pudo evitar cruzar una mirada furtiva con Benítez.

Y en la que este le devolvió se leía: «Pero qué zalamera es usted, jefa. Qué jodida. Ya empieza con lo de Marisa para arriba, Marisa para abajo. Y lo de la hora. ¡Joder, si con la autopsia y sabiendo el minuto en el que puso la tele en pausa no vamos a tener mucho margen de error! Pero nada nada, usted no baje la guardia.»

—Pues seguro que algo antes de las once, hija. Hay que dejar las bolsas en los cubos antes de esa hora. Lo dice la normativa de la urbanización. Si no, te cascan una multa. Nunca salgo a dejarla más tarde. Había recogido todo lo de la cena, ya estaba frito mi marido, que se acuesta a la hora de las gallinas, y además recuerdo que había terminado el programa de las citas. Pues, eso, sobre las once menos diez serían.

—¿Llamó a la Policía enseguida?

—Es que primero rodeé la valla para acercarme a la puerta, para llamar al timbre —se justificó Marisa—. Tampoco quería alarmar a nadie en vano. Llamé cuatro o cinco veces, y nada.

Eso ya me puso un cuerpo... Ahí sí que me puse en lo peor. Cuando ni Rosa ni su hijo me contestaron, pensé: «¡Ay, madre!». Como tenían entre ellos esas broncazas...

Benítez dejó de perderse en la observación de los tapetes de punto y ganchillo, en los cuadros de ciervos y otros motivos de caza con marcos barrocos y cobrizos, o en las alfombras con derroche floral que cubrían el suelo de terrazo con las esquinas a medio pulir. Nada que ver con el lujo ostentoso de la casa gemela que habían dejado precintada.

—¿Su hijo vive con ella? —Empezó a tomar apuntes el subinspector.

—Viene, va, vuelve. Cuando está, se nota, oiga.

—¿Qué edad tiene?

—¿Nacho? Pues debe rondar los 18. Sí, los 18, porque Rosa vino aquí embarazada, cuando se mudaron estaba a punto de dar a luz. Poco después de que hubiera muerto el marido, el arquitecto. Ya saben...

Lo cierto es que ni Velasco ni Benítez sabían nada. Ni del hijo, ni de que Rosa Galiano fuera la viuda de Oriol Delors, el arquitecto catalán de origen francés que había vivido muy rápido, como su éxito fulgurante, encumbrado muy joven después de haber dejado su sello en edificios con un toque futurista en los ochenta y los noventa. En Ámsterdam, París, Praga, Chicago, Madrid y, sobre todo, en Barcelona.

—¿Quién les iba a decir que se quedarían con una mano delante y otra detrás, con lo puesto, después de morir el marido? Ay, quizás estoy hablando más de la cuenta, agentes. —Y fingió que se mandaba callar tapándose la boca con la mano. Ante el pulso que le echaban las miradas expectantes de los policías, optó por seguir—: Sí, la verdad es que todo eso se publicó, tampoco desvelo nada que me haya confiado Rosa.

Sobre la repentina muerte de Oriol Delors se había llegado a especular lo suficiente como para no saber dónde acababa la leyenda y empezaban aquellas teorías conspirativas que rodearon su caso. Lo encontraron muerto en el lavabo de un Airbus,

29

en un vuelo regular de Tokio a Los Ángeles. Un infarto. Fulminante. Una parada cardiaca en una persona con solo otra obsesión que rayaba lo enfermizo, además de la minuciosidad de la orfebrería que aplicaba a su trabajo: el cuidado de su salud.

Cuando se conoció que, al contrario de lo que se suponía, su patrimonio no era más que un múltiplo de cero, toda suerte de historias sórdidas empezaron a tomar cuerpo. Que si quien atesoraba el talento era una antigua compañera de facultad que quería permanecer en la sombra, y a cuyo nombre figuraría la fortuna conseguida en los años de esplendor profesional; que si, además de ser «la mente», era su cuerpo, en el sentido más carnal de la expresión, e incluso que si Delors no era más que el ejecutor de una sociedad secreta que administraba el legado de los secretos de los masones, a los que Delors habría intentado traicionar y estos no se lo habían perdonado. En esa teoría cabía el arma de desplegar al menos una decena de sustancias para conseguir que pasara por un ataque al corazón un envenenamiento en toda regla. Especialmente, si sucedía con un plazo de reacción con margen suficiente para que quedara enmascarado en una autopsia. Un vuelo transoceánico no era mal escenario para ese fin.

6

Barcelona, 2018

Dos series de tres toques con los nudillos contra el cristal no fueron suficientes para despertarlo. Se dio la vuelta mascullando algo que solo sus sueños pudieron entender. Alisó la mullida bolsa de mano —su improvisada almohada— y palpó la humedad de sudor y baba.

Luego fueron golpes de una mano abierta. Dos palmadas eléctricas, dejando la huella de ira y adrenalina.

—¡Abre! ¡Oye, abre, por favor! ¡Necesito entrar!

Jordi levantó la mirada y contempló el gesto apurado de quien parecía estar pidiendo ayuda.

—¡Vamos! ¡No te puedes encerrar por dentro! ¡Por favor!

Haciendo un esfuerzo por mantener el equilibrio, apoyado sobre las piernas entumecidas, se fue tambaleando hasta la puerta acristalada. Alcanzó, justo con la punta de los dedos, el pestillo interior con la fuerza mínima necesaria para que este cediera. Lo logró inmediatamente antes de desmoronarse y caer redondo.

—¡Vamos, *nens*!

A esa llamada acudieron tres encapuchados que se habían escondido en el portal contiguo. Se sumaron al líder, que también tapó su rostro con un verdugo y lanzó una mirada desafiante y una peineta a la cámara de seguridad. Los cuatro volcaban toda su fuerza contra la puerta, bloqueada por el cuerpo de Jordi. Por fin cedió, y arrastró por el suelo al sintecho.

—¡Maldito vago, cabrón!

—¿Quién te da permiso para vivir aquí, en un puto cajero?

A cada frase, un puntapié de bota militar. A las piernas. Otro a las nalgas. A los riñones.

—¡Dios! ¡Piedad! ¡Por favor! ¡Por favor! —Eran las respuestas heridas de Jordi ante cada embestida. Sin dar abasto para protegerse la cabeza, el tórax, acurrucándose hasta hacerse un ovillo.

—La hostia puta. ¡Qué pestazo! ¿Dónde habrás robado el brik de mierda? ¿Vas hasta el culo de vino de mierda? ¡Eh! Eso es lo que meas, escoria. ¡Puto mamón!

Al hígado. Por todos los flancos. Jordi intentaba incorporarse. Una de las acometidas en la boca del estómago le había provocado un vómito. Se ahogaba en bilis y sangre.

—¡Se va a cagar, hostia putísima! ¡El muy cabrón se está cagando! ¡Dios!

—Dale ya, *nen*. ¡Dale gasofa!

El más pequeñito sacó un espray y trazó en la pared con letra irregular: «No keremos eskoria GNP».

Jordi ahogaba sus gritos para no tragar el gasoil que el más callado de los cuatro rociaba sobre él mientras emitía unos bufidos convulsos, en pleno ataque de ansiedad agresivo.

Entonces oyeron la sirena de un coche patrulla de los Mossos d'Esquadra que bajaba Pau Claris a toda velocidad y giraba en la calle Casp a pesar de la dirección prohibida.

Madrid, 2018

$\mathcal{A}$pesar de lo decidida y directa que era en su trabajo, en esto no acertaba a dejarse llevar por ese pragmatismo que siempre ondeaba como bandera. «¿Voy o no voy? ¿Cojo la salida o sigo para casa?» Sabía de antemano lo que iba a hacer, pero dudaba hasta el último volantazo.

«Dos vestidos y un cajón lleno de ropa interior, eso es lo que tengo en su casa, Mercedes.»

«¿Cepillo de dientes?»

«Sí, claro. Fue lo primero. En el maletero llevo la bolsa con lo demás, eso siempre.»

«Pero ¿no os vais a vivir juntos? Has dejado marcado tu territorio pero no acabas de dar el paso.»

«No acabamos. No. Al final, es rara la noche que por una razón u otra no me vaya a dormir allí.»

«¿Estás enamorada?»

«Sí sí. O yo qué sé, chica. Sí, se puede decir que sí. A nuestra edad ya, cuando te han caído los cincuenta y llevas otra vida…, y la mía no es que sea la más estable del mundo…»

Iba repasando aquella conversación mentalmente, buscando en el espejo retrovisor de vez en cuando algún pensamiento escurridizo. Dándose la razón. Argumentos no le faltaban. Fíjate la hora que era y todavía no había cenado. Las galletitas aquellas. Al final cogió dos. O tres, como mucho. ¿Era miedo a qué? ¿A no sentir la virulencia hormonal adolescente de un enamoramiento a su edad? Lo raro sería vivirlo así. Ahora era todo más calmado. Todo encajaba mejor. ¿Más gris? Puede que también. Como al principio creyó que no tenían nada que ver el uno con el otro, ahora le parecía forzado pensar que estaba equivocada. Lo que no quería revivir bajo ningún concepto era la pulsión de una relación tormentosa, con idas y venidas, con celos y desgarros; con hostias y gritos, que era lo único que había conocido. Hacía mucho tiempo, pero ahí estaba aquel pómulo. Levantó la mano del volante para tocárselo. La huella seguía allí, por los siglos de los siglos.

La salida a Pozuelo. Es que le venía de camino. De Las Rozas a casa de Alejandro y sin tráfico, a las dos de la mañana, eran diez minutos escasos. Se le olvidó comentarle a su amiga Mercedes que también tenía un juego de llaves. Velasco dormiría de nuevo allí.

Y volvía a preguntarse por qué se empecinaba en pasar tantas horas en casa del doctor Alejandro Escuder, donde se sentía observada, espiada. No por él. La sensación era mayor en sus ausencias, y estas eran muy frecuentes. Incluso los fines de semana. Los que escogía Alejandro para viajar a Grecia.

Si alguien le hubiera preguntado a Isabel Velasco por el motivo racional que la llevaba a tener la impresión de que detrás de ella había siempre una sombra, una presencia, no sabría argumentarlo. Por más que había mirado y rebuscado, no había encontrado nada. Tampoco podía pedir ayuda técnica a sus compañeros para que realizaran un rastreo y purga de micrófonos ocultos o cámaras camufladas.

No había ninguna razón procesal para mandar a la Tecnológica a hacer una revisión de arriba abajo del piso de Alejandro. ¿Qué les podría haber dicho?: «Necesito que le echéis un ojo a este domicilio, por si hubiera algo raro, algún elemento de grabación. No es más que una sensación. No cuento con un solo indicio más allá de que me despierto a medianoche, voy al lavabo y creo que en el pasillo alguien me vigila. Por lo demás, no sé exactamente si es mi novio, mi amante, mi pareja o mi amigo, no el piso de un sospechoso de ninguna investigación».

Se veía ridícula mientras se metía debajo de la cama y, reptando, palpaba debajo del somier de láminas en busca de algo metálico con pinta de micrófono. O cuando se subía a la escalera de dos peldaños para quitar las bombillas de los ojos de buey del lavabo. Lo mismo en la cocina. Le parecía entre patético y gracioso que de verdad existiera la cámara que no encontraba y que alguien la estuviera viendo, imaginaba que sin sonido y en blanco y negro, mientras trasteaba para descubrir los tentáculos del Gran Hermano.

Por supuesto, ni se lo había insinuado a Alejandro. Temía pasar, a los ojos de un psiquiatra, por una auténtica loca desquiciada por su trabajo de policía, que la habría llevado a poner bajo sospecha a todo el que la rodeaba, a haber adquirido el complejo de agente doble y desconfiar hasta del aire que respiraba. O peor todavía, que Alejandro se ofendiera creyendo que él no le merecía un mínimo de confianza, que lo estaba señalando o culpando de algo. Aunque tampoco creía Velasco que conociera realmente al dueño de ese piso en el que, una noche más, dormiría sola.

Era una inquietud que no podía compartir ni siquiera con su fiel escudero, con Benítez.

35

Benasque, marzo de 2016

Estaba siendo una primavera muy templada en aquellos valles altos. No se recordaban los años en los que los restos de los glaciares se mantenían en las zonas sombrías durante todo el año. Aun así, los días todavía eran muy cortos y, conforme avanzaba la tarde, cada vez había menos posibilidades de encontrar a Damián. La escarpada geografía que facilitó durante siglos el pertinaz aislamiento de la zona se convertía en uno de los enemigos de su búsqueda. El clima extremo y húmedo, escogido para que los chicos se criaran en un entorno exigente y hostil, era el otro inconveniente para peinar el terreno.

Se había movilizado toda la casa. Los más pequeños solo tenían la consigna de gritar su nombre y de aguzar el oído para captar cualquier respuesta o pista, como el crujir de pisadas sobre las zonas áridas más altas, por los caminos que discurren entre los pinos silvestres y los pinos negros. O algún ruido extraño entre el rugido de las cascadas que, después de la lluvia, con un torrente inusual, atravesaban cañones y barrancos. Aquellos niños habían crecido sabiendo identificar los diferentes rumores que provoca el viento entre las hojas de los sauces, los abedules y los fresnos, y a distinguirlos del sonido propio del agua.

Caía la noche prematura. Lo hacía sin obtener respuesta a las llamadas y cundían los nervios. Mikel encajaba los reproches.

—¿A quién se le ocurre dejarlos en el campo de fútbol solos? ¿En qué cabeza cabe?

—Señor, no habíamos visto la verja vencida por las bestias. Ha sido un cúmulo de casualidades, de desafortunadas circunstancias. Sabe que no había pasado nunca.

—Y no volverá a ocurrir. Esto tendrá consecuencias.

—Lo sentimos mucho, señor.

—Quiero que aparezca Damián. ¡Que aparezca ya! Infórmame cuando así sea.

Calló la voz del Supremo al otro lado de la línea. Mikel colgó. Solo sonaban, machaconamente, los indicadores intermitentes de las luces de avería del 4x4, ladeado sobre la pendiente del arcén. Merodeó, intentando no llamar la atención, por la zona próxima a las primeras casas del pueblo, por el final del cauce que se bifurcaba hacia un lago muy concurrido cuando despuntaba el buen tiempo. Había llegado hasta allí para obtener cobertura. No era la zona más alta y el termómetro digital del vehículo marcaba solo 6 grados. Se disponía a arrancar, pero antes aprovechó para echar un vistazo a las últimas noticias. La red no era un prodigio de velocidad. Cada página tardaba en abrirse una eternidad. Y sabía que contravenía las normas porque el repetidor más cercano dejaría constancia de su presencia, aunque operaba con el número austriaco.

Allí estaba Damián. No él, ni su foto ni su rostro, pero la información hablaba de él. Estaba vivo. No moriría arrastrado por las aguas salvajes de un barranco, ni de hipotermia. Aun así, no eran buenas nuevas para Mikel, que debía advertir a su superior. Cambió de planes. Sacó la llave de contacto. Bajó del vehículo y sacó una mochila del maletero. Se calzó las botas de montaña y se subió hasta el cuello la cremallera del forro polar. Todo de la marca más popular entre los domingueros dispersos por el parque nacional. En la cantina pasaría por uno más. Quería ver la noticia en la tele o comprobar si ya iba de boca en boca. Tenía que averiguar lo que sabían los que no deberían saber nada.

37

Madrid, 2018

—¿*H*a visto la tele? La de Rosa Galiano, digo.

—Buenos días, Benítez.

—Nos dé Dios, jefa.

—No, no me ha dado tiempo.

—¿En Pozuelo no desayuna con la tele de fondo?

Velasco frunció los labios a la vez que el ceño. Abrió los ojos mucho y desplegó las aletas de la nariz. Benítez conocía esa expresión sobreactuada de «Pero ¿qué me estás contando? ¿Cómo sabes de dónde vengo, sabioncillo?».

—Un sabueso es un sabueso. El perfume. Es diferente cuando viene de casa de su amado doctorcito —entonó con el recochineo de una broma que mantenían con cierta complicidad.

Hacía poco más de un año que Velasco y él eran «pareja artística». Así era como se presentaba Benítez, con su retranca habitual, ante los compañeros de la brigada y el grupo, y ahora se les haría muy difícil tener que trabajar con otro colega. A los dos.

—Ah, y el vestido —añadió el subinspector—. No baja la guardia en elegancia, señora. Y este es de la colección Pozuelo.

También ahí la había cazado. Siempre dejaba dos de reserva en el armario de Alejandro. Vestía uno y lo reponía cuando estaba limpio. Siempre los mismos. Isabel Velasco era de método. Ordenado su entorno, ordenada su vida.

—Desde que hemos ascendido, tenemos el olfato fino fino, Benítez —le concedió ella.

—He tenido una buena maestra. —Ahí iba la dosis zalamera para que quedara constancia de que no tenía ninguna doblez de indiscreción ni de allanar la intimidad de la jefa. Esas actitudes también las estaba aprendiendo.

—¿Me decías lo de la tele por la matraca que siguen dando con la dichosa peliculita?

—No, a eso más vale que nos vayamos acostumbrando. Somos dos polis estrella. Y no hay más, jefa. No hay más.

—Tú, poli estrella, al lío, que nos esperan en la sala. 10:30, recuerda.

—Si yo soy capaz de hablar y andar al mismo tiempo, Velasco. Dos cosas, dos. Soy muy mujer para eso.

—No tenía ni idea de tu lado femenino.

Encestaron a la vez los vasos de cartón y la cucharilla en la papelera y salieron de la rotonda, como llamaban a la zona de *vending*, para reunirse con el equipo. Por el camino Benítez la puso al corriente de cómo habían loado la vida, obra y milagros de la jefa de Ficción de Universo Media y, a la par, sin perder la compostura y sin que les temblara el pulso, volcaron toda suerte de dudas sobre su matrimonio con Oriol Delors, «el arquitecto que tuvo aquel final trágico envuelto en habladurías». Y sus *presuntas* infidelidades. O sus *supuestas* traiciones al dejarla sin un duro en la herencia. Salieron las otras mujeres de Delors. También el descarrío del hijo que había tenido con él. Pero en definitiva, Rosa Galiano había sido una gran mujer y mejor profesional. Descanse en paz.

—Será allí donde repose. Porque lo que es aquí, entre los suyos, ya conoce el percal, jefa. Le han hecho un trajecito.

10

*E*l último fichaje era Leonardo Oller. En adelante, Leo a secas, por decisión unilateral de Benítez.

—No me jodas, campeón —así recibió al murciano cuando se presentó recién llegado de la Academia—. Olvídate. Te vamos a hacer un favor. Vas a superar lo de Nardo. ¿Ves a ese que es todo pecas? Ese es Nando. Así que no me jodas, imposible que tengamos en el mismo grupo a Nando y a Nardo. ¡Nos van a tomar por la familia Tonetti!

La cara de Leonardo —desde ese momento, Leo— era la de un pez escuálido. Enjuto y menudo. Como si se fuera consumiendo con cada aserto de su superior.

—Lo entiendo, señor. —No parecía que tuviera ni cuerpo ni alma para sacar aquel vozarrón curtido que le salía. En parte porque su nariz era una enorme caja de resonancia.

—Subinspector, ¡subinspectorrrr! —subrayó Benítez como si estuviera hasta la coronilla de repetírselo—. Otra cosita: ese tirillas que ves allí, el de las maquinitas, es el amigo Nico. Nico, Nando y Nardo. Nanay.

—Pues *na*, Leo. —Y se encogió de hombros con resignación.

—No hay más que hablar. Por cierto, chavalote, Leo. El último que llega aquí tiene siempre la sustancial misión de que cada vez que haya reunión de trabajo en el grupo, esté todo en su sitio. La sala en condiciones. Aireadita. Porque hay días que los vestuarios de gimnasios de instituto huelen mejor que la humanidad que se concentra ahí. Y la pizarra limpia, el proyector funcionando, y en fin, sus cosas.

Por eso Leo había llegado veinte minutos antes. Todo estaba como le ordenó Benítez, «en perfecto estado de revista». Era su expresión favorita desde que, por no cumplirla, le supusiera un bonus de guardias, calabozos e imaginarias como para que su mili hubiera convalidado por la de dos.

—¿Ve, jefa? Hay que aplacarle el nervio al nuevo. Ahí donde lo ve, tiene un pronto… Igual que le ocurre con la voz, se gasta una fuerza que no se sabe de dónde nace. ¿Se acuerda de cuando detuvieron en un piso de Madrid a los aluniceros? —Velasco asentía mientras entraban en la sala—. Pues esos cabrones opusieron resistencia bruta y, aquí el amigo, se lio a dar hostias como panes. Los puso firmes a los tres.

—Mira por dónde, pedimos de refuerzo a un agente y hemos ganado un «sargento».

Ante la foto de Rosa Galiano, mientras echaba un ojo a los últimos datos recopilados que le había dejado Leo en la mesa principal, Velasco inició la puesta en común:

—La víctima —señaló la imagen— fue hallada muerta en su domicilio, cerca de medianoche, después de que una vecina avisara al 112. ¿Tenemos la grabación de esa llamada?

—La escuchamos luego, si quiere —asintió Nico—. Parece que es una llamada tipo de quien está preocupada porque no le abre nadie en casa de la vecina.

—Aquí lo que hay que dilucidar, lo antes posible, es si la muerte de Rosa Galiano ha sido accidental —retomó Isabel Velasco—. Si se trata de una caída fortuita en las escaleras de su casa, con tan mala fortuna de desnucarse, o si tenemos artillería suficiente para que no se le dé carpetazo. Ahora mismo lo que tenemos es poco más que el testimonio de la vecina. Al juez le hará falta un poco más de sustento, se entiende.

—No ha sido difícil convencerle de que es necesario analizar su ordenador —desveló Nico, adscrito a la Tecnológica—.

41

Estamos en ello. Tenía un portátil en casa. También una *tablet*. Ahora vamos con la orden a su despacho.

—¿Cuánto vamos a tardar en saber algo?

—Imposible preverlo, jefa. Dependerá de la cantidad de información que guarde. En función de eso, el volcado de datos estará disponible esta tarde, o mañana, para poder iniciar la lectura.

—¿El móvil?

—A ese ya le he echado un vistazo y le escribo el informe enseguida. Entre las últimas llamadas captadas por el repetidor que corresponde con su domicilio, una al director general de la cadena, y la última de todas, que por la hora no se pudo producir mucho antes de la muerte, es al productor del programa que estaba viendo.

—¿Algo más que llame la atención a simple vista?

—Tropecientas llamadas sin recibir respuesta. A un número que tiene memorizado como «Nacho». En las últimas veinticuatro horas es como si intentara contactar con su hijo de manera obsesiva. Sin suerte. Todo fueron llamadas perdidas.

—Es su único hijo —intervino Benítez—, vive oficialmente allí, pero la vecina nos explicó que la noche anterior habían tenido una bronca monumental que se oyó desde casa de la Cortázar.

—¿Dónde está? ¿Alguien lo ha localizado? ¿Es la única familia que tiene? ¿Le han informado de lo que le ha ocurrido a su madre?

—En Barcelona —sonó la voz rotunda de Leo, a la que no se habían acostumbrado todavía—. Está en una comisaría de los Mossos. —La información captó la atención de todos y se hizo un silencio absoluto—. Sí. A la hora en la que estaba su madre desangrándose, él entraba en un cajero del centro de la ciudad con otros tres vándalos. En un vídeo se les ve liándose a patadas y rociando con gasolina a un sintecho. Lo ha grabado todo el circuito de las cámaras de seguridad del banco. Se va a poner en todos los informativos en pocas horas. Los pillaron *in fraganti*. Alguien que pasaba por allí los vio y lo denunció. A solo dos manzanas se encontraba un coche patrulla de la Policía catalana. Llegaron a tiempo y los trincaron.

—¡La de Dios! Más madera para la prensa. —El grado de elevación de las blasfemias proferidas entre dientes por Benítez iba aumentando exponencialmente, en proporción directa al rubor de su rostro.

Con la misma mano con la que arrancaba otro pósit, Velasco le hizo un tímido gesto para que disimulara su ira y lanzó una pregunta al aire:

—¿Sabemos algo más de la hoja de servicios del angelito?

—Antecedentes por desorden público, actos de violencia, otros contra el mobiliario urbano… No acabaríamos —seguía relatando Leo—. Los tiene todos. Y de toda índole. Igual se le ha detenido por acciones contra los intereses turísticos en Barcelona el verano pasado, vinculadas a grupos antisistema radicales, más bien de izquierdas, que igual se le relaciona con la quema de contenedores o intentos de «limpieza y pureza», como denominan al acto de ayer los del GNP.

—¿Qué coño es eso?

—Pues podría ser un grupúsculo tan pequeño, Benítez, como el que formaban ayer Nacho Delors y sus colegas. Grupo Nacional Patriótico.

—Ni siquiera queda claro si es Grup Nacional Patriòtic. En catalán, vamos —apuntó Nando.

Como en pocos minutos empezarían a explicar, con mayor o menor precisión los tertulianos de los sucesos en los programas matinales de televisión, la coherencia ideológica del hijo de Rosa Galiano era difícil de delimitar, por no decir que no le movían más que el desapego y la confrontación. Se alistaba en las corrientes que le permitieran expresarse a través de la violencia, como atentar contra la integridad de aquel desamparado. El mismo que de manera ingenua se intentaba proteger de las inclemencias del tiempo en las dependencias de un cajero. En uno del mismo banco que lo había desahuciado de su piso de 35 metros cuadrados en Cornellà.

43

—Tenemos dos días, que son cuatro. —Velasco echaba sus cuentas. Se percató de que todos esperaban que se explicara—. El juez nos va a dar dos días, porque antes es imposible sacar conclusiones. Ni vamos a tener el informe de lo que se pueda encontrar en los discos duros, ni sabremos el resultado de la autopsia hasta dentro de cuarenta y ocho horas. Ya es jueves y, con el fin de semana, nos plantamos en el lunes.

—Lo que quiere decir la jefa, aunque le da apuro porque es una profesional muy considerada, es que os olvidéis de planes para sábado y domingo —salió al quite Benítez—. Es que la veo muy sensible —le susurró a la inspectora jefe.

—A tomar por culo lo de La Manga —creyó mascullar Leo, que no era consciente de su profundo tono de voz. Retumbó en toda la sala.

—¿Tenías tren o billetes de avión? —se interesó la inspectora jefe.

—Perdón, no pasa nada. Un BlaBlaCar.

—No te apures. Si lo tienes pagado, se te abonará. —Velasco cogió aire para dictar el plan más inmediato—. Nico, presiona al equipo de Ernesto de la Calle para que vampiricen los ordenadores lo antes posible y para que no esperen al final del escaneo para volcar lo que tengan. Nando y Leo, hagamos una lista con todo lo inventariado en la casa de Rosa Galiano y que os dé en la nariz. —Enseguida cayó en la cuenta del apéndice de Leo y reprimió una sonrisa—. Vamos, todo lo que podría servirnos de algo. Su agenda, por ejemplo. Si hace falta, personaos de nuevo allí. En la primera inspección tal vez se nos pasó por alto alguna cosa que ahora veamos con otros ojos. Mientras, Benítez y yo nos acercaremos a su despacho, a hablar con su entorno. De paso, le hacemos también una visita a Andreu en el Anatómico Forense.

Era lo que menos le apetecía del mundo. «Ojalá de la única muerte de la que tuviera que ocuparme fuera la de mi tiempo», pensó. Pero difícilmente iba a haber tregua a partir de ese momento. Ni para perder un solo segundo.

44

11

—¿*M*e va a llevar usted, jefa? —Era una pregunta retórica de Benítez. Velasco siempre iba al volante—. Pues ábrame el maletero, que dejaré esto. Hago los pedidos para que me los dejen aquí. Mucho más seguro.

—Es lo que tienen las comisarías, habitualmente.

—Sí, eso también. Me refería a que es difícil que me deje caer por casa. Tengo una superiora que me absorbe.

La discreción de Velasco no le iba a permitir preguntar qué escondía el paquete remitido por Amazon. La curiosidad se le escapaba por los ojos, sin embargo.

—No se apure. No son explosivos. Sí, se compra de todo por Internet, pero no me ha dado por ahí. Vigorexia.

—¿Te veremos en campeonatos internacionales? —bromeó Isabel mientras regulaba el asiento y el retrovisor.

—Si enfocan las cámaras a los espectadores, ahí me verá con un paquete de palomitas así de grande. No, no he perdido la chaveta todavía. Son unas pesas que levantaría hasta usted sin inmutarse. Y una esterilla. Por las mañanas le doy un poco al músculo. Hay que mantenerse a la altura del fiera de Leo.

—¿Sigues solo?

—De momento, siguen en Ecuador. Madre e hijo. Aunque tal vez vengan para el próximo curso.

—No me habías dicho nada, jodido.

—No me quiero hacer ilusiones. Pero desde que estuve allí, hemos seguido en contacto. Poco a poco.

—Renacen los lazos de hermandad hispano-ecuatorianos. Me alegro muchísimo. —Se puso el cinturón. Vio cómo la mirada de su compañero se perdía en una melancolía ajena a él. Como si otro hubiera ocupado su cuerpo.

—He visto que sigue haciendo vida de caracol. —Benítez le dio la vuelta a la charla para centrarse en Velasco—. Que lleva la casa a cuestas, quiero decir. Por la bolsa de viaje. ¿No hay asilo en Pozuelo este fin de semana?

—Estás en todo, amigo. La portera que llevas dentro no baja la guardia.

—Si no miro yo por usted, ya me dirá quién lo va a hacer.

—Tenemos un fin de semana por delante… ¡como para querer perdérselo! Pero además, es que Alejandro sale mañana para Grecia.

El psiquiatra Alejandro Escuder, socio de referencia de Cronosalud, una de las clínicas privadas con mayor prestigio y mejor facturación, se transformaba cada vez que se lo permitía su agenda. Aquel doctor de camisas y ademanes más propios del Madrid financiero, según prejuzgó meses atrás Isabel Velasco nada más verlo, el Alejandro que respondía a los cánones del molde de deje pijoso de La Moraleja, se abría huecos en el calendario para pegarse una paliza profesional en los territorios donde a Europa no se le había caído todavía la cara de vergüenza. Alejandro era de los que están hartos de los prestidigitadores del lenguaje capaces de preñar el discurso oficial con excusas que pretenden tranquilizar conciencias. También de los que intentan contrarrestar el drama con argumentos sobrecargados de progresía del postureo. Todo boquilla y sábanas limpias.

Él, sin alharacas, se bloqueaba un viernes y un lunes en sus planes de trabajo. A media mañana tomaba un vuelo de Madrid a Atenas. Llevaba lo imprescindible en una mochila que cabía en los medidores del equipaje de cabina. A media tarde, desde la capital griega, enlazaba con otro avión a Salónica. Un coche de alquiler le servía para estar poco antes de la medianoche en la gasolinera abandonada de las afueras de Polykastro, a solo treinta kilómetros del campamento de refugiados de Idomeni, en la frontera con Macedonia.

Allí acampaba esa noche. O en la parte trasera del Park Hotel. Si había mucha suerte, compartía una habitación con otro voluntario de la ONG que lo inscribía como cooperante, como médico, como dos manos y un alma más para proporcionar ayuda o compañía a alguna de las 12.000 que malvivían allí por no morir en Siria. Lejos de los suyos. Quién sabe si para siempre.

Ese había sido su plan de ruta hasta que la Policía y el Ejército griegos desalojaron en la primavera de 2016 el mayor campo de refugiados improvisado de Europa. Después todo fue a peor. Y Alejandro seguía empeñado en aportar su parte del remedio.

12

*I*sabel Velasco había anotado la casualidad como una opción a explorar. La película. Almudena Granados los estaba esperando en la puerta principal de Universo Media. Era un escenario conocido para cualquiera que hubiera visto los debates electorales o las entrevistas al presidente del Gobierno en la cadena 7Tv. Siempre emitían una previa en los informativos con el consejero delegado y el equipo directivo recibiendo al invitado. Esa escenificación de alfombra roja no apuntaba que el plató pudiera ser el escenario para un hostigamiento precisamente.

—Sabía que ibais a venir. Gracias por avisar. Vamos como locos. Estamos sobrepasados. —Almudena hablaba con titulares.

Era la misma que hacía poco más de un año aprovechó la repercusión mediática de su gestión en el caso del Asesino de las series para aceptar una oferta que acabó con su etapa como directora de Comunicación de la Policía. Si lo que buscaba era un destino de balneario, ni por asomo lo había encontrado en aquella casa en la que se vivía a impulsos de presión y sobresaltos. Era la misma, pero a Velasco le pareció que Almu lucía una delgadez extrema, quizás provocada por esas descargas eléctricas de adrenalina. La transmitía en sus andares y en la inquietud de su verbo.

—Acompañadme. Vamos a mi despacho. Luego os llevo a ver a su equipo. Consternados. Todos están consternados. No nos lo creemos, Isabel. Benítez, estás más… estilizado ¿Cierto?

—Afirmativo, Almu. Afirmativo. A ti te veo fenomenal. Entiéndeme, que habrá sido un palo lo de la muerte de vuestra ejecutiva. Me refería al aspecto.

—Que sí que sí. Si lo he entendido. No te apures.

—¿Tenías mucha relación con ella, Almudena? —se interesó Velasco.

—Sí, vamos, lo normal. Bueno…, por mi labor, debo despachar con los jefes de área. Y sí. Bien. Estos días que estamos con la película…, sí, bastante. —Almudena crujía los dedos montando el corazón con el índice de la mano derecha.

—Mira, una cosa que sí que podrías hacer por nosotros es gestionar la manera de que veamos la película antes del estreno. —Velasco aprovechó la dispersión de Granados para atacar el tema sin zarandajas.

—¿Antes?

—Sí, hoy. Seguro que ya la ha visto la prensa, los críticos. No debe ser muy difícil. Sin orden judicial, digo.

—Claro, si no, no tiene gracia —apostilló el subinspector.

—Pero ¿es que creéis que Galiano ha sido asesinada? ¿Se descarta el accidente? ¿Pensáis que todo tiene que ver con lo mismo? ¿Se reabre el caso?

—Maja, pareces una rueda de prensa. Calma.

—Lo siento, Benítez. Lo siento.

—Conoces perfectamente cómo trabajamos. A otra sería más complicado explicarle algunas cosas. —Velasco intentó que no sacara conclusiones incompatibles con el sosiego—. Nunca se desestima nada. Es muy pronto. No han pasado ni veinticuatro horas.

—Ya, Isabel. —Hizo una pausa que pareció dramática, pero fue para darle un respiro a su mente, que era un hervidero—. Estaba pensando que voy a por su secretaria. Ella os ayudará con el visionado. Y es la más adecuada para que os cuente detalles sobre Rosa. También me ha dicho Arturo que si él os puede ayudar… Está en el consejo de dirección solo hasta mediodía.

49

Cuando salió Almudena, Benítez puso al corriente a Velasco: Arturo Agustí era el marido de Almudena y el director general de Universo Media.

—Lo dicho, una portera.

—No confundamos a un subinspector de Policía bien documentado con un cotilla de tres al cuarto. No jodamos.

—Qué piel más fina tiene, Garganta Profunda.

—Si sigue por ahí, se pierde lo mejor del cuento.

—Dale, Calleja. —Y con la mano izquierda le hizo una reverencia colocando la palma en forma de bandeja mientras que con la derecha se tocaba la oreja—. Soy toda oídos.

—Agustí. Aquel de allí. —Benítez señaló una foto de tamaño desproporcionado que presidía la mesa de Almudena—. Como usted es muy elegante, sé que no me soltará lo de que no pegan ni con cola, pero como ha abierto mi lado *Sálvame,* con su permiso me suelto la lengua.

—Sí, porque lo que es melena…

—Escasos, sí, señora. —Se pasó la mano desde la frente hasta el cogote sin que nada ofreciera resistencia, para volver con la mirada a la foto de Almudena y su marido—. Es como si hubieran contraído matrimonio una *top model* y un *oso* de Chueca. No se corte. Es así. Ya sabe que podré ser rancio y garrulete en algunas cosas, pero a mí lo de la sexualidad, oiga, me la trae al pairo. Que cada cual se lo monte con cada quien. Pero no me diga que no es la extraña pareja. Por ahí se cuenta que él frecuentaba clubes de Hortaleza y San Antón, y que vio la luz con nuestra Almu.

—No tienes remedio.

—Ya sé que no sirve ni de dato para una prueba circunstancial, pero cuando quiero, soy muy entretenido. —Señaló de nuevo hacia la mesa—. Por cierto, la chica parece una estrella ahí. Se da un aire a alguna actriz, sí, en la mirada. Como de la nariz hacia arriba.

—No soy tan buena fisonomista como tú. A mí me recuerda a ella misma, a cuando trabajaba con nosotros, en Comunicación, y tenía dos años menos y unos kilos más.

—Tal vez sea eso. Como si fuera la que estaba dentro de aquella.

En ese momento volvió la aludida.

—Perdonad. La secretaria de Rosa Galiano está arreglando un pase para vosotros a las cuatro de la tarde. ¿Os iría bien? —Ambos asintieron—. No se ha colgado ninguna copia en un servidor para evitar filtraciones y pirateos. A veces se hace. Se pone una marca de agua grande y se ofrece un código para la prensa. Pero decidieron hacer solo pases de prestreno. Así que la vais a visionar de verdad, en la sala. Hasta las cuatro no entra el de mantenimiento.

—No te molestamos más, Almu, que bastante película tienes tú. Se te han juntado dos. —Isabel la besó en la frente—. Llámame si hay alguna novedad. Estamos en contacto.

—Nos vemos esta tarde.

Almudena Granados cerró por dentro la puerta del despacho. Abrió el gran ventanal, que daba a un enorme patio de luces y claraboyas en forma de carpa circense, para echar el humo de un cigarrillo. Lo achicharró a caladas, con ansiedad y expeliendo el aire por la nariz de manera ruidosa. En una mano le temblaba el pitillo y en la otra el móvil. Con el pulgar subía y bajaba la pantalla buscando algo que no aparecía.

51

13

—¿*Q*ué espera, jefa? De la película, digo.

—Pues nada en especial. No me puedo hacer una idea. Si el librito en cuestión ya era una versión muy libre de los hechos, cualquier cosa es posible ahora en manos de quien busque espectacularidad.

—¿Sabe quién hace de él, no?

—¿Del subinspector Salaberri?

—De ese mamón que nos tuvo a todos engañados y se nos coló hasta la cocina, sí. Realmente, si somos justos, a mí no me pareció trigo limpio nunca. Jamás de los jamases.

—Tú le tenías tirria infinita, pero porque se te había colado en la escala.

—Por eso y por su pose, por su chulería y por lo engreído que era. También he de reconocer que por cómo la tenía a usted, embobadita. Si era palabra de Salaberri, iba a misa.

—No exageres, Benítez.

—Había sido su ojito derecho hasta un cuarto de hora antes de desaparecer, Velasco.

Benítez temía que la seducción que ejercían los personajes siniestros en la gran pantalla fuera a limpiar la imagen de Héctor Salaberri. A eso podría ayudar que el actor que lo interpretaba fuera de gran tirón en taquilla.

—Mario Tarín, el argentino. El nene ese hará que se le vea como un héroe en lugar de como el gran hijo de puta que es.

—No va a depender de eso solo, Benítez. —Velasco miró por la cristalera de la cafetería donde esperaban al forense— Si se respeta la trama…

—¿Estará vivo? ¿Tendrá algo que ver también con todo esto?

Velasco no respondió porque todavía no tenía respuesta. Hacía falta que se demostrara que la muerte de Rosa Galiano no había sido un accidente doméstico fatal. Querían ganar tiempo donde apenas había margen. El mejor investigador es el que se puede adelantar y predecir los pasos del criminal. Un buen eslogan para los manuales y las clases doctas de Criminología.

Ojalá el forense hubiera visto ya algo en las primeras observaciones del cadáver. Velasco lo había citado en aquella cafetería, frente a la entrada de vehículos del Anatómico. «Esto es algo informal, Andreu. Te hacemos una visita para tomar café donde siempre. Te avisamos cuando lleguemos y sales cuando puedas.» Andreu había entendido el doble mensaje implícito: «Sé que aún no tienes el informe por el cauce protocolario, pero algo sabrás. Y no me obligues a reprimir las arcadas que me produce acercarme por allí, porque no hay necesidad».

Era una mañana tranquila. Solo habían visto que entraran una ambulancia y un coche fúnebre. En Madrid morían un centenar de personas al día, aunque la mayoría no necesitaba someter a sus allegados al trance del reconocimiento ni pasar el análisis forense.

A Velasco la proximidad de la muerte se le encaramaba a esa parte del cerebro donde la pituitaria manda la información. No era posible que desde aquel asiento de escay pudiera percibir los gases que emanan los cuerpos en descomposición. Esa mezcla espesa de hiel putrefacta, sangre caliente, humedad y formol. Isabel Velasco lo grabó así en su subconsciente en las primeras visitas a la morgue y, desde entonces, la evitaba siempre que fuera posible. Aun así, desde aquella cafetería, a cincuenta metros, con dos muros de por medio y otras tantas cristaleras, parecía masticar ese olor. Pero se disipó con la llegada de Andreu.

—No te puedo aclarar gran cosa, Velasco. Sobre el golpe en la nuca, no me atrevo a aventurar nada. Pero quizás fue tan violento por el desvanecimiento que le provocó lo que hemos detectado en sangre. Hay una alta concentración de lormetazepam. Como si hubiera ingerido en torno a 8 miligramos.

—Sabes que las pelis las vemos dobladas. ¿Nos puedes cambiar la versión original al menos por unos subtítulos, macho? —El metafórico Benítez se exasperaba cuando no entendía una jerga.

—Es un inductor del sueño. De la familia de los hipnóticos. Se comercializa como Noctamid frecuentemente. Y se suele prescribir 1 miligramo diario para combatir el insomnio.

54

—O sea, como si hubiera ingerido ocho pastillazas —sacó las cuentas Velasco.

—O cuatro de las de 2 miligramos. Es mucha tralla. Eso deja KO a un elefante.

Antes de que Andreu apurase el café con un toque de ron, Velasco se había excusado y retirado a un lugar más discreto para hablar por teléfono.

—Nando, quiero que hagáis un inventario de los medicamentos que se encuentren en casa de la víctima. Mirad en el listado de lo que se recogió en su bolso, en el coche. […] Y buscad de nuevo allí. De arriba abajo. Recetas, visitas al médico. Que no se nos escape nada. En cuanto se te crucen algunos de estos nombres, apunta: Noctamid es la marca, y lormetazepam el componente […], sí, con zeta y acabado en eme, me llamas. […] Sea la hora que sea, claro.

Velasco se quedó con el nombre del somnífero. ¿Cuánto debería tomarse ella para descansar plácidamente, sin las terribles pesadillas que la tenían en danza todas las noches?

¿Qué cantidad resultaría suficiente para que no hicieran ni el amago de aparecer sus miedos en forma de cámaras ocultas, micros camuflados o fantasmas que vagaban con un camisón blanco patrocinado por Inseguridad&Co? ¿Le diría el doctor Escuder qué dosis necesitaría ella?

14

Pirineos, marzo de 2016

*D*esde su última visita, la cantina de Anciles se había quedado en una persiana derrengada, vencida en su eje superior y pintada de grafitis en sus bajos. Estaba en la zona del pueblo que se mantenía de espaldas al reclamo turístico de su conjunto amurallado. Un escenario natural con aires del Medievo que pedía ser decorado de alguna serie histórica. Con pórticos y ventanales, maderas tratadas y piedras tan bien dispuestas que hacían dudar sobre si su origen se databa en cuatro siglos o en tres décadas.

Mikel observaba el anillo de la plaza central de manera descuidada. Andaba con paso firme, decidido, mientras procesaba la información que le daban los reclamos de menús y analizaba a los que entraban y salían de los comercios según su apariencia. Se mezclaban senderistas, que traían en sus ropas el helor del Aneto, con rostros cansados de la jornada de esquí. Paisanos del valle, pocos, los que departían en un rincón del bar con ventanas a la plaza. Un ecosistema al margen del bullicio donde se servían rebanadas de pan de payés con tomate, aceite y ajo, y una tortilla de tres huevos que desparramaba su jugo por los laterales. «Un coñac, solo uno, que conduzco.» Era la hora de los chupitos de unos y la merienda de otros. Dos Anciles se daban cita en el mesón: el de esos parroquianos habituales y el de los foráneos que admiraban la decoración, con la misma piedra en sus paredes que las del exterior, cabezas de cabra montés de cuernos negros colgadas como trofeos de caza y billetes llegados de todo el mundo pegados al techo. Estos últimos, bien ajenos al suceso de esa misma mañana, ocurrido a pocos kilómetros de allí. El otro Anciles tenía a Damián en sus comentarios sin saber aún que se llamaba así.

—Un niño. De unos cuatro años, dicen.

—Pero ¿cómo puede ser que no lo busque nadie, que nadie lo reclame?

—¿Y si a los padres se los ha llevado la corriente del barranco? ¿Viste cómo bajaba de turbio y fuerte a esa hora de la mañana?

—A punto de arramblar también con el crío.

—Pero ha salido en todas las noticias. ¿No tiene más familia?

—Iba con equipación de fútbol. Con botas y todo. Aquí no nos queda nada por ver, pero nadie va a llevar al niño vestido con esa pinta para hacer barranquismo.

—De un coche no pudo salir despedido.

—No, no. Imposible. No hay carretera ni senda por la que pase ningún vehículo cerca de allí.

—¿Ha muerto?

—Está muy malito. Inconsciente lo han encontrado. Si casi ni respiraba… Una roca lo salvó de caer al vacío. Pero encalló con esto. —Y se daba golpes en el pecho.

—Lo han traído por la ribera hasta aquí. Un helicóptero se lo ha llevado. En las noticias han dicho que está en el Servet de Zaragoza.

Mikel miró el reloj. Dejó tres euros por la tónica. Calculó que sería suficiente. También que eran tres las horas que lo separaban del Hospital Universitario Miguel Servet. Un tiempo que podría reducir, pero no le convenía que lo detuvieran por conducción temeraria, aunque estuviera entrenado para ello. Se había formado para responder con la mayor eficiencia en escenarios hostiles. Los recovecos de las vías alpinas y de los

57

altos del Tirol le habían dotado de la destreza suficiente para que pudiera afrontar la bajada a tumba abierta desde Benasque hasta la capital con los ojos cerrados. Y no habría hielo todavía. Pero aquella misma mañana ya había pecado de no aplicar a cada acción una cautela extrema. No iba a cometer el mismo error. Decisión, valentía, arrojo, pero también máxima prudencia. Eran virtudes complementarias. Lo había aprendido durante los años de instrucción para formar el comando de élite. Mikel era un Cinco Estrellas. El primero de la camada. El elegido para llegar a la cúspide. Y podría llegar a ser el más joven en conseguirlo.

—Central —dictó al manos libres del Parrot.

Sonaron los tonos de marcado telefónico. Otra curva más en la que el 4x4 culeó y rectificó la dirección para encarar de nuevo la calzada. La amortiguación sonó en su eje hidráulico y mantuvo la verticalidad perfecta. Las ruedas patinaron levemente sobre la pinaza del arcén. Control.

—¿Es 5E M en ruta? —respondió una voz femenina con acento germánico.

—Es. Afirmativo. Necesito información sobre un paciente en el hospital Miguel Servet de Zaragoza. Nombre, Damián. Probabilidad de que haya sido ingresado sin esa identificación. Cuatro años. Fuerte golpe en caja torácica. Hospitalizado hoy. Quizás a última hora de la mañana. Necesito también coordenadas de entrada y nombre de respaldo de actuación en poco más de dos horas.

—Copiado.

Máxima concentración. Dos barritas energéticas en la guantera. Suficientes para reponer fuerzas. Caramelo de cafeína. Engullía kilómetros.

Tres tonos de teléfono. Cuelgan. Un tono y él atiende. Es el protocolo.

—Aquí Central. ¿Es 5E M en ruta? —La misma voz alemana.

—Es. Afirmativo.

—Visualice. Nombre de respaldo, Ramón Garitano. Médico en prácticas. Viene en intercambio desde el Universitario Arnau Vilanova de Lérida. Cirugía pediátrica. Entrada por paseo Isabel la Católica. En los servicios del acceso a visitas encontrará indumentaria e identificación. Luego, ascensor B a planta 3.

Mikel pulsó el *replay*. Las instrucciones sonaban en bucle. Las canturreaba para memorizarlas. Los primeros edificios de Zaragoza entraron en su campo de visión. Buscó unas gafas en el compartimento del reposabrazos. Solo desvió la mirada de la carretera para comprobar que le sentaban tan bien como al doctor al que se disponía a suplantar. Ya era el doctor Garitano. No había duda.

T02x02

1

Madrid, 2018

—*L*e dejo mi chaqueta, jefa. —Benítez se la cedió al ver que Velasco se encogía.

No llegaba a tiritar. Contenía el temblor frotando las manos y resoplando con fuerza.

—Negaré que ha ocurrido esto. Nunca me has visto así. —Isabel advertía con el índice a la vez que aceptaba la prenda, se quitaba los zapatos y se sentaba sobre sus piernas.

La chaqueta hizo de manta. Le agradeció el ofrecimiento y volvió a centrar la mirada en la pantalla. Había sido una mala opción aquel calzado descubierto. Tampoco sabía, cuando salió de casa de Alejandro aquella mañana, que iba a echar la sobremesa en la sala de proyecciones de Universo Media. Tan idéntica a un cine que hasta el climatizador estaba dispuesto a unos cuantos grados bajo cero. Eso era lo único que le estaba cortando el cuerpo. El film en sí, ni frío ni calor. Era muy fiel al libro. Demasiado. Impactaba, en todo caso, ver cómo tomaba cuerpo y vida en la pantalla. También el sonido atronador de alguna escena. Pero la misma duda, el mismo interrogante sobre la historia: ¿Quién sabía tanto para contarlo con ese detalle?

El guion tenía su anclaje en el caso real: un asesino, o asesinos, dejan la huella de homenaje a una serie de ficción en cada uno de los crímenes que cometen. A la vez, un misterioso personaje surgido de la nada, con documentación falsa y al que no se puede identificar, se lanza desde el sexto piso de un céntrico hotel madrileño. Ambas tramas están vinculadas. El subinspector al frente de la investigación, Héctor Salaberri, mano derecha de Velasco, se empotra en el piso de tres jóvenes de Lavapiés que escriben el blog *Asesinos de series,* un juego de palabras referido a los *spoilers.* La Policía contacta con ellos para que los ayuden a desentrañar las claves de los asesinatos inspirados en series de televisión de éxito internacional. Marta, Rubén y Andrés reciben a Salaberri con recelo, sin acabar de entender por qué han de hacerle un hueco en el sofá cama de su salón. Al principio creen que Salaberri ha urdido una treta para estar cerca de Marta. Luego dudan sobre si los está protegiendo o vigilando. ¿Están en la lista de sospechosos?

Salaberri desaparece y empiezan a acumularse pistas que lo involucran en el caso del Asesino de series. Su sustituto, Toño Saiz, que llega para reforzar la investigación, acaba sacrificando su vida y gracias a él se desentraña gran parte del misterio.

Así es como se había publicado la historia. Parte de la justificación para hacer verosímil que tres treintañeros hubieran transigido con el allanamiento de su intimidad se basaba en que la colaboración con la Policía les proporcionaría material de primera mano para desarrollar la serie que ellos soñaban. La película partía de que Marta, Rubén y Andrés habían dado su testimonio para que el caso se convirtiera en una novela.

—Nada nuevo bajo el sol, Benítez. Lo que me parece menos creíble es que tu otro yo vuelve a estar tan ocurrente que hasta tiene un no sé qué.

—Usted, sin embargo, gana mucho al natural.

—Muchas gracias, *salao.*

—Para sal y pimienta, lo que ya le dije. ¿Quién cojones puede saber que aquel sábado que fuimos usted y yo al centro comercial encontramos el boceto del tatuaje con el plano del laberinto? ¡Joder! Pero si hasta clavan los diálogos.

—Tampoco exageres, Benítez. Nos traiciona la memoria. Al

final hemos acabado creyendo que lo que cuentan ahí —señalaba la pantalla, donde ya caían los créditos— es lo que realmente ocurrió. Se está contando una visión ficcionada. Bastante infantilizada. Hay detalles de la investigación que salieron publicados hasta en la hoja parroquial.

—¿También el de que se hallaron coincidencias del cincuenta por ciento con el ADN de Salaberri?

—Habría que comprobarlo. Pero no me sorprendería en absoluto. Ella quizás nos pueda echar una mano.

Ella era Almudena Granados, cuyo taconeo sonaba incluso en la moqueta de la sala.

—¿Qué os ha parecido?

—Dará que hablar. —Velasco tenía un don especial para la diplomacia y la agilidad mental para que no la pillaran en un renuncio.

—¿Y quién firma esto? Aparte del director, digo. El guion sigue siendo supuestamente del Trío Calavera. Un triple seudónimo. ¡Cojonudo! Todos sabemos que no es así, que a los tres blogueros, después de colaborar con nosotros, les robaron la merienda. Alguien se adelantó y la firmó antes de que pudieran ponerla negra sobre blanco.

—Madre de Dios, Benítez. No cambias. ¡Qué vehemencia la tuya! ¿A qué te refieres? ¿Qué ocurre?

—Y tú tampoco superas tu bendita ingenuidad, querida. Te voy a hacer un croquis. Así no se te me pierdes. —Recogió su chaqueta y palpó el bolsillo interior. El paquete de tabaco seguía en su sitio—. Desde que se publicó la novela nos venimos preguntando quién podría haber tenido acceso a tanta información, supuestamente confidencial, del caso del Asesino de series. Tú eras la directora de Comunicación de la Policía. ¿Recuerdas cuando Fernando Salgado se convirtió en el periodista estrella porque, no se sabía cómo, accedió a datos delicados y cantaba la *Traviata* por todas las teles?

Almudena iba asintiendo como si estuviera reordenando un cajón de su memoria que hacía mucho tiempo que no abría.

65

—Como Salgado es otro de los que se ha tragado la tierra desde entonces y, por lo tanto, no nos puede ayudar, nos tendrías que decir a quién le confiaste ciertos detalles.

—Ahora ya no es un juego creativo literario, Almudena —intervino Velasco al verla tan desorientada—. Tenemos motivos para pensar que alguien estaba extorsionando a Rosa Galiano. Y Rosa Galiano está muerta. ¿Podemos ir a tu despacho?

Benítez fijó su mirada en el anillo que lucía en su dedo anular su excompañera.

—Sería conveniente que se acercara tu marido también.

2

A la inspectora jefe se la ganaba por el olfato y Arturo Agustí olía a una conocida colonia masculina. Estaba impregnada en su piel, en perfecta comunión. Tan bien escogida como la corbata y los zapatos. No alcanzaba a adivinar si el antiojeras se lo aplicarían en la sala de maquillaje, dos plantas más abajo, o lo traería puesto de casa. La barba al cuatro, tan perfilada, solo se la podría arreglar él si, además del atractivo en el sentido más hormonal, también tuviera la destreza del pulso de un fino estilista. «A eso se deben referir cuando hablan de que la cámara te quiere o no te quiere.» Ese fue el primer pensamiento de Velasco cuando el director general de Universo Media estrechó su mano y se sintió electrificada por su carisma.

«Aquí tenemos al *oso* de Chueca —pensó Benítez—. La foto del despacho de Almu no capta este imán personal que flota en torno a donde respira el gachó.»

—¿Nos sentamos? —propuso Agustí—. Por fin conozco en persona a la gran pareja, Velasco y Benítez. Hubiera sido mucho mejor en otras circunstancias.

Identificada. La pituitaria de Velasco estaba en plena forma: era la loción clásica que ya usaba su padre.

Isabel Velasco volvió a las mañanas de Burgos, a la casa cuartel del destino tras el primer ascenso. A Floïd de alcohol mentolado y dulzón. A café de puchero, pan tostado y manteca. Al frío lejos de la estufa de butano. Al *Buenos días, España* de Luis del Olmo. Al humo de Ducados. Al timbre y la voz de Mercedes: «Hoy, de la mano, Isa, que ha *nevau*», o «Corre, Isa, que todavía no hay *hielu*».

—Espera, Merche. Vamos a saludar a la tía Mapi.

—La boca, las orejas, ahí, bien tapadas. —Y tía Mapi rebuscaba entre la caja de galletas danesas, entre dedales e hilos de colores, unos caramelos de café con leche—. Ahí los lleváis, mis niñas. Para el camino, majas.

Isabel se ponía de puntillas para darle un beso. Sacaba la boca y la nariz de la bufanda para atrapar bien ese momento con el olfato. Le gustaba cómo olía el cuello de tía Mapi. Olía como la loción de papá.

La vocación de Isabel emergió a una edad precoz. Siempre es muy pronto para darse cuenta de que tu mundo ordenado se desmorona. Las cosas empezaron a dejar de estar en su sitio una mañana, al ir a buscar los caramelos de tofe.

—¡Tía Mapi! ¡Buenos días! —llamaron Isabel y Mercedes al ver que la puerta estaba encajada. La empujaron cruzando una mirada de extrañeza.

Isabel llevaba el pálpito de un mal augurio. Se le habían encaramado al pecho un dolor y una pena honda, que hacían daño. Le empezó a llegar un olor que era la peste. Agrio y fuerte. Un hilo de agua bajo la puerta del lavabo. Cerrada también.

Isabel creció sin miedo. Si hubiera tenido alguno, se habría esfumado al abrir la madera con bisagras que la separaba del vuelco que dio su inocencia. Allí grabaron su memoria, su retina y su olfato la escena que la vacunaría por los siglos de los siglos.

Una bañera turbia en la que flotaba el vómito. Isabel chapoteaba —chof chof chof—, pero aquel ruido de sus suelas de goma contra la balsa de agua, babas y bilis no era el de los charcos los días de lluvia. Eran los pasos que la asomaban al rostro amoratado, hinchado y desfigurado de tía Mapi, sin el moño

SALVARÁS A MIS HIJOS

recogido, con los pelos lacios como si bracearan en un último intento de salir a flote.

Se le nubló el recuerdo de lo que vino después. Los días posteriores se perdieron en un fundido a negro. En un silencio y una callada tensión en la casa cuartel. La mañana en la que se quedó sin caramelos de café con leche no pudo oler la loción de su padre en el cuello de tía Mapi, pero entre la acidez de los vómitos, apestaba también a Ducados. Y entre las lágrimas de los que más lloraron su muerte, tampoco podía olvidar las de su padre cuando creía que estaba solo y lejos de cualquier mirada.

3

A pesar de la insistencia de Arturo Agustí invitándolos a trasladarse a su despacho, mucho más amplio, Velasco abrió las manos y brazos. «Joder, qué pesaditos estamos, si aquí nadie duda de que debes tener los mejores tresillos y hasta cuadros de artistas en auge, majete, pero ahora la morena te va a explicar bien clarito que hemos elegido el de tu mujer por una razón. Vamos, ataque, jefa.» Y esta dibujó un semicírculo en el aire, del pecho hacia fuera, con las palmas hacia arriba, consagrando el lugar:

—Estamos bien aquí. Y hay una razón más profesional, digamos técnica, para que nos quedemos: esperar a unos compañeros que vienen con la correspondiente orden judicial.

Arturo y Almudena se interpelaron con la mirada, pidiéndose apoyo, quizás orientación: «Vienen a por nosotros. Nos llevan con las manos por delante a dependencias policiales o ante el juez. ¿Tú sabes algo? ¿Van contra ti y, de paso, me salpica algo? ¿Hay alguna cosa contra los dos? ¿Qué cojones pasa aquí?». La inspectora jefe decodificaba ese lenguaje no oral.

—No pasa nada. Tranquilos.

—De momento. ¡De mo-men-to! —La puyita de Benítez iba directa a la yugular de Almudena Granados.

El subinspector la reconocía como aquella profesional apta para las situaciones de crisis, la que no llegaba a perder la compostura, pero a la que se le instalaban los nervios en el estómago y se encogía, mientras los párpados le vibraban de manera ostensible.

—A ver, por partes —volvió a empezar Velasco—. Mientras estábamos viendo la película, nos han llegado unas capturas de pantalla con datos encontrados en la revisión del ordenador de Rosa Galiano. Estamos trabajando a destajo en estas primeras horas, que son fundamentales. Por eso os pedimos vuestra colaboración. Sabemos que Galiano recibía amenazas.

—No muy elegantes, por cierto —apostilló Benítez.

—Amenazas en correos electrónicos que salieron del servidor de Universo Media. Por la IP, concretamente, de este ordenador. —Velasco señaló el Mac de la mesa de Almudena.

Agustí volvió a cruzar la mirada con su mujer, algo velada de dudas más difíciles de interpretar, incluso para una especialista como Isabel.

—No sabemos si se nos está acusando de haber amenazado o haber matado a una persona…

—No, ¡por favor! —la interrumpió Velasco—. Nadie está acusando a nadie de nada.

—De momento… —Esa era la letanía de esa tarde en boca de Benítez.

—Os estamos pidiendo colaboración. Llegarán enseguida los compañeros de la Tecnológica y tienen que revisar la red interna corporativa.

—Eso va a ser un lío —pronosticó quejoso Agustí—. Un verdadero jaleo. Va a trascender que se pone en el disparadero a la casa. Eso, al margen de que estamos en plena recta final en la campaña del estreno de la película. Tenemos más carga de trabajo que nunca. También más ojos mirándonos.

—Lo sabemos. —Velasco se mostró comprensiva—. Por eso estoy segura de que podremos articular una forma de colaboración que no bloquee la investigación y que no tenga efectos indeseados para vosotros.

—¿Alguien quiere un poco de agua? Voy a pedir una jarra con hielo. —Almudena, más templada, señalaba hacia la secretaria.

—¡Joder! Aquí es donde en las pelis dicen que necesitan un

trago, y lingotazo de whisky o de Jerez que te crio. Pero si solo tenemos agüita y hielo, que rule, que rule —lo celebró Benítez.

—Por cierto, cuando Rosa Galiano aún era productora ejecutiva, ¿pactaba el guion de la película con los autores?

—Sí, inspectora —confirmó el director general.

—¿Y cómo se hace eso en ocasiones como esta, en las que no existen, cuando se firma con un seudónimo?¿Con quién trataba Rosa los pormenores del guion, señor Agustí?

—Tengo entendido que con el despacho de abogados que actúan como derechohabientes.

—E imagino que les debe amparar el secreto profesional para no desvelar la identidad de su cliente —intervino Almudena entrando con la jarra de agua.

—Ya veremos. Eso también, de momento. Solo de mo-men-to.

4

Zaragoza, 2016

Al girar por Isabel la Católica, Mikel se colocó la gorra con la visera inclinada hacia abajo. La barbilla también, en posición de doble mentón. Entre esos dos gestos y la capacidad de las lentes de sus gafas para adaptarse a la oscuridad manteniendo aparentemente la opacidad, no le reconocerían nunca. Aunque encargaran al más experto de los fisonomistas que lo identificara. Ni revisando mil veces la grabación de la cámara del aparcamiento del hospital que en ese momento registraba su acceso. 21:22 horas. Instintivamente agachó aún más la cabeza al descender por la rampa. Ni el más aguerrido de los soldados es capaz de evitar los actos reflejos.

En cada giro sobre el encerado suelo rechinaron los neumáticos, rodados sobre la humedad y contraídos por el cambio de temperatura. Una plaza doble al final de la tercera columna se le ofrecía como el sitio ideal para el 4x4. Protegido en una esquina. Fuera del alcance de las cámaras principales, para que Mikel pudiera repasar el plano del hospital en la pantalla. Sus siguientes movimientos debían ser firmes y seguros. Y tendría que pasar desapercibido. Lo más próximo al hombre invisible. Era una técnica muy ensayada. «Si tú no miras, no te ven.» No podría hacer ni un solo gesto que llamara la atención de nadie. Era como andar sin marcar los pasos. Tampoco con los brazos. Casi levitando. «Si cruzan una mirada contigo, no la esquives. Saluda con seguridad. Las hormonas espejo. Devuelve lo que recibas.» Cualquier otro día, laborable y a media tarde, resultaría más sencillo. Pero no se puede escoger. Todo por bajar la guardia en la casa del Pirineo. Nunca habían tenido que actuar en situaciones de crisis provocadas por una fuga hasta ese día. Aunque, por supuesto, tenían previsto el protocolo a activar.

Del baño de caballeros que le habían indicado saldría siendo el doctor Garitano, Ramón Garitano, según rezaba la tarjeta de identificación. Tenía un cierto parecido a él. Habían escogido bien. La Organización solía hilar fino. En el bolsillo derecho de la bata encontró una pequeña llave de la taquilla donde podría dejar sus pertenencias.

Ascensor B. A la tercera planta. Subió con una celadora y dos enfermeras.

—Que tenga buena noche, doctor —le despidió con acento canario una de ellas al bajarse en la segunda planta.

Mikel le devolvió una sonrisa. No quería dejar rastro de su voz, ni un tono que pudiera ser reconocible. Hay expertos forenses en la Policía que sacan conclusiones a partir de dejes, timbres, modismos de una frase mínima.

El siguiente obstáculo lo afrontó a la salida del ascensor. Tuvo la duda de si la UCI estaba a la derecha o a la izquierda. Simuló que repasaba un portafolios abierto que llevaba en la mano, con un bloque de cuartillas sujetas con una pinza superior. Pasó una hoja, dos. Mientras, con el rabillo de ojo sondeaba los rótulos del directorio. Le quedaban fuera del campo de visión natural, pero incluso de soslayo podría identificar las siglas. Otra contrariedad: no había ninguna. Una UCI genera preguntas en los niños que están aprendiendo a leer. La respuesta no es tranquilizadora. Así que, como flechas de señalización en un cruce de caminos del Lejano Oeste, el destino se dividía entre «Pediatría A / Lactantes» a la izquierda y la dirección por la que optó Mikel. A la derecha, «Cirugía pediátrica». Una puerta más. Cristal biselado. Marcos de aluminio cromado. En la parte superior, la leyenda que indicaba que ese debía ser el único destino posible para Damián si había pasado por quirófano.

Otro pasillo eterno. Colores pastel en las paredes. Rodapiés y pasamanos de madera. Dibujos infantiles: un Mickey y una Minnie, unas abejas de segunda generación tras el paso de Maya y Willy. Todos de dos en dos, como los nombres de los ocupantes de cada habitación. Victoria y Carla. Ana y Elia. Roberto y Sergio. A Damián lo llamarían Damián aunque no hubiera recuperado el habla. Lo podían saber —y así lo contaban en los informativos— por el nombre que lucía en la camiseta, como en los uniformes de los equipos profesionales. Ahí estaba: Damián, en la número 4. Sin más nombres.

La puerta no estaba cerrada del todo. Sería su único ocupante porque requería una observación más exigente. Estaba grave. «Al filo de la muerte», llegó a escuchar en la radio. Última mirada de control antes de empujar la puerta. Justo a su izquierda quedaba una cama varada en mitad del pasillo, pegada contra la pared, con ruedas. Quizá había servido para trasladarlo desde el quirófano. Más allá, una puerta de color diferente. Llamativa. Naranja. Una sala de juego o un lavabo. Agarró el pomo con suavidad y levantó el peso de la puerta levemente. Así se aseguraba de que las bisagras no se quejaran. En la penumbra, orientándose por el parpadeo de las señales digitales de la monitorización y un reflejo que producía el foco de emergencia, llegó reptando a la altura de la cama. En un rápido movimiento, se puso en pie y retiró la colcha. A la misma velocidad, un brazo contundente le lanzó un golpe directo al tabique nasal. Otro brazo de aquel cuerpo que no podía ser el de un niño de cuatro años le colocó en el pecho una pistola y la presionó con fuerza. Sobre el acero caía sangre de la nariz de un Mikel medio noqueado. Dio un brinco hacia atrás. Saltó de espaldas superando la otra cama, vacía.

—¡Quieto! ¡Alto, Policía!

Oyó la orden atenuada, tras el portazo que dio al escapar. Se inició una persecución tan veloz como corta. De la puerta naranja salieron tres agentes del Grupo Especial de Operaciones. Se sumó el trote de otros tantos que llegaban a través de las escaleras exteriores de emergencia.

Mikel se recostó sobre un mostrador en mitad del pasillo. Las enfermeras del puesto de control se confinaron en el box acristalado. Él hurgaba en una cajonera, ya a cara descubierta y sin guantes. Estaba rodeado. Acorralado por varios hombres armados a los que se sumó también el primero que le apuntó escondido en la cama de Damián. Bajito. De hombros anchos y pelo de pinchos indomables.

—¡Las manos arriba! ¡Quiero ver tus manos!

Las de Mikel seguían removiendo. Parecía buscar a la desesperada algo con qué defenderse, algo con lo que amenazar a la decena de agentes que le apuntaban. Levantó la mano derecha en son de paz. La izquierda llevaba algo de retraso. Había encontrado un bisturí que de inmediato se clavó en el cuello. Sonó el chasquido de su tráquea. Fue certero en ese último movimiento. Letal.

—¡Mierda puta!

Las maldiciones que brotaron de la boca del policía al mando no impidieron que una fuente de sangre saliera con una presión imposible hacia donde estaban los GEO.

Con la misma fuerza se desplomó, en dirección contraria, el cuerpo de Mikel. Los brazos caídos de quienes lo rodeaban expresaban abatimiento. No podrían obtener su testimonio. Nada lo podía salvar. Aunque Mikel murió en la convicción de que él salvaba así la gran causa de los suyos.

5

Madrid, 2018

Otra vez un sábado por la mañana. Benítez no podía confesar abiertamente que como mejor le sentaban era trabajando. Solo se los podía imaginar diferentes con las obligaciones familiares que en ese momento no tenía. En el tajo se echaban menos de menos. Trabajar a medio gas. Estar ocupado. Era una cuestión «de programación mental», sostenía Velasco siempre que surgía el tema.

—Estoy segura de que te pones a recordar detalles de lo que has hecho por una investigación tantos sábados por la mañana y no te queda la sensación de habértelos pasado en un *spa*.

—Eso no, pero se lleva otro paso.

—Porque no hay ruido en comisaría. No hay estrés de fondo. No tienes la presión de arriba. —Señalaba la planta donde estaba el despacho del comisario Castro.

—Al gran jefe cada vez se le ve menos el pelo. Ni sábados, ni de lunes a miércoles. A veces el jueves, pero el viernes por la tarde ya libramos.

—Política, dicen.

—Agotadora. No va con nosotros, jefa. Quite quite.

—Ya nos llegará esa etapa de sacrificio.

—¿Sigue en Grecia el doctor? —cambió de tema Benítez.

—Hasta el martes.

—¡Pufff! ¡La cagamos! —Sacudió la mano el subinspector—. ¡De aquí no se escapa nadie! Entonces ha hecho los deberes, pero bien.

—Exacto. Y de paso, le he arreglado la facturación del mes a la empresa de pósits. —Velasco sacó un taco de papelitos amarillos garabateados y pegados entre sí.

Leo vio en la cara de sus nuevos compañeros lo que significaba aquello. Se iba a empezar a repartir juego. A destajo.

—¡Señores! Isabel Velasco, alias Iniesta. Estén atentos. Hay pelota para todos.

—Va, Benítez, ¡que te gusta más un *show*...! Sentaos, por favor. Vamos a recopilar lo que tenemos. Por lo pronto, ¿fuiste anoche al cine, Leo?

—Una orden es una orden. Por supuesto.

La inspectora jefe había pensado que la mirada de un policía no contaminado, al no haber vivido el caso entre bastidores, podía ser interesante. Complementaria a la que tenían ellos. «Es bueno que no esté *toreao*», le había secundado Benítez. A ellos se les podía escapar algo de la trama de la película *Asesinos de series*, quizás por evidente, y en esa obviedad tal vez se camuflara la clave.

—Pues dale, Boyero, que se enfría el caldo —lo apremió Benítez.

—Había leído el libro. No creo que haya nada nuevo. Nada muy llamativo, pero hay un dato que ya estaba en la novela y que me pasó inadvertido en la lectura. ¿Se acuerda de cómo se presenta Salaberri a Marta la primera vez?

—¿Te refieres a cuando se conocen en un local de copas y él le oculta que es policía?

—Sí, en la peli es una discoteca pero la situación es la misma...

—Suéltalo, coño, que te pareces a los de la radio. ¡Cuánta palabrería! —Benítez tenía prisa.

—Aguirre. Juan Aguirre. Lo he buscado y es fiel al libro.

Ante la expresión del resto, de no entender dónde estaba el quid, Leo subrayó:

—Quizás no sea solo una casualidad que el cabecilla de la trama fuera, como se supo, Héctor Aguirre y que Héctor Salaberri —remarcó los dos nombres de pila— se escondiera en la identidad de Juan… Aguirre.

—Quizás no. Tal vez sea algo de lo que tirar —anotó Velasco—. Y tú, Nando, ¿viste la grabación de la tele?

—La entrevista a Arlet del miércoles, sí. De arriba abajo. De memoria me la sé. Nada particular. Nada que no supiéramos.

Nando relató casi *frame* a *frame* cómo habían recibido en el espacio de entretenimiento líder de 7Tv a Arlet Zamora. Mucho fuego de artificio, y dos preguntas extrañas sobre la película. El presentador tuvo que recurrir a la fórmula de «Me han dicho que tú…» porque era evidente que del libro no había leído ni una página y tal vez en la película se había quedado dormido, o había atendido a 27 wasaps que, aunque fueran de trabajo, fueron suficientes para constatar que no podía examinarse de *AdS* sin hacer el ridículo.

—Le preguntó sin rubor por su secuestro, pero lo hizo como quien pide cuarto y mitad de aceitunas —explicaba Nando—. También se atrevió a dejar caer lo que se comentaba en las redes sobre si había sido amante del subinspector huido, y antes de su amiga Marta, la bloguera, y después también de su carcelera, Ana Poveda. Ahí es donde puso la pausa Rosa Galiano. Ese es el momento en el que congela la imagen.

—Es la hora en la que Rosa hace la última llamada. —Repasaba en las notas Velasco—. A Jorge de Páramo, el productor de ese programa. La llamada podría tener relación con lo que está viendo en la tele.

—Solo uno de los dos nos lo podría confirmar, jefa. Habría que tratar de hablar con él —propuso Benítez, al que una intuición difusa lo llevó a añadir—: Antes de que sea demasiado tarde.

79

—¿ *V*as a intentar borrar los mensajes con las amenazas que le enviabas?

—¿A qué te refieres, Agustí?

—A que te estés quietecita, Granados. Ya has hecho bastante el ridículo.

Granados y Agustí. En casa no siempre se daban ese trato, pero en la sede corporativa lo que empezó como una broma siguiendo la estela del matrimonio de periodistas de una cadena del grupo que se llamaban el uno al otro por el apellido, acabó cuajando de tal forma que lo extraño era que usaran sus nombres de pila.

—No te han dejado el ordenador para que trastees a tu gusto. ¡Parece mentira que hayas trabajado en la Policía!, aunque solo fuera como su vocera. ¡No has aprendido nada, bonita!

Almudena dejó de teclear y levantó la cabeza. No parecía que la hubiera pillado por sorpresa que Arturo irrumpiera en su despacho a esa hora de la mañana del sábado.

—¿No te das cuenta de que es una trampa, Almu? Ahora nos tienen monitorizados. Eso es lo que habrá hecho la brigada de Delitos Informáticos. ¿Por qué no se han llevado los equipos? ¿Te crees la milonga de que hicieron un volcado de datos? Que a lo mejor también. Pero no me cabe la menor duda de que habrán instalado un programa para ver cada movimiento: las claves, los archivos que se manipulen. Todo. Grabados. Absolutamente todo. ¿Y si no tuvieran nada? ¿Y

SALVARÁS A MIS HIJOS

si fuera una trampa para ver quién mueve ficha? ¿Vas a ser tú la primera? Esto no es tan sencillo como borrar en el móvil el rastro que deja el GPS.

—¿Qué sabes tú de eso?

—Sé que estuviste en casa de Rosa la noche que murió.

—Pero ¿qué coño dices, Arturo?

—También sé que le enviabas esos anónimos que podía haber firmado una adolescente loca del coño. ¡Ya tenemos una edad! Hasta tú tienes una edad.

—A ti eso parece que no te importaba tanto. ¿Qué tenía esa zorra de Rosa Galiano? ¿Era eso? Porque años, desde luego, los tenía todos.

—Me lo dijo ella.

—¿Te dijo el qué?

—Me llamó esa noche. Minutos antes quizás de que se desnucara. Que le parecía haberte visto rondando su casa. ¿Creías que nos ibas a pillar *in fraganti*?

—No sé de qué me estás hablando.

—Has borrado la pista de tu trayecto en el móvil. En el coche, no. El del coche a lo mejor lo has dejado porque ni debes saber cómo hacerlo.

Almudena Granados se hizo sangre con las uñas en las palmas de las manos. El centímetro de moqueta que había bajo el tacón de su zapato derecho presentaba un orificio del calibre de la cornada que le acababa de asestar Agustí. Cornada con doble trayectoria.

81

$\mathcal{D}$ejó unos pósits. Los arrugó y los convirtió en pelotitas amarillas que encestó en la papelera. Se llevó el resto con nuevas anotaciones. No es que la jornada estuviera siendo muy productiva, pero estaba todo por hacer y, tomara la dirección que tomara, a algún sitio habría que llegar. Indefectiblemente. Ya verían para qué.

Velasco inauguró otro taco de notas con el apunte de que en casa de la fallecida no se había encontrado ni rastro de lormetazepam, ese potente hipnótico hallado en grandes dosis en su sangre. Subrayó también que Galiano frecuentaba la consulta de Patricia Treviño, doctora en Psicología.

—¡Bingo! —cantó Nico, que llevaba toda la reunión aparentemente ausente—. ¡Ahí está! Ha dado sus frutos. Almu nos está abriendo el camino.

—No puede ser tan fácil —sospechó Benítez.

—Pues ahí la tenemos. A la primera. Le corría prisa. Es de las nuestras. Un sábado por la mañana y trabajando. Dándole matraca a su ordenador.

—Vamos a ser prudentes —bajó las expectativas Velasco—. Es la jefa de Comunicación de una productora que anoche estrenó una película. No está en un fin de semana ocioso precisamente.

—Debe tener poco que ver con su trabajo y con la promo de la peli lo que está haciendo ahora mismo. Mire, jefa. —Nico le mostraba una pantalla negra donde se sucedían rápidas líneas de código en renglones que alternaban el blanco, el amarillo y alguna línea en rojo. Era evidente que Velasco no entendía nada, y su subordinado lo captó—: Ha entrado en el correo en línea de la cuenta de Gmail desde la que un tal GreekMarian le escribía cosas tan cariñosas a Rosa Galiano como: «Te voy a cortar los pezones con unas tenazas de hierro a fuego vivo, zorra. Por adúltera».

Por la cristalera, entre las rendijas que dejaba el estor graduable, asomaron los ojos claros de la agente que atendía la recepción de la comisaría. Los sábados podría haber grabado un mensaje-tipo: «No, hoy no trabaja la oficina para expedir DNI. […] Tampoco para el pasaporte. […] Sí, por Internet o llamando por teléfono se obtiene cita. […] No, esas máquinas sirven para cambiar la contraseña y otras opciones, pero cuando ya tenga el documento. […] Gracias. Buenos días, adiós.» Podría hacer un *playback* perfectamente sincronizado de esa lectura. De hecho, en los ratos muertos, había estado bromeando con su compañero de guardia.

—¿No has visto *Los informáticos*? Una serie inglesa, chiquillo. ¡Te partes la caja! Graban la respuesta que dan a todo quisque: «¿Ha probado a apagar y volver a encender?».

Fue ponerse a hacer el tonto y aparecer el comisario Castro. Tuvieron los suficientes reflejos para simular que estaban atendiendo una llamada de teléfono. Castro los había saludado de lejos, con la mano y una mueca ambigua de sorna o malicia. Iba acompañado de una mujer a la que, por sus hechuras, descartaron como pieza del catálogo de conquistas del comisario. La vieron de espaldas, con una bandolera echada hacia atrás, de piel color marrón —lo que quedaba de ella—, agrietada, con los rodales propios del desgaste de un balón de cuero desollado por la tierra del parque. Un pequeño ser coronado por un desorden bicolor de cabellos entre negruzcos y grises en forma de col rizada. Con andares de ritmo desigual al cojear levemente en el apoyo del talón derecho.

Nando salió de la reunión para atender a la recepcionista.

83

—Por lo que me dices, esa es la Gálvez —le susurró Nando tras escuchar la descripción—. La comisaria Queco.

—¿La qué?

—Qué-co-jo-nes… Es lo que le suelta hasta al ministro si hace falta. La Queco. Un bicho malo. Una enfadada con el mundo y la vida.

—No me vayas a soltar ahora lo de mal follada, que te veo venir.

—Te agradezco que me hayas allanado el camino. Eso era.

—Habría que ver cómo se lo hace la otra parte implicada, no te digo. ¿Y crees que será la que sustituya a Castro?

—Alguien vendrá que bueno te hará.

—A lo que venía, tío. Que nos vamos por las ramas. Aquí tienes. Ha llamado ya tres veces. —La agente le entregó un papel recortado con un número de teléfono—. Dice que es urgente. Quiere hablar con Velasco, con la jefa.

Tras el número de teléfono, con una letra de imprenta con los ángulos romos, se podía leer: «Llamar sin falta. Esta mañana. Arturo Agustí. Universo Media».

8

*E*n una paralela a la avenida de Machupichu, no muy lejos de la comisaría de Canillas que tan bien conocía Velasco, y en la misma casa donde se rodó *Médico de familia*, vivía Jorge de Páramo, el productor del programa de 7Tv donde entrevistaron a Arlet Zamora la noche en la que murió Rosa Galiano.

—¿Y si no es lo que está, sino lo que no está? —la pregunta de Benítez la conectó de nuevo con su objetivo.

—¿Es un acertijo o el eslogan de una alarma de seguridad?

—A ver, jefa. Nos estamos centrando en detalles de la película y del libro que nos den pistas sobre quién los escribió.

—A falta de pan… Me parece que si supiéramos quién es el misterioso autor de la novela, podríamos saber si descartamos o no alguna conexión entre el caso del Asesino de series y la muerte de quien lo ha llevado al cine. Solo estamos buscando hilos de los que tirar. Fase de tanteo.

—Pero lo que le decía, Velasco: si la ficción tiene que ver con la realidad, o con el destino de Salaberri, por ejemplo, ¿no cree que, en lugar de enseñar, lo que habrá hecho el autor o guionista será esconder, ocultar? Despistar la atención, como los magos. Orientar nuestra mirada hacia donde le interese.

—Ahora creo que ya te he cogido la melodía.

—¿Y cómo le suena? ¿A que tiene *swing*?

—Es pegadiza, sí. Siga, maestro armero. Siga interpretando, que se me van los pies.

—Esta sería la letra: quedan detalles en el dosier del caso del Asesino de series que ni de forma remota salen a pasear en la ficción. Ni en el libro ni en la pantalla.

—¿Por ejemplo?

—¿Se acuerda del listado? —Al silencio de Velasco y su arqueo de cejas, prosiguió el subinspector—: No. ¿Cómo le voy a soltar una rima a usted, jefa? Me refiero al listado que apareció en la parte encriptada del disco duro que solo pudimos leer cuando llegamos hasta Aguirre, el cabecilla de la trama.

—Sí, claro. El de fechas que van de 2007 hasta casi diez años más tarde.

—Pues de eso, ni nosotros ni el lumbreras que está detrás del folletín. Nadie sabe o nadie dice.

Al bajarse del coche, a Velasco le vibró el móvil. Antes de mirarlo, quiso pensar que era Alejandro. Sabía que no. Y mejor así. Solo una emergencia en su destino humanitario en Grecia haría que rompiera su desconexión habitual. Era un mensaje de Nando:

«Agustí insiste en que solo quiere hablar con usted».

—Si es tan importante y urgente, ya les habría soltado prenda a los enviados. Es así. De manual —concluyó Benítez cuando le enseñó la pantalla mientras iba negando con el índice.

En casa de Jorge de Páramo no quedaba nada de los decorados de *Médico de familia.* Aunque le traicionaba la memoria y la confundía con *Los Serrano,* Benítez recordaba que el set donde más planos se rodaron fue la cocina. Era el punto de encuentro de casi todas las tramas y de los concurridos desayunos. Así que alargó el cuello hacia allá y su curiosidad quedó frustrada al descubrir una isla dotada de tecnologías que en los noventa no estaban ni en pañales.

El productor los condujo hasta la salita precedido por su generosa panza, que asomaba entre los botones que faltaban en aquella camisa raída. Los vaqueros se le caían más abajo de la cadera. Velasco quiso suponer que era la ropa que se ponía para realizar las tareas del jardín.

—Ustedes dirán. —De Páramo dejó que la fuerza de la gravedad lo depositara sobre un sillón resentido de otras maniobras parecidas. Los escuchaba mientras luchaba contra algo que se le había incrustado en la yema del pulgar.

—Como le había comentado mi compañero por teléfono —Velasco señaló al subinspector—, esto no es más que una charla rutinaria, por si pudiera precisarnos algo de la conversación que mantuvo con Rosa Galiano instantes antes de que falleciera. Fue usted la última persona a la que llamó.

—Aguarden un momento. —De Páramo se levantó tomando impulso en los reposabrazos.

Fue hacia un escritorio de estilo victoriano y abrió un cajón. Velasco apostó que para coger unas pinzas que lo ayudaran en su lucha contra la espina de rosal, la astilla o lo que fuera que le estaba obligando a hurgarse el dedo hasta dejar la carne a la vista.

Pero volvió con un teléfono móvil.

—Aquí está. Todo grabado.

Ante el gesto de sorpresa de los policías, explicó que era el móvil de su hija adolescente. Días antes del suceso, Jorge de Páramo leyó que existía una aplicación para que los menores estuvieran protegidos ante casos de acoso y abusos.

—Le instalé el Parental Click. Es el de este icono. —Señaló en la pantalla del móvil una brújula ladeada, como una rosa de los vientos escorada a la derecha y rodeada por dos círculos—. Mi hija, aparentemente, es una niña integrada, feliz, con un gran grupo de amigos y amigas. Pero uno siempre está alerta. Se oyen muchas cosas. Así que le instalé el programa antes de dejarle el teléfono. Se lo racionamos para que lo use con cabeza y cuando su madre y yo lo creamos oportuno.

—¿Y por qué atendió la llamada de Galiano en ese teléfono?

—A eso iba. El programa de esa noche estaba grabado casi en su totalidad. Cuando es en directo, estoy en el plató. Al día siguiente le íbamos a regalar el móvil a mi hija por su cumpleaños. Así que para ponérselo a punto y darlo de alta en el sistema, le puse mi tarjeta SIM. Nada más acabar de instalar el Parental Click sonó el tono de llamada. No sabía ni quién era. Todavía no había ningún contacto en la agenda.

—¿Y esa aplicación graba todas las conversaciones? —se interesó Benítez.

—Hay muchas opciones. Lo configuré para que, cuando se agite el teléfono, se ponga a grabar. Sirve como prueba judicial ante los casos de acoso o de abuso. Eso dicen.

—¿Y lo agitó?

—Rosa estaba como cuando se ponía fuera de sí. Puede que en algún gesto de rabia, para morderme la lengua o para no tirar el teléfono a tomar por saco, lo moviera lo suficiente como para que se activara la grabadora. —Mientras hablaba trasteaba en el móvil hasta llegar a un *play* que pulsó:

—¡Dios! ¡Nos estamos jugando mucho con la puta peliculita de los huevos! ¡Tenéis a la prota con una historia de la hostia y la rehostia! Y…

—Rosa…

—Y mierda.

—Pero Rosa…

—¡Le hacéis dos preguntas mal tiradas, la puta!

—Por favor, Galiano.

—Se las podía haber hecho a la del *catering* de la película. O a la peluquera. ¿Eso es aprovechar el tirón de una niña secuestrada que ahora interpreta a la policía que llevó el caso, Jorge? ¡Menuda mierda!

—Pero es que no somos *Días de cine*.

—Un puto desastre es lo que sois. Y venga jueguecitos… y pruebecitas. ¡Venga presupuesto tirado en maquinitas de la polla! ¡Joder, que hay cosas que son importantes para el grupo, para todos! ¡Cuando nos vayamos a la mierda a ver dónde hace tu presentadorucho de las pelotas las competiciones de quién aguanta más sin respirar!

—¿Rosa?

—[....]

—No [ininteligible]. Si me habrá colgado la loca esta. ¿Rosa?

—Pero... [...] ¡Hija de la gran puta!

[Se oye un golpe seco].

—Estamos en la hora que podría ser la del fallecimiento. Exactamente. —Velasco miraba el reloj que aparecía en pantalla, encima de la línea que dibujaban las ondas de la grabación. Intentó buscarle la mirada a De Páramo mientras este dejaba el móvil sobre la mesita de centro y volvía a dejarse caer en el sillón—. ¿No se le ocurrió llamarnos para decirnos que tenía esto? ¿A qué estaba esperando?

—Más cuando si empezamos a sospechar de todo su círculo profesional, esto ya lo exime a usted de todo. No se la va a cargar por teléfono —azuzó Benítez.

—Ya ya. Dudaba. No lo hice por vergüenza. Lo he escuchado cien veces y me violenta. Me sonroja. Creía que tampoco iba a aportar gran cosa. Y como los nervios han estado tan así en la cadena en los últimos tiempos.

—¿Tan *así*? ¿Podría explicar ese *así*? —le pidió Velasco.

—Nosotros somos una productora independiente. Contactamos con la tele, hacemos el programa en un plató en las afueras de Madrid, no estoy en el día a día de lo que se cuece en Universo. Pero...

—Pero... todo se sabe, amigo, ¿no? —Tiró de colegueo el subinspector.

—Te llegan comentarios. De uno, de otro. Había mucha tensión. Nadie hablaba claramente. Todos decían que sabían que se estaban recibiendo amenazas.

Velasco y Benítez sabían que era el momento para mantener la compostura del que oye llover y no va con él. Si le quitas importancia, el pájaro canta. Aun así, no pudieron dejar de preguntar casi al unísono:

—¿Amenazas de qué tipo?

—¿Quién o quiénes?

89

—Parecía una leyenda urbana. Todo el mundo te hablaba de que si este o de que si el otro. En lo que coincidían es en que llegaban mensajes con imágenes de lo rodado. O textos adelantados de la película. Información que podía hacer daño. *Spoilers*. Pirateo de imágenes. Se estaba extorsionando a la cadena. Se pedía dinero para que no trascendiera nada de eso.

—¿A usted le llegó algún mensaje de ese tipo?

—Ya le digo, inspectora, no soy un directivo de la cadena. Trabajo por cuenta propia.

—¿Decían los rumores si se satisfacían esas cantidades?

—¿Acaso ha visto que corrieran por los medios o por Internet alguna de las imágenes inéditas que aseguraban tener los extorsionadores, agente?

—Subinspector. Subinspector Benítez.

Se seguía escribiendo el guion de otra película a la que le crecían tramas por el camino, y con unos personajes singulares. Tenían que descubrir qué parte de la intriga manejaba cada uno. Y sobre todo, con qué recursos actorales contaban, si estaban improvisando su papel, o si interpretaban más que hablaban.

9

*E*n la segunda o tercera secuencia empezó la batalla. Aspiraba con fuerza e irrumpía un amago de ronquido. Sobresalto. Vuelco al eje temporal. Ella se veía dentro, con un plano de El Capricho y ruido de lluvia en el exterior. «No. Estoy despierta. Calla calla.» Las palomitas habían tomado su senda desde la falda a la moqueta. En blanco y negro los recuerdos. Otra respiración profunda, agitada. Un diálogo desde la butaca a los sueños. La lucha era desigual. Se le escurría el codo. Sacudida de cabeza. Otra vez quería seguir la acción. Se perdía en el sopor de la siesta. Ella ahora se convertía en Arlet, la protagonista, pero no salía de allí. Entre barrotes. Y el peso de su captor contra su cuerpo. Desgarro. Silencio. Un lenguaje incomprensible. De la verdad a la memoria. De la pantalla a sus ojos. Por un momento, abiertos. Orden. Por fin.

Caían los créditos. Ahora que estaba fresca y despierta. Lista para que en ese momento empezaran con la proyección. Desentumecía sus manos, abriéndolas y cerrándolas para acabar con el hormigueo. Humedeció el dedo índice con saliva y se hizo una cruz en cada palma. Se frotó los ojos y volvió a pisar con toda la planta de los pies, apoyando los dedos, buscando que recuperasen la normalidad del torrente sanguíneo. Bostezo. Penumbra. Nadie más en la sala.

Cristina Puente, en soledad, con la boca pastosa y salada. Náufraga en aquel cine de centro comercial donde las leches de Bruce Willis o los *Fast & Furious* cotizaban más que una producción española. Un violín y un piano tomaron el primer plano después de la canción comercial. Tendría que haber aguardado a una hora donde no hubieran hecho mella la digestión pesada y el insomnio de la noche anterior. Con las ganas que tenía de ver la película sobre aquella historia que tanto le sonaba. Cristina, que nunca se quedaba a «las letras», se fijó en la pantalla dividida entre renglones a la izquierda e imágenes de personajes reales en la otra mitad. Instantáneas de aquellos a los que se rendía tributo en esa historia basada en hechos reales. Así se vendía el film de *Asesinos de series*.

Allí lo vio. Allí vio a un niño de cinco años que era la viva imagen del suyo, del que fue el fruto del arrebato violento de alguna de las noches en las que su carcelero abusó de ella. Quizás en las celdas ocultas del parque de El Capricho. Como en la peli.

10

*E*n algún momento tenían que desconectar. Estaba encauzado todo hasta donde les era posible. Después de la visita a Jorge de Páramo, con la grabación de la llamada y con la información relativa a que más de un directivo de Universo Media había sido chantajeado, no habría dudas. El lunes, su señoría entendería que había más de una razón, y de dos, para seguir investigando esa muerte como algo que estaba lejos de las «causas naturales sobrevenidas». Pero en Velasco una cosa era la intención y otra que casara con la realidad.

¿Cómo evadirse? Cuando Alejandro estaba en Madrid, le parecía más sencillo. Pero ese fin de semana no tenía a nadie que tirara de ella hacia el ocio. Nadie que la sacara de la obsesión por darle una y mil vueltas a todo lo leído, vivido y escuchado en los tres últimos días. Conexiones. Palabras que quedan sueltas y después cobran sentido. No se le podía escapar algo que estaba ahí, en el panel de la sala de trabajo, o en sus pósits, o dando tumbos entre neuronas y recovecos de la memoria. Descartó la piscina y el gimnasio.

Cuando se dio cuenta, estaba aparcando en Pozuelo, en casa del ausente Alejandro. Necesitaba tanto evadirse que, de forma inconsciente, se fue a refugiar donde alguien pudiera acogerla. Aunque allí, y más estando sola, tenía que batallar con sus miedos a ser vigilada. «Es una manera de enfrentarme a esa neura que no tiene ningún sentido —se autoconvenció—. Tratamiento de choque.»

Miró de nuevo el teléfono. No tenía nada. Ya que la conducción automática la había llevado hasta allí, y ante la tarde que se estaba queriendo poner turbia, optó por intentar dormir una siesta en casa de ¿su pareja? Sí. No le habían puesto etiqueta, pero a esas alturas ya lo eran. Atípica, pero pareja al fin y al cabo. Él era muy escéptico y bromeaba con esa definición, pero sabía que nada en la vida de Isabel era tan convencional como para ajustarse a unos cánones de otro tiempo.

Ella pensó que era una buena decisión que su otro yo había tomado por ella mientras iba abstraída al volante. Si hubiera optado por ir a su casa, se habría atormentado más; nada la haría salir al recreo. Cogería un libro y su cabeza estaría en otra cosa. Se pondría una película o una serie y a la media hora reaccionaría sorprendiéndose de estar ante unos personajes y unos diálogos que no tenían ningún sentido para ella porque hacía muchos minutos que se había ido de allí. En cambio, si se pegaba una ducha y se metía entre las sábanas que todavía tenían la huella de Alejandro, tal vez el cerebro le diera una tregua. Diez minutos. No quería más. Diez minutos para un *reset*. Su reino daría por eso.

Respiración profunda. Mente en blanco. Lo intentaba, al menos. En la pantalla que imaginaba en la panorámica de su frente se sucedían en un baile anárquico los protagonistas de su pesadilla. Danzaban Noctamid y la novela de *AdS*; Salaberri con rostro de galán argentino; los ronquidos del marido de Marisa; la casa cuartel del primer destino de su padre en Burgos; cámaras y micros ocultos en el falso techo del domicilio de Alejandro; Castro y tía Mapi; dos ascensos de Benítez, la loción de Agustí y la camisa de De Páramo, sin botón en el ombligo; Almudena martilleando discos duros, y un grito de «Hija de la gran puta», las últimas palabras de Galiano.

Despertó.

Había sido breve y atormentado, pero había tenido sus diez minutos de receso.

Palpó sobre la mesilla del lado en el que dormía habitual-

94

mente Alejandro y encendió el flexo. Rozó unos folios impresos. Dobló la almohada para incorporar la cabeza y leer. La presbicia no le permitía que la capacidad de enfoque de su vista se despertara a la vez que su ánimo.

Tras el cierre de Idomeni, las condiciones de miles de refugiados empeoraron. Los hacinaron en bloques de antiguas fábricas abandonadas, custodiados por militares, sin los más elementales servicios básicos. Sin luz. Sin agua corriente. Almacenes que no acogieron a más de 4000 huidos —mujeres, hombres y niños— que desaparecieron tras la demolición de Idomeni. En una zona industrial de Sindos, en la periferia de Salónica, en almacenes ruinosos llenos de tiendas de campaña montadas sobre suelos de hormigón mugriento.

Se cree que los refugiados desaparecidos, incluido un número indeterminado de menores no acompañados, están viviendo en las calles de ciudades griegas como Salónica, o escondidos en bosques cerca de la frontera con Macedonia.

Las condiciones son peores que las de Idomeni, 80 kilómetros al norte. «No hay agua corriente, no hay asistencia médica, menos aún traductores, no hay provisiones para los niños, ni una evaluación ambiental, ni un plan de evacuación —explica Phoebe Ramsay, una voluntaria que ha estado ayudando a refugiados en el norte de Grecia desde principios de año—. Los nuevos campos militares son deprimentes y desérticos, realmente inseguros. No son aptos ni para animales.»

La voluntaria Alexandria South, que visitó otro campo instalado en una antigua fábrica de piel en las afueras de Salónica, cuenta que son almacenes con todas las ventanas hechas añicos y hay pilas de cristales rotos. «No hay duchas, ni electricidad ni leña. Las madres no tienen agua caliente para la leche de fórmula de los bebés o para higienizar los envases, y tienen que usar agua fría.» También cuenta que las condiciones empeoraron cuando los militares griegos, que estaban supervisando la evacuación de Idomeni, acabaron con el agua y comenzaron a ordenar a los voluntarios que estaban suministrando comida a los refugiados que los alimentasen primero a ellos.

95

Otras organizaciones benéficas, incluida Médicos Sin Fronteras, han informado de varios pacientes con lágrimas en los ojos a los que se les pidió salir de Idomeni sin información clara de su destino.

Era el reportaje en *The Guardian* del que le había hablado Alejandro. Uno de los testimonios a los que aludía era el suyo, aunque él pidió que no lo citaran expresamente. También era suya alguna de las fotos que lo ilustraban. En una de ellas, un círculo trazado con rotulador fluorescente rodeaba a un grupo de personas. No se distinguían. La copia tenía una resolución pobre. Isabel intuía que uno de ellos era Alejandro. Le pasaba la mano por encima del hombro a quien debía ser un compañero de fatigas. Con las gafas que marginaba por coquetería y comodidad, o con algo más de calidad de la imagen, Isabel Velasco lo hubiera identificado.

Se dio cuenta de que esos minutos de descanso habían sido más profundos de lo que creía cuando se percató de que en la pantalla de su móvil parpadeaba la luz verde. Mensaje de Benítez:

«Llámeme lo antes posible, es urgente».

—¿Qué ocurre?

—Mire por dónde, vamos a conocer el despacho de Arturo Agustí.

—Sé un pelín menos enigmático, anda.

—Que podemos hacerle ahora mismo una visita. Pero no nos va a decir ni pío. Ni ahora ni nunca. Tiro en el pecho. Como Blesa, pero sin escopeta. Pistola de las nuestras.

—¿De la Policía?

—Numerada... y perdida cuando se esfumó Salaberri.

T02x03

1

*E*l laberinto de pasillos era interminable. Imposible distinguir en qué planta o ala del edificio estaban por culpa de la uniformidad de la estructura. Aunque la mirada virgen que magnifica los escenarios mitificados ya se había enfocado en lo práctico. En tres días escasos Velasco y Benítez paseaban por la sede de Universo Media con la familiaridad de cualquier empleado de la casa. Se orientaban con soltura, pero no querían desdeñar el trabajo de las relaciones públicas —todas eran chicas jóvenes— que los recibían con una sonrisa, una oferta de acompañamiento y una educación corporativas. Velasco imaginó que quizás fuera uno de los objetivos de Almudena Granados como responsable de Comunicación e Imagen.

—Porque me he fijado que va cambiando el nombre de la chapita —Benítez señaló a la altura del pecho—, que si no, creo que la misma se chupa todos los turnos. Están cortadas por el mismo patrón.

A imagen y semejanza de Almudena. Peinado y tinte incluidos. Si había un molde de referencia, era el de la Granados... de cualquier otro día menos ese. En la antesala del despacho del director general se encontraron con la peor versión de su excompañera. Las lágrimas no solo le habían corrido el rímel. El río salado llevó los restos de maquillaje a los dos paquetes de clínex arrugados que se amontonaban sobre un cenicero de diseño entre colillas. La pintura huida dejaba a la vista una piel de poros abiertos y sombras tristes. La primera imagen que recibieron era horrenda. Sentada en el sofá de piel blanca, echada hacia delante, con la cabeza sobre sus manos y los codos apoyados en las rodillas. Balanceándose. Sollozando. Sin ninguna compostura. Sin poder acallar el lamento.

Velasco observó cómo a Benítez se le iba la mirada hacia el cenicero y su nariz emulaba la de un sabueso. Con un gesto casi imperceptible le advirtió de que no era el momento de afearle a Almudena que fumara bajo techo, en el lugar de trabajo. «Ni se te ocurra», le ordenaron sus ojos y una mano en posición arbitral.

Al verlos llegar, Almudena cogió con la misma mano los paquetes de cigarrillos y pañuelos, los apartó a un lado haciéndole sitio a Isabel. Benítez aprovechó para acercarse a la parte del despacho que se ensanchaba tras la puerta, donde la Científica ya había dejado su rastro. Al pasar, tocó cariñosamente la coronilla de Almudena.

—Lo siento. Lo siento mucho.

Esta levantó la cabeza y asintió. Velasco albergaba muchas dudas. En estos casos se debatía entre implicarse a fondo y la conveniencia de inhibirse. Le pesaba el componente emocional. Conocía mucho a Almudena. Claro que tampoco le era ajena el día anterior, y el anterior al anterior. Y ya estaba «pisando lo fregado», como decía Benítez, en un caso que podría salpicarla más de cerca, como al final había acabado ocurriendo. Tampoco le parecía justo que se pudiera poner en tela de juicio que esa proximidad emocional fuera a ir en detrimento de la profesionalidad de la investigación. Sería injusto incluso con el contribuyente, que era su verdadero jefe. Ella estaba al cabo de la calle desde el minuto uno de la dimensión que había ido adquiriendo ese caso. Conocía los detalles y sus ramificaciones. Si intuyera que su antigua relación laboral con Almudena pudiera mermar su rigor y objetividad, no se consideraría digna de llevar las divisas de su rango.

—¿Crees que podemos hablar ahora, Almudena? —Dejaba espacios donde sabía que en ese trance no iba a obtener ningu-

na respuesta—. Ya sé que es muy difícil para ti. Me hago cargo.
—Nuevo silencio. Tenía que llegarle el mensaje—. Tú has sido
de los nuestros. Sabes lo importante que son ahora los datos
que podamos recabar. Creo que en esta ala del edificio no había
mucha gente más.

Almudena Granados solo respondía con sollozos y suspiros
ahogados.

—Paso dentro y ahora nos vemos. Lo siento mucho, Almu.
—Velasco le tocó cariñosamente la rodilla—. Ahora vuelvo.

Era un sábado tranquilo en el resto del universo. Seguro. Si
no, no se explica que la jueza de guardia se hubiera personado
ya con su equipo para proceder al levantamiento del cadáver en
cuanto se hubieran tomado todas las muestras. Miraba constantemente el reloj. Se movía nerviosa. Jugaba el Madrid a las
nueve y no quería llegar tarde al palco. Eso también explicaría
que hubiera acudido con tanta premura.

—Me gustaría que se tuviera en cuenta, señoría, la necesidad de investigar esta muerte pensando que no es una pieza
aparte. Al menos, déjeme que se lo comunique a Santolalla el
lunes —le pidió Velasco.

—Lo tomaré en consideración.

La jueza Castillo no podía soltar jamás un «ok» o un «vale,
de acuerdo». Era reglamentista hasta unos límites que a veces
rozaban el esperpento.

«Esta debe rellenar instancias hasta para cambiar de postura. Usted ya me entiende», le comentó Benítez en unas dili-
gencias parecidas a las de esa tarde, cuando durante un tiempo
muerto le pidió al subinspector fuego en parecidos términos a
como solicitaría permiso para empezar a servir la cena el ma-
yordomo de *Downton Abbey*.

El cuerpo inerte de Arturo Agustí había quedado en una
posición muy poco cinematográfica. Nunca sale así en pantalla.
El impacto de su supuesto autodisparo lo había dejado medio
caído, con cada brazo estirado en una dirección diferente y des-
coordinada. Desgarbado como si tirases desde una altura con-

siderable un muñeco de trapo. La cabeza se había quedado en el asiento de la silla giratoria, y la cintura y el culo le colgaban, sacando las piernas por delante de la mesa del escritorio, en actitud grotesca. Ahora se parecía más al de la foto. El disparo se había llevado su vida y también el carisma electrificante que Velasco y Benítez percibieron durante su entrevista.

—¿Esto? —le preguntó a Benítez señalando la pantalla del ordenador.

—Estaba así. Encendida. No ha salido el salvapantallas. Eso le ha extrañado a Nico. Ha hecho fotos y Castillo nos ha dicho que «estamos facultados para proceder con el análisis preceptivo». —Imitaba la voz de la jueza y la solemnidad de su lenguaje—. Vamos, que nos lo llevamos.

Velasco se fijó en la pantalla. Un documento de texto estaba abierto. El resplandor de la pantalla llamaba la atención por el exceso de luminosidad. Con la mano le hizo un gesto a Nico para que se acercara.

—¿Por qué te ha parecido tan raro? ¿Mucho brillo?

—No solo eso, jefa. El brillo se puede entender porque en una persona de su edad…

—Debe pasar de los cincuenta, sí.

—O se recurre a las gafas o se tiene el síndrome de falta de luz para enfocar bien.

Velasco se había fijado en que los adolescentes, cuando iban trasteando el móvil, parecía que llevaran la pantalla apagada. Especialmente si lo comparaba con la suya.

—Pero lo que es poco frecuente —siguió Nico su argumentación— es que el sistema no haya entrado en hibernación. Los ordenadores en red, de una compañía como esta, suelen estar configurados por defecto para que, tras unos minutos de inactividad, salte el protector de pantalla y haya que reactivarlos moviendo el ratón o pulsando alguna tecla. Una cuestión de ahorro…

—¿Y?

—Hace ya varios minutos, quizás una hora, que nadie trabaja en el escrito. Y ahí sigue la pantalla a pleno rendimiento de energía. Cuando se hayan tomado las huellas y nos lo llevemos a talleres, quizás podamos saber cuándo se ha cambiado la configuración.

Tras escuchar las explicaciones del especialista en Delitos Informáticos y Tecnología, la inspectora jefe se centró en leer el párrafo que quedaba a la vista. El tamaño de letra se lo permitía. Le pareció un texto demasiado previsible.

No he soportado la presión. Llevo meses callando, pero me rindo. Han podido conmigo. Me creí capaz de gestionarlo y solucionarlo sin que afectara a nadie más, sin que nadie se viera implicado. No ha sido así y me he visto obligado a saldarlo de esta manera; por una cuestión de honor.

Benítez también le había echado un ojo. No le gustaban las evidencias tan claras. Solían ser las más turbias.

103

2

—*P*asa pasa.

La tarde había acechado con lo que parecía una tormenta de cielo morado y había acabado por cumplir su amenaza. Lo hizo con un aguacero rabioso. A Cristina le pilló sin paraguas a la salida del metro y el que había comprado a un buscador de perras ambulante le duró lo que las varillas aguantaron la embestida del viento. Dos bocacalles.

—Vengo empapada.

—Doy fe. Ciega no soy. Pasa al baño y te quitas la ropa. Ahí hay un albornoz.

—Muchas gracias, Chus.

Se descalzó y colgó la chaqueta junto al bolso de María Jesús. Una bandolera de piel roída a topos descoloridos.

—Es que esta no se puede poner en la secadora.

—Ya veo que es de las de postín.

Más que de postín era de ante. El agua ya la había marcado lo suficiente como para sospechar que estaba dando sus últimos servicios. Al menos, en el fondo de armario de Cristina. En manos de la anfitriona sería eterna, como el bolso.

—Menos mal que te he pillado, Chus. Tenía que hablar con alguien. Y con quién mejor que contigo. No solo porque esto no lo voy contando por ahí. También porque si al final te pones al frente del nuevo destino, tiene mucho que ver con todo esto.

—A ver, Cris. Tranquila. Siéntate y me cuentas con calma. No entiendo nada. Nada de nada.

—¿No te van a mandar a la comisaría central esa?

—Probablemente. ¿A la general te refieres?, sí. Llevo casi todo el día allí. —Y con su leve cojera, María Jesús Gálvez se apoyó en el mostrador de la cocina americana y encendió la cafetera.

—Tenemos una larga noche por delante.

—Eso me temo —confirmó Cristina Puente y sonó a «Ni te lo imaginas».

105

3

Convencieron a Almudena Granados de que el despacho iba a ser una rambla por el trasiego de agentes y cuerpo judicial. Benítez y Velasco querían evitar que presenciara la escena cuando sacaran el cadáver en una camilla vertical, con una mortaja sujeta con cintos negros. Encontraron una sala anexa, destinada a las esperas de las visitas.

Almudena se secó las que parecían sus últimas lágrimas. Respiraba extenuada. No esperó a que le preguntaran. Era como si hubiera aguardado ese momento para relatar con orden y entereza lo que había ocurrido en la sede de Universo Media aquel sábado.

—Esta mañana he salido de casa relativamente pronto. Para ser un sábado, quiero decir. Con la excusa de que el estreno habría generado tanta expectación en los medios, quería ver las crónicas y dejar hecho el primer borrador del *clipping* de prensa. Es cierto que eso lo podía haber empezado a hacer tranquilamente desde casa. Quería venir aquí, a mi ordenador, para borrar cualquier rastro sobre algo de lo que, la verdad, no estoy nada orgullosa. Llevaba ya días sintiéndome mal, con remordimientos. La muerte de Rosa me hizo ver que me había excedido y que nadie merece recibir esos insultos y esas amenazas. —Almudena hablaba sin expresividad en el rostro. Como quien está hipnotizado. O como si fuera un robot—. Además, reconozco que me asusté. Temí que en cuanto examinarais los ordenadores de la empresa, descubriríais que las notas a Galiano se habían enviado desde el mío y se me acusara de algo que yo no he hecho. Lo juro. Yo no tuve nada que ver con su muerte. —Tomó aire inspirando fuerte por la nariz y se frotó con el índice el labio superior, rápidamente, tres veces. Como si fuera un tic.

—¿Por qué le enviabas esos mensajes, Almudena? —Fue una pregunta de trámite. Velasco ya intuía el motivo.

—Por lo que se hacen estas cosas la mayoría de las veces. Porque se estaba acostando con mi marido. O mi marido con ella. Esta misma mañana me había quedado claro que Agustí sabía que yo estaba al tanto de su infidelidad. Ha venido para advertirme que me estaban traicionando los nervios porque lo de las amenazas, tarde o temprano, se iba a saber. Que yo estaba picando vuestro anzuelo. A mí me la sudaba. Me hubiera gustado borrar de mi vida, igual que estaba haciendo en la pantalla, toda la puñetera basura que le escribí a Rosa. —Su pulso y el tono de la voz seguían el mismo *in crescendo* que el rubor en su piel. Se levantó para beber agua del dispensador.

Velasco tomaba apuntes. Benítez la observaba impertérrito. Ambos con cara de póker.

—Borré también del historial del GPS del móvil los viajes que hice a su casa para ver si los pillaba *in fraganti*. El último lo había hecho la misma tarde que apareció muerta. Pero no lo supe eliminar del navegador del coche. Y Arturo supo que había estado allí. Quizás se ha disparado pensando que tuve algo que ver con la muerte de su amante. Pero vuelvo a jurar que no. Ella me vio por la ventana.

—¿Rosa Galiano? —Benítez buscaba la precisión.

—Sí, Rosa. Aparqué un par de calles antes para que no reconociera mi coche. Iba buscando el de Arturo. Si estaba allí, lo habría aparcado de forma discreta. Y al subir la cuesta hacia su casa, me la encontré en la calle. Rosa no me vio porque salía de la que da la espalda a la suya. Se despidió de su vecina y echó a andar leyendo algo en un paquete que llevaba en la mano. Esperé a que estuviera más cerca de su puerta para avanzar. Se estaba haciendo de noche. Por el lateral del jardín vi unos setos que dejaban un hueco para asomarme. Cuando me di cuenta, me había acercado a la altura de una ventanita en el hueco de las escaleras. No pude reprimir la curiosidad, pegué la cara al cristal. Y allí la vi. Ella también a mí. Estaba hablando por teléfono y me gritó: «¡Hija de la gran puta!». Yo iba a salir huyendo, pero al girarme, vi que por el mismo hueco de los setos se colaba un bulto…, al principio creí que era un perro. Cuando se acercó, comprobé que era una mujer mayor. Venía hacia mí. Pero no me vio, porque andaba como pendiente de que no la descubrieran, mirando a derecha e izquierda. Y eso me dio tiempo a llegar a la columna del porche. Allí me oculté hasta que oí cómo ella volvía sobre sus pasos. Pero se le enganchó una rama en la bata que llevaba puesta. La iba a ayudar pero se revolvió para soltarse y se quedó frente a mí. Y entonces tampoco llegó a verme porque, milagrosamente, la rama rajó su bata y salió del jardín de Rosa como si se la llevaran los demonios. Yo también salí pitando. A las pocas horas, me enteré de lo de Rosa.

108

—¿Te había contado Arturo si él estaba recibiendo alguna coacción o si alguien le amenazaba? —le soltó Benítez volviendo al presente y a la víctima más reciente.

—¡Por Dios! ¡Yo solo…!

—No se refería a ti. ¡Calma, Almudena! —la interrumpió Velasco—. Parece que, en los últimos tiempos, directivos del grupo estaban siendo extorsionados.

—Es la primera noticia que tengo. ¿Creéis en todas esas mierdas que corren de boca en boca? —El dolor había dejado paso a la ofensa—. ¿Ahora la Policía lee los confidenciales, esos que contrastan cero la información? ¿Los que tienen menos credibilidad que Bartolillo?

—No hemos leído nada, chica. —Benítez no entendía a qué venía la andanada—. Es la comidilla entre la gente de la casa. Nos ha llegado en cuanto hemos hecho dos o tres preguntillas por aquí.

—¿Yo, que soy la directora de Comunicación, no iba a estar

al corriente de eso? —Tomó aire de nuevo. Frenó—. Perdona. Perdonad. Es que es una cantinela que ya he tenido que desmentir hasta a la hoja parroquial de Vigo.

—De acuerdo. Quizás no es el momento —replegó velas Isabel—. La pregunta no era un capricho. En la pantalla del ordenador de tu marido había un documento de texto. Si estaba redactado por él, parecía una despedida. Y sonaba a todo lo que, según nos dices, no es más que un runrún.

Almudena negaba con la cabeza. Parecía perpleja.

—Él tampoco me dijo nunca nada. —Volvió a llevarse las manos a la cara—. Estoy superada ahora mismo. Habíamos tenido la bronca que habíamos tenido. Pero después todo vuelve a su cauce. Es así. Siempre es así. Al poco rato volvió a mí despacho. Llamó a la puerta. Me dijo que ya iba él a Correos a por un paquete que me habían enviado, que le firmara la autorización, y que, como ya se le hacía tarde, picaría algo por ahí. Como siempre. Como si no hubiera pasado nada. Hasta que oí el disparo.

109

—¿No te llegó a dar el paquete?

—¿Qué paquete? —preguntó despistada Almudena.

—El que dices que fue a recogerte.

—Ah, no…, no había pensado en eso.

—¿Sabes quién lo enviaba?

—Ni idea. Recibimos mil cosas. Promociones. Libros. Vendría certificado y no me pillaría aquí.

—¿Y no los recoge nadie? ¿No firma la recepción nadie? —se extrañó Benítez.

—No no. Por motivos de seguridad, si vienen a título personal, no se recogen.

—¿Tú sabías que tenía esa pistola? —cambió de tercio Velasco.

—Ni esa ni ninguna. Parece que entre nosotros había más de un secreto. —Las palabras de Almudena no sonaron a reproche. En todo caso, parecían esconder un aviso para navegantes.

4

Cristina entró en la habitación donde Chus había puesto a secar la ropa que traía calada por la lluvia. La encontró sobre las alas de un tendedero interior plegable, cerca de un radiador. Sacó del bolsillo el móvil y lo sacudió como para secarlo también de los efectos del chaparrón. Desbloqueó la pantalla y volvió al salón.

—Mira. Aquí lo tienes.

—¡Qué guapo! ¡Cómo te va creciendo!

—No es quien tú crees.

—No conozco al niño tan bien como su madre, claro.

—No es ninguna broma. No es Giles.

María Jesús notó la gravedad en el tono de su amiga. La conocía bien, desde los tiempos en los que trabajaron codo con codo. Cristina, como técnica informática —no policía—, contribuyó a desentrañar más de un caso de los que le caían a Gálvez siendo inspectora jefe. Y esta se fue especializando en delitos de nuevo cuño: estafas inventadas a base de sofisticar en Internet los timos de toda la vida. Se entendieron a la primera.

María Jesús Gálvez no había tenido nunca un carácter dulce. Se le atribuía a esa «virtud agria» el haber medrado en la escala de ascensos de forma inaudita para una mujer de su edad. Era tosca. De trato rudo. Mal encarada en ocasiones. Maleducada en otras. Sí, también muy eficiente. Consideraba que estaba rodeada de ineptos a quienes les faltaba un hervor

—o dos—; sus compañeros y sus superiores le parecían melifluos, condescendientes. Blandos.

Cristina fue de las pocas personas que sintonizaron con ella. Establecieron una relación grata y en equilibrada armonía. Cristina sostenía que a Gálvez se la ganaba desde el cariño que andaba reclamando a gritos; que Gálvez no quería rodearse de subordinados serviles, sino compañeros eficientes por los que pudiera sentir afecto y ser correspondida. Esas condiciones se daban en Cris, que era un verso suelto.

A Cristina Puente la contrataron por carencia de personal especializado en informática en pleno auge de la actividad ciberdelictiva cuyos crímenes la Policía no sabía cómo abordar. No daban abasto. Cristina no tenía que bailarle el agua a nadie. No le perdía ni la ceguera ni la ambición por un rango en la jerarquía. No le afectaban los comentarios jocosos o críticos que se cruzaban sus colegas como fuego amigo. Ella no estaba en el disparadero porque no era adversaria de nadie. Quizás desde la tranquilidad de no tener que conspirar en ningún pasillo, vivía esas rencillas divertida. Su relación con Gálvez era de tú a tú. Sana. Con la misma confianza que ahora, pasados los años, habían vuelto a retomar.

Sin embargo, Chus no lo sabía todo de Cris.

—Tú crees que dejé la Policía porque la empresa privada me ofrecía más dinero. Muchísimo más dinero. —Cristina estaba medio echada sobre el sofá, con los calcetines blancos de deporte que le había prestado su amiga y envuelta en un albornoz. Gálvez la escuchaba atenta desde su sillón orejero—. Sí, pero no. No te conté nunca toda la verdad. No podía. Ahora no tengo más remedio. Porque mi hijo es lo más importante para mí. Y porque espero que entiendas esta historia como la confesión que le hago a mi mejor amiga, no a una comisaria.

—¿*N*os quedan suministros en el coche?

—Una bolsa como mínimo. —A la vez que lo comprobaba y sacaba las pipas que se habían perdido en el hueco de la puerta del conductor, Velasco pegó con la otra mano un pósit en el centro del volante—. Toma. —Le alargó la bolsa a Benítez y escribió en el papel amarillo: «Comprar pipas».

—¿No es más efectivo ponerse una alarma en el móvil?

—Mi vida sería un no vivir. No podría hacer otra cosa que no fuera atender las alertas.

—Pero dígame la verdad. Y solo la verdad: los papelajos esos, la mayoría los pierde, ¿no?

—Eso es lo de menos. El hecho de escribirlo ya me sirve de recordatorio. La memoria funciona así, amigo. Escribes una cosa y es como si la leyeras cinco veces.

—Pues vamos a buscar un parque y le cuento lo que he guardado aquí, en la sesera. Sin anotación alguna que valga. Como cada día la tengo más libre de caspa...

—Y de pelo.

—Exacto. Debe haber menos interferencias así. Total, que desde que hemos hablado con Almu se me ha cruzado una idea. Y abríguese, que con la tormenta ha refrescado.

—De lo lindo.

Chalecos y abrigo tenían en el maletero. La última bolsa de pipas de esa remesa la iban a consumir mano a mano en el espacio de juegos del parque, entre columpios vacíos a esa hora de la noche, en un banco frente al tobogán mojado en el que se reflejaba la luz de la única farola.

—¿Le hago el chiste?

La expresión de Velasco era de curiosidad. También de resignación. A ver con qué tontería le salía ahora el subinspector.

—Suéltalo.

—Si ahora le hago una foto, podría tuitearla como: «Policía con pipa».

—Pero si ni tienes Twitter, Benítez.

—Una cuenta con seudónimo. Ya le contaré. A lo que nos ocupa. —Escupió las cáscaras sobre un papel y se sacudió la sal de los dedos—. ¿Se ha percatado de la coincidencia?

—¿Coincidencia? Yo veo varias.

—Dele dele. Por veinticinco pesetas cada una…

—Me llevo el premio seguro. Los dos muertos eran amantes. En los dos casos la mujer despechada estaba cerca y era la misma. Sus muertes coinciden con el estreno de la película *Asesinos de series,* producida por la empresa para la que ambos trabajan. Él se dispara…

—O le disparan.

—O le disparan, sí, con un arma que perteneció a un policía supuestamente relacionado con el cabecilla del caso del Asesino de las series. El que tiene todos los números para serlo, vamos, y que nadie sabe dónde está. Al que siempre tuvimos tan cerca y al que parece que ahora se ha tragado la tierra.

—Pare. Pare. Esto son, con todos mis respetos, obviedades.

Isabel congeló el gesto con la pipa de girasol a punto de ser partida por sus dientes. Tan incisivos como el comentario de Benítez.

—Sí, no me mire así. Hay otra que podría ser menor. Un pequeño detalle.

—¿Lo vas a soltar ya o después de la publicidad?

—Los paquetes.

Velasco partió la cáscara y lo invitó a que no lo dejara ahí.

—¿Se acuerda de qué ha dicho Almu sobre lo último que supo de su marido?

—Que salió… a buscar algo.

—Veo que la memoria esa de las cinco veces no es tan efectiva. No se preocupe. Aquí está el lince de Benítez. Fue a buscar un paquete a la oficina de Correos.

—Exacto.

—¿Y qué vio cuando Rosa Galiano estuvo a punto de sorprenderla merodeando por su casa?

—La vio salir de casa de la Cortázar. ¡Con un paquete!

—Bingo. Y la Galiano estaba ensimismada leyendo la etiqueta, es decir, los datos del remitente, porque los suyos ya los conoce.

—Por cierto, lo que sí que tenía muy presente para el lunes —Velasco miró el reloj—, porque ahora no son horas y mañana es el día del Señor, es hacerle una visita a Marisa Cortázar. ¿Por qué nos ocultó esa amable vecina que Rosa había ido a su casa?

—Y lo del paquete.

—Quizás por el paquete.

—Quizás por algo más.

*C*ristina volvió a enseñarle la foto de su teléfono móvil.

—¿Y dices que este no es tu hijo, que no es Giles? —le preguntó incrédula María Jesús.

—No. Es casi idéntico. Hasta yo he creído que era él. Pero no lo es, no. —Dio un sorbo al café hirviendo que le había servido su amiga—. Giles tiene algo más de cinco años. Ese niño debe andar por esa edad. Cinco años. Ahora que justo ha pasado ese tiempo en el que, haya hecho lo que haya hecho, sé que ha prescrito, parece que están cayendo todas las piezas hasta su posición en el puzle. Que se colocan justo cuando y donde debieran.

—Me estás asustando.

—Tranquila. Lo peor ya pasó. Cuando me fui de la Policía, no me contrató ninguna gran empresa multinacional. Me fui a ganar mucho dinero. Muchísimo. De eso vivo todavía. No de ninguna indemnización que me dieran por el despido. No sabía en lo que me metía. Me prometieron la vida resuelta para siempre. Imagino, solo he sido capaz de verlo con el paso del tiempo, que mataban dos pájaros de un tiro. Detrás de todo estaba una de las organizaciones a las que nosotras perseguíamos. Seguro. Así convertían a su perseguidora en aliada. También corrí peligro. Era todo o nada. O conseguía construirles el código de un nuevo virus, un troyano que fuera capaz de introducirse fácilmente en los sistemas más sofisticados y protegidos, o lo pagaba con mi vida. No me marché con un contrato millonario al extranjero. Estuve secuestrada. Quizás por aquí cerca. Tal vez como la chica de la película que he visto dos veces esta tarde. Quién sabe si en las mazmorras del búnker de El Capricho, como ella.

—La película es *Asesinos de series*. ¿Te refieres a esa?

—La historia me resultaba muy familiar. Estaba intrigada. Había oído hablar del libro. Me metí en la primera sesión de la tarde. Me venció el sueño. Al despertar, ya estaban saliendo las letras. Y una foto. La del otro Giles. Pensé que era aún parte del sueño. ¿Por qué salía Giles en los créditos de esa historia? Así que compré una entrada para la siguiente sesión. Llegué a pensar que era el verdadero hijo de la secuestrada.

—Imposible. Conozco el caso.

—¿Qué fue de él, del hijo de Arlet?

—No se ha sabido nunca. Se lo arrebataron.

—¿Lo tuvo con su captor?

—Todo hace pensar que fue así.

—Como yo tuve a Giles.

Ni Cristina lo dijo con el dramatismo propio de los culebrones, ni la comisaria pareció sobrecogida por el descubrimiento. Gálvez había ido encajando toda la información, ordenando los hechos conforme escuchaba el relato, y ya vio venir algo parecido a la confesión de su amiga. El oficio iba por dentro.

—Fue algo más de un año de encierro. Tenía carceleros que se turnaban. Nunca vi a ninguno. Pero los oía hablar entre ellos. Alguna era mujer. Uno solo me custodiaba de vez en cuando. Se notaba que mandaba. Daba instrucciones en los relevos. A él siempre le tocaba un turno de noche. Y una de esas noches me despertó con su respiración, con su aliento aquí. —Puso la palma frente a su nariz—. Quise gritar y me tapó la boca con la mano. Yo sabía que gritar era inútil. Ya había intentado llamar la atención de alguien y, otras veces por desahogarme, había cantado a pleno pulmón. No les preocupaba en absoluto que chillara hasta desgañitarme. Tal vez por eso, cuando el padre de Giles empezó a tocarme, a embestirme, a rasgarme la ropa, no opuse mucha resistencia. Sentía rabia. Asco. Lloraba en silencio. Me dejaba ir. Yo lo arañaba sobre la ropa que no se quitó jamás. Sus visitas nocturnas empezaron a repetirse cíclicamente, cada vez durante cuatro o cinco días seguidos. Siempre entre regla y regla. Estaba claro que quería que diera su fruto.

—¿Tampoco lo viste nunca a él?

—Siempre a oscuras y con la cara tapada, con un verdugo. Pero me sé de memoria cada rincón de su cuerpo. Su ausencia de olor corporal. Siempre aséptico. Limpio, pero sin rastro de jabones o cosméticos. Parecía que llegaba desinfectado. Como un médico al quirófano. Conforme se repetían las violaciones, yo oponía menos resistencia. Disfruté en alguna. Disfruté porque en aquella cápsula aislada me insensibilicé ante aquel grandísimo hijo de puta. El día posterior era un día de insumisión. No avanzaba nada. No programaba ni una línea. Era una pataleta infantil porque, cuando me di cuenta de que Giles estaba creciendo en mí, tuve más prisa que nunca por acabar mi trabajo. Hubo momentos de desesperación. ¿Quién me aseguraba que aquel grupo de depravados iba a cumplir su palabra? ¿Por qué me iban a dejar libre? ¿Por qué querían hacerme madre? A esos momentos de duda le sucedían otros de euforia.

—Puede ser que fueran producto de la química, que te drogaran poniéndote algo en la comida. Para asegurarse de que construyeras el código.

—Seguro, porque eran rachas de actividad creativa como nunca he conocido. Así pude desarrollar el virus mediante la esteganografía. Consiste en insertar un código dentro de una imagen. Que una foto que yo te envíe y sobre la que haces clic, deje abierta una vía en tu ordenador por la que yo puedo acceder. Seguro que ha sido un arma muy efectiva para su entramado. A mí me lo pagaron de puta madre, una millonada. Me compraron. Terminé el trabajo mucho antes de lo previsto. Eso debió ser lo que salvó a Giles. Me quedaban meses de embarazo y no querían más riesgos.

—Siempre es delicado tener a una persona secuestrada. ¿Te soltaron sin más?

117

—Qué va. Me metieron en un avión. Me dieron una nueva utilidad en Singapur, como directora de tráfico informático en una empresa de servicios de comunicación que debía ser propiedad de ellos. Una tapadera. Eso respondía a la versión que os conté a los más cercanos. Pero ni el padre de Giles era un ejecutivo francés que trabajaba conmigo ni el origen de mi fortuna era tan lícito como os hice creer.

—Todavía no me has dicho quién es el *gemelo* de tu hijo y por qué coño sale al final de esa película.

—Por lo que ponía en los textos de homenaje, ese niño es Gabriel, el hijo Toño Saiz, ¿te acuerdas?, el subinspector que murió durante la investigación del Asesino de series.

7

Pirineos, marzo de 2016

Las ruedas de los 4x4 de la Guardia Civil salpicaban el barro sobre el que avanzaban. Abrían el camino. Las dotaciones de la Policía Nacional seguían sus rodadas y aun así, patinaban desde el tren trasero al trazar las curvas tras ellos. La última cuesta antes de la casa tenía una inclinación del diez por ciento. Desde la entrada, les hacía señas el jefe del operativo. Según llegó la comitiva, se fueron apostando de forma ordenada, los todoterrenos a la cabeza de los coches patrulla. Rodearon el perímetro. Solo quedaba desguarnecida la ladera sur, con una valla que daba al precipicio.

El subinspector se frotaba la cabeza, de atrás hacia delante, con la palma de la mano abierta, como si se sacudiera la primera capa de escarcha o de sudor. Ni la humedad lograba aplacarle el erizamiento del cabello. Se movía inquieto. Maldecía.

—La virgen santísima. ¡Una puta mierda! ¡Menuda puta mierda!

Observaba las puertas abiertas. Alguna de par en par. La del lavadero anexo a la enorme cocina, desvencijada, golpeaba una y otra vez su marco de metal, empujada por el viento. En uno de esos movimientos basculantes, se abrió con el suficiente ángulo para que un ave de buena envergadura aprovechara el hueco para salir volando con algo entre las garras y apretado en su pico gigante. Cortó el aire con un graznido

amenazador. Parecía un quebrantahuesos, de los que rapiña-
ban todavía por Ordesa.

—¡Tarde, muy tarde! Aquí no queda ni Dios. ¡La puta que
parió….!

Chirriaba también una cadena del columpio en el patio
trasero. Habían cristalizado unas placas de hielo sobre lo que
fueron charcos de la tormenta de la noche anterior. Crujían
con los primeros rayos de sol. Planearon sobre ellos los cojines de las butacas de mimbre volcadas sobre la loza en el
porche.

—¡Aquí, entramos por aquí, mejor! —indicó a los compañeros de los dos cuerpos que cooperaban en esa operación—.
Tomad muestras, al menos. A ver si nos llevamos algo. ¡La
mierda puta! —volvió a clamar mientras levantaba el teléfono
esperando alcanzar algo de cobertura.

Superaron la cerca de madera. Las botas del uniforme de
montaña pisaron con contundencia sobre el sendero de piedras
redondas, sin miedo a ser oídas. La antigua casa de colonias estaba abandonada. De forma preventiva, un agente encabezaba
la comitiva en posición de guardia, con el arma en ristre, a la
altura de la barbilla.

—Despejado.

Entraron en la planta a pie de monte, ocupada por una cocina con isla y menaje profesional, con dos grandes portalones
cromados. En el frigorífico y congelador, reservas para alimen-
tar a un regimiento. Migas sobre las encimeras. Manchas de leche. Cafeteras italianas apagadas antes de entrar en ebullición.
Limones partidos. Algunos ya secos, pasados por el exprimidor.

—Cundió el pánico en el desayuno.

—Con el canto del gallo —aseveró el oficial al mando de
aquel dispositivo. Miró de nuevo el teléfono. Nada.

Tendría que aguardar a bajar al valle para informar a la jueza. «La puñetera jueza Castillo. La madre que la parió. Me cago
en los santos procesos. ¡La gilipollas y sus leches! ¡La purista
de los cojones! Hemos perdido un tiempo de oro. Lo hemos

perdido todo. Y lo teníamos aquí, a huevo.» Si la hubiera tenido a mano, se la habría comido.

—¡Despejado!

Tampoco había señal de vida entre los bancos alargados del comedor; ni en los lavabos comunes.

—¡Subimos!

El pistolero, al frente. El resto, en fila de a dos. Cabezas gachas. Sabían que habían llegado tarde. Toallas colgadas sobre los medio muretes alicatados en blanco, entre ducha y ducha. Otras, tiradas en el suelo sobre regueros de agua. Nadie tampoco en las letrinas. Ni un alma en las literas. Hasta nueve por dormitorio. Habían dejado las ventanas abiertas. Estaban aireados hasta la congelación.

El jefe del operativo tocó los radiadores. Desprendían el mismo helor metálico.

Destemplado, con el alma en los pies y el más agrio de los sabores de boca, llegó con los brazos caídos a la zona baja del valle. Tenía un témpano por nariz. El canje se lo había hecho el aire del Aneto. No tenía ganas de informar a la jueza. Si saliera por su boca solo una pequeña dosis de la ira que lo azuzaba por dentro, iba a tener un problema. Era hombre de pocas palabras, pero pocas podían ser demasiadas. No podía recriminarle a la jueza Castillo que no le hubiera dado vía libre para acceder a la casona aquella misma madrugada. Llevaba meses tras esa organización, trabajando cada pista como una labor de orfebrería. Con la delicadeza que requería la presencia de niños, de muchos niños.

No le convencían los argumentos de Castillo. «Cautela, Saiz, cautela. No podemos sacar conclusiones precipitadas. Usted no me trae más que pruebas exclusivamente circunstanciales.» No, no se lo ponía fácil aquella jueza. No la entendía. Menos después de que uno de los *soldados* más preciados de la organización, que se llamaba a sí mismo Mikel, se hubiera quitado la vida en el Hospital Universitario en sus mismas narices. El criminal de élite cayó en la trampa que Toño le había tendi-

121

do desde la cama donde debía estar el niño herido. Y el coche que se dejó aparcado en el aparcamiento del hospital los había llevado hasta la casona. El móvil era de una operadora austriaca y seguro que estaría dado de alta a nombre de una empresa fantasma integrada en otra, y esta en otra más, hasta perderse en las antípodas. Con todos esos indicios, ¿qué llevaba a la jueza Castillo a ser tan corta de miras en aquella operación?

8

Madrid, 2018

$\mathcal{N}$ingún medio se había hecho eco todavía. Al menos, a ninguno le había dado por relacionar los dos casos. Pero dos muertes tan seguidas de dos directivos de la misma empresa no iban a pasar inadvertidas mucho tiempo más. A no ser que Almudena Granados los estuviera parando de alguna forma. Aunque tampoco veía a Almu centrada en apagar fuegos.

Era la enésima web que consultaba. Nada. Así iba ocupando Velasco el domingo. Entre el deber profesional y las ocupaciones domésticas, «esas servidumbres que seguimos teniendo las mujeres», como le había soltado a Benítez cuando se despidieron la noche anterior y él le preguntó si el domingo se lo iba a tomar libre.

Le dio mil vueltas más a lo que tenían, a lo que sabían, a lo que quizás podían deducir, a los datos que cruzaban y manejaban por ver si la llevaban hasta una hipótesis sólida. No iban a ir con esa vaina a ningún juez a presentarle la paja mental de turno como una línea de trabajo y de investigación.

Tormenta de ideas. Velasco era muy partidaria de esas puestas en común para dar rienda suelta a las ocurrencias de cada uno, en las que se especulaba sin autocensura, sin medida de corrección política alguna. De esas sesiones habían salido auténticas joyas que superaban los días más inspirados de Sherlock Holmes. Isabel Velasco había ideado un método que los informáticos no tuvieron mucho problema en plasmar mediante un documento en línea que tenía dos partes. Una, en la que solo podía escribir ella misma, y en ocasiones también Benítez, donde iban añadiendo los avances en la investigación, con hechos y pruebas. Y otra en la que se daba acceso para editar a todos los miembros del grupo de trabajo. Escribían de forma anónima para que hubiera absoluta libertad. Aunque, entre la capacidad intuitiva que tenía ella y la información privilegiada que manejaba, a la inspectora jefe no le resultaba muy difícil saber quién había escrito cada aportación.

A primera hora Velasco había añadido la observación hecha por Benítez sobre la coincidencia de que salieran dos paquetes a escena: uno justo antes de la muerte de Rosa y otro que iba a buscar Arturo antes de que lo encontraran con un tiro en el pecho. Al final del domingo, Velasco leyó tramas imaginadas por su equipo que parecían delirios febriles. Pero detectó que, sobre una base de tinte cómico, subyacía la más dramática de las realidades. Se quedó con un par de apuntes:

> Pueden haber extorsionado a las víctimas. Habrían recibido una prueba de su relación.
>
> En los paquetes les enviaban las armas. A Rosa Galiano, las pastillas. A Arturo Agustí, la pistola. En Internet se encuentran instrucciones sobre cómo pasar los controles de seguridad en los envíos postales. Se camuflan con cinta adhesiva y pintándola.

¿Dónde había puesto el bolígrafo? No, si al final tendría que hacer caso a los que le decían que en el móvil lo podría llevar todo. Ya no tenía la excusa de que si lo perdía, se esfumaba con él el trabajo. Todo tenía un respaldo en la nube. Se lo plantearía. Tampoco se iba a obcecar. Se lo pensaría cuando acabara ese caso. Cuando tuviera que empezar otra vez de cero. Se le habría caído después de la última anotación. O estaría entre los cojines del sofá. Aunque no era territorio desconocido —y cada vez menos—, cualquier contratiempo de ese tipo en casa de Alejandro le suponía un estrés añadido. No entendía por qué había vuelto a pasar el domingo a solas en su casa. Se había vuelto a sorprender girando la llave en la puerta de un hogar que no era el suyo, al que había acudido a refugiarse en la complicidad y la compañía que en ese eterno fin de semana no iba a poder encontrar. Ya quedaba menos para el lunes por la noche.

Esta vez se había puesto como excusa que, a primera hora del lunes, Benítez y ella iban a arrancar la ronda de ruegos y preguntas —porque no eran interrogatorios formales— en casa de la vecina de Rosa Galiano. Seguro que Marisa Cortázar sabría explicar por qué no les contó nada del paquete. Alejandro vivía a un tiro de piedra de esa urbanización. Madre mía, lo que iba a ahorrar en tráfico y en combustión. Hasta tenía una causa de conciencia medioambiental.

«Excusitas», la llamaba Mercedes en el colegio. Se las sabía todas. Se las inventaba sobre la marcha. Eso no era mentir. Era justificar la realidad. «Vas para político», recordaba haberle oído más de una vez a su madre. A Isabel le funcionaba la capacidad de improvisación con la destreza suficiente para no balbucear y razonar lo que se le pusiera por delante. No sabía en qué consistía titubear. Ella misma rezaba para que ningún perturbado de los que vivía en la otra orilla, en el mundo del mal, tuviera aquella habilidad tan desarrollada. Así convirtió esa capacidad de oratoria y de convicción, aplicada a varios episodios de su vida, en una tabla de salvación. Para ella y para quienes la rodeaban. Creía que podía surgir de la realidad paralela que le hubiera gustado vivir. Como cuando tras la muerte de tía Mapi la propia Mercedes le decía, desde su ingenuidad, que cuando su padre le daba un beso «olía como huelen los mayores después de la cena de Nochebuena, muy fuerte por eso con lo que brindan».

«Es que mi padre tiene un problema con una muela picada, el pobre. Le duele mucho mucho mucho. A rabiar. Lo único que se lo calma es echarse un poco de coñac en la boca. Así se enjuaga. Y se le va.»

«¿Por eso llora tanto?»

«Llora porque se imagina que lo que le ha pasado a tía Mapi le podía pasar a mamá. O a mí. Y se pone muy triste si piensa eso. A mí también me pasa, Merche.»

El boli había resbalado hasta ocultarse en un pliegue del nórdico que rozaba el suelo, bajo la mesilla del lado donde dormía Alejandro. Al incorporarse después de recogerlo, no tuvo en cuenta un saliente del mueble. No tenía interiorizada esa medida. Le dio un golpe con la cocorota de tal suerte que volcó un vaso de agua que se había llevado para calmar la sed nocturna. «No es nada, ya está. El agua no mancha.» Secó la zona y comprobó que el riachuelo no había ido a más porque unos papeles habían hecho de secante. El reportaje impreso de *The Guardian* había quedado ilegible.

Velasco se descompuso como quien rompe un jarrón de la dinastía Ming en casa ajena. Aquel reportaje era algo más que papel mojado.

9

—¿Hace mucho que has llegado?

—El Cercanías es un reloj de precisión. Entre eso y la rasca, igual estamos en las afueras de Berlín y no nos hemos enterado, jefa. Esto no es lo que era.

—Afortunadamente, Benítez.

El subinspector se quitó el gorro gris, lo hizo un ovillo que guardó en el bolsillo derecho del gabán y se frotó las manos.

—A ver si hay suerte. No se oye nada. He llamado dos veces desde que la he visto a usted aparcando, por ir adelantando. —Volvió a pulsar el timbre de la Cortázar.

—No te impacientes, hombre. Siempre es un riesgo. A estas visitas no se puede venir advirtiendo antes a los anfitriones. Pierden toda la gracia.

—¡Agentes! ¡Agentes! —Marisa doblaba la esquina con una bolsa en cada mano y enfilaba la cuesta de la calle.

Benítez se adelantó de dos zancadas.

—¿Le echo una mano?

—No se apure, joven. No pesa nada. Cuatro cosillas. Me gusta ir a por los mandados a primera hora. No les esperaba, agentes.

Se miraron los policías. No iban a insistir en el rango. Pulso perdido. Para Marisa iban a ser por siempre «los agentes».

—Sí, quizás la teníamos que haber llamado. —Isabel hizo un mohín con los labios que solo vio su compañero, mientras Marisa buscaba en el monedero las llaves.

—Este hombre…

—¿Su marido?

—Claro, mi marido, hijo. No sé por qué no les habrá abierto. Duerme como un lirón. Por eso aprovecho para escaparme a por las tres tonterías que hacen falta cada día. Así no me echa en falta. —Por fin abrió la cancela—. Pasen pasen, por Dios.

—No le vamos a robar mucho tiempo —avanzó Benítez mientras repasaba la decoración de ganchillo y ciervos que tan familiar le resultó en la primera visita.

El marido de Marisa dormitaba en una de las dos mecedoras de un rincón del salón. Una mantita de dibujos psicodélicos descolorida le cubría desde el pecho hasta los tobillos.

—Ahí está. Como no hace nada en todo el día… Dormir y dormir. Ni se ha enterado del timbre. ¡Qué hombre este! Siempre traspuesto.

Un cuaderno de sudokus yacía en el suelo, abierto con las tapas hacia arriba, tal y como se le habría caído al vencerle el sueño. El de media mañana. La siesta del carnero.

—Siéntense, por favor. Él ni se inmuta. No se preocupen. Siéntense y les traigo algo para entrar en calor. —Marisa se iba quitando el abrigo a la vez que les señalaba el sofá.

—De verdad que no. Muy amable. Ya le digo que tenemos un poco de prisa. Si es solo una tontería. Nos ha pillado de camino. —De nuevo, el gesto de la inspectora jefe que llevaba implícito un «Apúntame otro tanto»—. Íbamos charlando y, hablando hablando, hemos caído en que quizás usted nos podría aclarar una cosilla.

—Si está en mi mano…

—Sabemos que Rosa tenía que recibir un paquete el mismo día que pasó lo que pasó. —Benítez se sorprendía utilizando ese tipo de eufemismos. Que murió o que la mataron, le habría salido en cualquier otro contexto. «Me estoy amariconando.» En sus reflexiones no usaba la fina corrección política. Muchas veces, al verbalizarlas, tampoco.

—¿Un paquete? —La cara de Marisa se transmutó en una expresión que no le conocían. De venerable señora pasó a adolescente cazada en flagrante renuncio.

—Sí, y habíamos pensado que tal vez, sabiendo la buena relación que tenían, y como ella estaba fuera desde la mañana a la noche, Rosa le pudo encargar que lo recogiera. A ver, yo hago eso con una de mis vecinas. Con la que tengo más confianza. Y cuando me llega el envío, me deja una nota en el buzón. Paso por su casa y lo recojo.

—Ya. —Le temblaban las manos a Marisa—. Ya ya. —Tres gotas de sudor resbalaron desde su cardado de peluquería, en procesión, y le cayeron por la sien—. Se van a tener que sentar. Espero que no se despierte justo ahora. —Señaló a su marido—. Del disgusto, le daba algo. Y algo malo. —Bajando la voz hasta un susurro preguntó—: Agentes, ¿cuántos años te caen por piratear consolas? Aunque a mí edad, tengo entendido que ya no me meten en la cárcel, ¿no?

129

10

—¡*P*ues a tomar por culo la bicicleta! —Leo recurrió a esa frase tan expeditiva como gráfica al enterarse de la confesión de la vecina de Rosa Galiano—. Ya no sirven las teorías de los paquetes. A la mierda.

Velasco apostó bien contra ella misma. Su agente de refuerzo le acababa de despejar la leve duda sobre quién aportó las hipótesis de que los dos fallecidos hubieran recibido material sensible sobre su relación o, incluso, las armas con las que se habrían quitado de en medio. El orgullo profesional había delatado a Leo.

—Pero ¿qué coño? No tiene por qué —sorprendió Benítez—. Vamos por partes: ¿qué investigador, qué policía da por bueno, como si fuera a misa, el testimonio de una persona, de una sola persona? Así. Sin más. ¡Tendremos que encontrar la puta consola!

Lo que no compartieron Velasco y Benítez con el resto del grupo fue las risas que se habían echado, camino de la comisaría, a cuenta del gran momento del testimonio de Marisa. «Lo que pasa en el coche se queda en el coche.»

—¡Ay, que me da! Para para, Benítez. Así no hay quien conduzca —le había suplicado Velasco.

—«Una ancianita como yo…» —imitaba con gracia el subinspector—. «Una señora decente como la menda lerenda no acabará entre rejas, ¿verdad, agente?» ¡Jodida! Le ha faltado insinuar que lo podíamos arreglar entre amigos. Estaba cagada. ¡La tía mafiosa!

La señora Cortázar les había explicado que antes de que volviera a los sudokus, Miguel, su esposo, se aficionó a los videojuegos. Se jubiló y empezó a trastear con Internet. Primero un curso de iniciación para gente mayor que organizaba el Hogar del Pensionista. Se le abrió un mundo tan desconocido, tan inmenso y lleno de posibilidades... Pero lo que más le sedujo fueron los juegos: el solitario, los sudokus *online*, el mus con contrincantes virtuales, otros juegos clásicos como el dominó; y después llegaron algunos de estrategia, otros que emulaban universos de películas fantásticas y los de carreras de coches, los de explosiones y acción; también se vició con los sencillos, como el del fontanero ese, Mario; eran las vidas que nunca vivió. De tal manera se enganchó Miguel que acabó sabiendo lo mismo que sabían los monitores de esos cursos básicos de ofimática y entretenimiento en la red.

«Miguel, si quieres yo te consigo una consola que lleva un chip especial y te bajas los juegos gratis», le propuso un monitor.

«¡No me jodas, chaval! ¿Eso es así? ¿Así de fácil?»

Tan fácil como el negocio que habían encontrado con sus alumnos. No les llevaban caramelos de droga gratis a las aulas, pero les creaban otras necesidades. Se las podían costear. Por tres perras les manipulaban la consola. Por otras tres, les conseguían los archivos y los DVD con los últimos juegos recién sacaditos del top manta.

Todo eso nunca lo hizo de espaldas a Marisa. Miguel se vanagloriaba de sus hazañas. «Gratis, mujer. ¡Que me los consiguen gratis los chavales!»

Y si con alguien tenía confianza Rosa Galiano para poder llorarle los desvelos y disgustos que se llevaba con el tarambana de su hijo, era con su vecina. Era una confianza crecida al amparo de las tanganas que Marisa tenía que oír cada vez que Nacho se la liaba. Cada vez que Rosa tenía en su casa un ejemplo de libro de esos programas en los que un *coach* intenta domesticar a un adolescente amargado y violento; a un delincuente que tiene secuestrados a gritos y golpes a sus padres.

«Lo único que lo deja medio sedado, abstraído en su mundo, son los videojuegos, Marisa. Aunque sea a ratos», le confesó un día Rosa.

La vecina se quedó con la copla.

—Así que solo pretendía ayudar a Rosa, agentes. Le pedí una de esas que ya vienen trucadas a la misma dirección que habíamos pedido la de Miguel. Se la enviaron cuando no estaba en casa y me la dejaron aquí. Ella vino a buscarla esa tarde. ¿Cómo quería que les dijera a ustedes, a la Policía, que había hecho ese pedido? Llegó a su nombre. Quería darle una sorpresa. Pero el encargo ilegal lo había hecho yo.

11

*L*a comisaria María Jesús Gálvez con su amiga Cristina Puente hicieron una visita a la viuda de Toño Saiz. Tras la muerte del subinspector, ella decidió quedarse en Madrid por la misma razón por la que aceptaron trasladarse en su momento. No solo porque el comisario Castro moviera bien los hilos en la Dirección General, sino porque el tratamiento de Gabriel era más fácil en la capital. María Jesús Gálvez conocía bien el caso y a la familia.

—Yo intercedí para que fuera Saiz. Era el más preparado. Qué tragedia. Lo pienso muchas veces. Lo tengo muy presente, Marimar. Si no hubiéramos tirado tanto de él...

—No debes pensar eso, Chus. Si no hubiera sido en ese avión, habría sido en una persecución por aquellas montañas.

—¿Tú también crees en el destino? ¿También piensas que tenemos un día y una hora?

—Lo que creo es que el destino nos trajo a Gabriel. No todo lo que nos depara es dramático.

—¿Cómo está el niño?

—Pasó una gran crisis por su problema. Ya sabes —María del Mar se tocó el pecho—, pero ha mejorado ni se sabe cuánto. Eso sí que es un milagro. Bueno, ahora lo veréis, no tardará mucho en llegar del cole. Va aquí al lado. Ya tiene casi siete años y se cree mayor. Viene con un vecino de doce, el de arriba. Él les dice a sus amigos que ya va y viene solo.

—¿Tienes alguna foto por ahí? Como te decía, Cristina lo vio en la que ponen en los créditos, al final de la película.

—Son exactos, ya verás. Te agradezco mucho que nos hayas recibido. —Cristina le enseñó la foto que llevaba como fondo de pantalla en su móvil—. Este es Giles.

María del Mar contuvo la respiración. Miró a Chus, a Cristina, a la pantalla de nuevo.

—Son dos gotas de agua. —Es lo único que pudo articular, muy emocionada.

Se levantó y fue a buscar un paquete de pañuelos. Le ofreció también a Cristina.

—Es increíble. Es increíble. —Había entrado en un bucle. Miraba al techo, como si quisiera encontrar una explicación en algún rincón de la casa. Lo que buscaba era una frase para empezar su relato—: Toño llevaba mucho tiempo trabajando en una investigación que tenía que ver con las sectas del Pirineo. María Jesús conoce bien este percal. Lo hacía con muy pocos medios. Él se quejaba de que tampoco se sentía respaldado por la ley. Que había lagunas. Conoció a muchos padres, a muchas madres de hijos que se habían dejado deslumbrar por una idea o por un líder.

»Primero estaba el atractivo de una idea utópica o espiritual. Una idea que les iba dar sentido a sus vidas, carentes de motivación. Casi siempre lo único que se escondía detrás de esos supuestos ideales eran los fines espurios y la ambición económica de un pirado capaz de manipular a mucha gente. Formaban sus clanes. Su sistema de vida, lejos de las miradas curiosas y, a veces como una comuna, otras como un clan, se instalaban en casitas perdidas en la alta montaña. ¿Dónde está la frontera entre la libertad para elegir un estilo de vida y la opresión? ¿Cómo demuestras que te han lavado el tarro y no es exactamente tu voluntad la que decide seguir esas pautas? Pues como no sea porque la víctima lo denuncie, difícilmente se puede establecer que lo que hay es una relación de sometimiento. Difícilmente, si el dominante no traspasa los límites de lo delictivo, porque las razones morales se despachan en otro tipo de tribunales.

—Sí, ahí la Policía y la Justicia tienen poco que rascar —intervino Gálvez.

—Pues del caso principal, todavía menos. Era el «principal», y así lo llamaba Toño, porque lo era para él. Su intuición y su humanidad le decían que aquella no era una familia común. Estaban instalados en lo que había sido una casa de colonias en Anciles. Ninguna denuncia. Solo las pruebas que él le llevó durante mucho tiempo a una jueza a la que creo que llegó a odiar con toda su alma. Toño sabía que allí ocurría algo. Pero, claro, lo tenían todo en regla. Se supone que dos o tres familias habían formado una comunidad. Allí educaban a los niños. Habían decidido no escolarizarlos. A Toño no le salían las cuentas. O las madres habían parido de tres en tres, o de cuatro en cuatro, o era imposible. Él merodeaba. Sus hombres controlaban entradas y salidas. Husmeaban como podían. A veces con métodos poco ortodoxos. Se subían a lugares altos desde los que grabar. Utilizaban drones…

—Si no le daba permiso la jueza, tampoco podía ir con esas pruebas. No servían una mierda, claro —apuntaba Gálvez.

—No. No tenía orden judicial para entrar. Nunca la tuvo.

—Sí, una vez. Pero ya era tarde —le recordó Gálvez.

—Muy tarde. Fue cuando encontró a Damián, al que no reclamó nadie. Un *soldado* de la secta fue a recuperarlo cuando estaba ingresado, gravísimo, después de la conmoción y un fuerte golpe en el pecho. —María del Mar volvió a señalar la misma zona de su cuerpo—. Es el niño que hace dos años decidimos adoptar. No pudo ser. Otra cuestión técnica de la legalidad. Pero se quedó con nosotros, en régimen de acogida. Sabíamos que se llamaba Damián porque lo llevaba impreso en la camiseta. Se había quedado casi sin pulmones. Y sin voz. Por razones de seguridad, decidimos cambiarle el nombre. Estoy harta de ocultarlo. Así que cuando me propusieron que saliera al final de la película pensé que sería un bonito homenaje a Toño y di mi consentimiento. Ya se ha acostumbrado a que lo llamemos Gabriel.

12

*I*gual no era un amor tan convulso y hormonal como los que recordaba de su adolescencia y, sobre todo, hasta la gran decepción con José Ignacio. Pero allí estaba, bajo la piel de Alejandro, en el que había estado pensando todo aquel lunes. Si se había permitido una fuga de la concentración en su trabajo, de estar con los cinco sentidos y uno más puestos en que no se le escapara ningún detalle, en cazar al vuelo cualquier conexión entre indicios, había sido por él. Para recordar que esa noche volvía. Que había puesto cada día una excusa para dormir en aquellas sábanas que la llevaban a él. Las que ahora estaban arrugando y frotando con la cadencia de sus movimientos. A las que se aferraba y las que rasgaba pensando que lo deseaba con todas sus fuerzas. Quizás fuera solo algo sexual, o quizá confiaba en que, aunque fueran de dos mundos tan diferentes, tenían una vida posible en común. Una cama, sí. Aquella en la que se estaban desatando sus deseos reprimidos en los últimos cuatro días.

¿También aquello lo estaría registrando el entramado de cámaras que imaginaba dispuesto por toda la casa?

El vuelo de Alejandro se había retrasado. Ella en la comisaría, también. Se acababa el plazo dado por el juez y no habían encontrado nada con el peso suficiente como para convencerlo sin tener que acudir a la retórica y que sonara la flauta. Entre una cosa y otra, las tantas. El rumor confirmado de última hora había alimentado los corrillos. El de que al día siguiente se iba a hacer pública la patada hacia delante que le daban a la carrera política de Castro. Eso suponía la inminente llegada de la Queco Gálvez.

No había tenido tiempo de ir a recogerlo al aeropuerto. «Nos vemos en casa. Tengo muchas ganas de verte», le había escrito. Llegó ella antes. Tenía todas las ganas del mundo de abrazarlo, de tocarlo. Tantas que no encontraba la forma de decirle, en medio del fuego, que los papeles que estaban sobre la mesita de noche no eran los que él dejó. No se lo había contado antes porque eso les habría llevado a una conversación que habría pospuesto el encuentro apasionado. Cómo le decía que por la mañana, antes de irse, los había empapado con su torpeza y se había corrido toda la tinta. Cómo le contaba que le entró un ataque de culpa de niña que no quiere ser reprendida por haberse portado mal y se fue a Internet a imprimir de nuevo el reportaje. Eso fue fácil. Poniendo en el buscador una frase completa de las que se salvaron del agua. Pero cómo le convencía de que la casualidad había hecho que ampliara la foto en la que salía él con ese compañero, en Grecia, ilustrando la situación de los refugiados tras el cierre de Idomeni. Cómo le preguntaba de qué lo conocía, qué relación tenía con él. Si sabía que le estaba pasando la mano por encima del hombro al grandísimo hijo de puta de Héctor Salaberri.

137

T02x04

1

*L*eo había tomado buena nota del encargo que le había hecho directamente la jefa: «Quiero que te repases de arriba abajo la novela. Que te veas las veces que sean necesarias la peli». Velasco era de la opinión de que los demás habían vivido el caso y, por lo tanto, habían pervertido su esencia a fuerza de ir mezclando lo real con las dos versiones ficcionadas.

La inspectora jefe no descartaba que la perversión de quien estaba practicando aquel juego macabro de llevar a la realidad los crímenes de las series también adoleciera de la falta de escrúpulos necesarios como para enviar algún mensaje subliminal en la lectura y el visionado. «No lo descarto, Leo. Y sé que difícilmente podríamos verlo nosotros.»

Según el análisis de los psiquiatras forenses, ese tipo de criminal se regodea, deja su impronta, su sello tiene que prevalecer. Le da una vuelta de tuerca a su crimen. Se pone él mismo un reto. Tiene que demostrar que es el mejor. Como todos los psicópatas, no conoce límites porque su anhelo es trascender. Que después de varios siglos se siga hablando del misterioso estrangulador o del anonimato del destripador. El que marcó un camino. El que hizo historia. Había querido ser inmortal contando su gesta, vampirizando una trama de la que pretendían adueñarse los tres ilusos del blog. Para convertirla en leyenda. «Fíjate en todo. En todos los planos. En el rincón o en el gesto más inesperado, seguro que ha aprovechado para hacer el truco de cartas. Tenemos que mirar donde él no quiere que miremos. Hay que desenmascarar al mago.»

Así que Leo aprovechó el cometido para convencer a Velasco de que le podían hacer una visita al trío del blog *Asesinos de series*. Benítez hizo campaña a favor de su propuesta. Por puro morbo. Le podía la curiosidad de husmear por las brasas del incendio. «A ver qué se cuece por Lavapiés. Y cómo seguirá Martita.»

—¿No estamos en la idea de que las muertes podrían tener relaciones con la película?

—No lo descartamos.

—Y la película va de ellos. Ellos nos ayudaron a vincular los asesinatos con las series.

—Eso es.

—Entre lo que sabemos, quizás hay detalles que se nos escapan, como hace un año. Quién sabe si el loco que esté detrás de todo esto vuelve a enviar claves para el trío. Ellos siguen bajo nuestra custodia. Pues aprovechémoslo.

Mandaron a Leo y a Nando de avanzadilla.

Mientras iban subiendo las escaleras de la antigua corrala, Leo notaba cómo se adhería a su pituitaria el olor a tienda de animales que se describía en la novela. Seguía flotando en el ambiente. Se preguntaba si detectar aquella coincidencia se debía al tamaño de su apéndice nasal. ¿A más nariz, más números para poder ser utilizado como perro policía? Nando, por delante, superaba los escalones de dos en dos. Para él era un escenario conocido, muy trillado durante los tres meses largos en que cumplió las tareas de vigilancia y protección. Sobre el terreno, estas implicaron dormir en el sofá cama del salón que estrenó Salaberri. En aquel piso de Lavapiés donde vivían Marta, Rubén y Andrés, los treintañeros que escribían el blog *Asesinos de series* y compartían también el sueño de escribir su propia serie. Con los que contactaron para que los ayudaran cuando constataron que alguien estaba cometiendo asesinatos con un elemento común: cada uno de ellos homenajeaba una serie. Hablar de «homenajes» cuando hay víctimas asesinadas con violencia y ensañamiento podría considerarse de pésimo gusto, pero la Policía lo expuso exactamente con esas palabras.

Marta, Rubén y Andrés accedieron. No les quedaba otra. Pero también por una razón más egoísta: el provecho que podrían extraer de esa experiencia, viendo desde la primera línea los métodos policiales y conociendo datos reales que podrían usar para sus tramas. Cuando el subinspector Héctor Salaberri se trasladó a vivir con ellos, dudaron de si la Policía manejaba alguna sospecha sobre ellos.

—No llames al timbre. No funciona —advirtió Nando cuando llegaron al segundo piso, puerta tercera. No le faltaba el resuello. No se ahogaba en el último tramo como le pasaba a su compañero—. Un piso más y te recoge el SAMUR.

—Tengo que hacer más deporte —se le entendió a medias a Leo—. Soy todo fuerza, aquí donde me ves. Fondo es lo que me falta. Fondo.

Tres golpes a la puerta, a la altura de la mirilla. Con la palma de la mano.

—¡Buenas! ¡Aquí, un amigo! —gritó Nando.

—Medidas de seguridad extremas, ¿eh, compañero?

—Naturalidad. Si vas de espía, llamas la atención.

Oyeron pasos que se arrastraban en calcetines. Marta fue la encargada de recibirlos.

—¿Y Mencía? —se extrañó Nando al ver abrir la puerta a la maquilladora.

—Ha bajado a echarse un piti.

—Debe haber ido al estanco a buscarlo. En la puerta no hay nadie —aseguró Nando buscando la confirmación por parte de Leo.

—Nadie. Yo no conozco a Mencía, pero no había nadie.

—Lo que yo digo, que estamos segurísimos con el superpolicía que nos han asignado esta vez —se lamentaba Marta—. Vamos de mal en peor.

Leo lo registraba todo con la mirada. ¿Se parecía aquel piso

143

al de la película? Tenía un aire. ¿Al del libro? Dependía de por dónde hubiera viajado la imaginación del lector. Tampoco se precisaban muchos detalles. «Muebles de Ikea, correcto. El ventanal del salón a la calle, soleado a esa hora todavía. Luminoso, ok», iba contrastando lo memorizado con la realidad.

No estaban en régimen de lo que la ficción nos ha vendido siempre como la figura del testigo protegido. Ni por asomo. El protocolo se había relajado. El agente David Mencía se había instalado con ellos solo de día, luego dormía en un apartamento contiguo. Lo llamaban el zulo: un piso que en la partición de la antigua estructura de la finca quedó con las medidas y servicios mínimos. En él vivieron Rubén y Andrés antes de que se les sumara Marta. Los tiempos de Salaberri empotrado allí día y noche fueron de una locura que se dio por finalizada con la operación en el aeropuerto, en la que el subinspector Toño Saiz perdió la vida y la Policía desarticuló al grueso del clan. Todavía quedaba la gran duda sobre si habían identificado a todos sus miembros. Y el misterio supremo: la suerte que hubiera corrido el propio Salaberri.

Pero dieron por cerrada la investigación. Cesaron los asesinatos. Tampoco sobrevolaba ninguna amenaza, ni velada ni manifiesta, sobre Marta, Rubén y Andrés. No había trascendido su identidad como para que la popularidad los pudiera poner en peligro. Ni la ubicación de su vivienda era de conocimiento público. Tanto la novela como la película la situaban en un radio donde, entre los distritos de Centro, Latina y Arganzuela, podrían estar censados unos 500.000 madrileños.

—Ya subirá Mencía. No *apurarse* —intervino Andrés saliendo de su habitación.

Casi a la vez apareció Rubén desde la suya.

Saludos afectuosos. Recordaban la convivencia con Nando como un tiempo de tranquilidad. Demasiada, quizás, para justificar que la Policía siguiera haciendo guardia. Un par de casos aislados requirieron de la ayuda de los blogueros. Investigaciones que se atascaban y a las que ellos contribuían con una aportación que ayudara a encararlas desde otro flanco. Pero no tenían conexión entre sí. Les sirvieron, en todo caso, para explorar otra forma de colaboración con la Policía.

Uno de ellos fue el asesinato brutal de Enrique Verdú, un anciano casi nonagenario, en su domicilio. Una persona mayor con una vida anodina. Si hubiera tenido algún enemigo, solo podría haber sido uno de sus rivales del club de petanca o de las partidas de brisca en el bar del barrio. Vivía solo y le escribieron un mensaje en el espejo del cuarto de baño: «Justa venganza». Su dirección fue la clave, tomada del arranque de la tercera temporada de *Fargo*, lo que les encaminó a descubrir que un sicario de medio pelo había recibido el encargo de matar a Enrico Verdi, un capo de la mafia que vivía, retirado de los negocios, en la calle Hortaleza, en pleno barrio de Chueca. El matón confundió las anotaciones. Acudió a la Gran Vía de Hortaleza, en la otra punta de Madrid. La puñetera casualidad hizo que en el mismo número y piso viviera el anciano, al que le asestó tantas puñaladas como asesinatos llevaba a sus espaldas la familia de Verdi.

145

La clave de otro caso se resolvió cuando recordaron un episodio de la serie *The fall* (La caza), en el que el fugitivo cambia la matrícula del vehículo modificando las letras y números con cinta aislante.

—Leo, el nuevo refuerzo —Nando les presentó a su compañero. Al ver la reacción de Marta, aclaró—: No, de momento no viene a sustituir a Mencía. No os hagáis ilusiones.

—A Mencía no lo sustituye nadie. Mencía se jubila aquí —soltó Andrés—. Ya es uno más de la familia.

—Hasta a ti llegamos a cogerte cariño —le confesó Marta a Nando.

—Yo os tengo muy presentes, ¿eh? Sigo entrando en el blog.

—¿No le habéis dicho que yo también publico? —irrumpió el famoso Mencía en plan comedia de Arniches. Cerró la puerta tras él.

—¿Cómo que publicas, campeón?

—¿No dices que lees lo que cuentan aquí los amigos? ¿Quién crees que es el de «La crítica del Roqui»?

Los tres jóvenes habían tenido la idea de que entretuviera su vigilancia de esa forma. Y Mencía estaba encantado. No había visto muchas más series desde *Starsky y Hutch* —que le despertó la vocación de forma tardía—, *Cañas y barro* o *Fortunata y Jacinta*. Además de *Verano azul,* por supuesto. Para hacerse una idea de qué fundamentos en cultura audiovisual atesoraba el policía, podría decirse que *Médico de familia* ya le pareció demasiado moderna y de diálogos trepidantes. Con esos mimbres, el experimento consistía en ponerle, a las bravas, ante unos episodios de *Hijos de la anarquía* o de *Love.* Como era vaguete para la escritura, le grababan el audio con sus reflexiones, sus sensaciones a bote pronto, sin ningún tipo de filtro, y después las trascribían.

—¡*Amos,* no me jibes, *acho*! —A Leo, que solía contenerse, le salió del alma el deje más panocho de la huerta murciana—. ¿Es que me vas a decir que eres tú el de las crónicas de la putiprincesa?

El blog se había visto espoleado, y había multiplicado sus visitas, por la repercusión de la novela *Asesinos de series.* Pero era de justicia atribuirle un pico al acierto de trascribir los comentarios de aquel recién aterrizado en la seriefilia. La última temporada de *The royals,* la cáustica visión americana sobre una descocada monarquía británica, había fascinado a Mencía. El personaje de la princesa díscola le inspiró de tal forma que la convirtió en omnipresente. Inició un diario: «Qué tendrá la putiprincesa». De manera sutil, Marta, que fue la que más punta acerada le sacó a la verborrea de Mencía, lo incitaba para que estableciera paralelismos entre el personaje y los habituales de la crónica rosa. De ahí salieron post dignos del gran Terenci Moix.

Aun así, por más éxito que tuviera el blog, nadie vive de las minucias que factura habitualmente el mundo digital. O eres Google o te conformas con quedarte en *youtuber* de éxito ocasional. En el de *Asesinos de series*, sus tres promotores no sacaban ni para compensar el tiempo, mucho menos la pasión que le seguían poniendo. Así que cada uno andaba a lo suyo, ganándose la vida. Marta maquillaba a personajes de culebrón de sobremesa y facturaba algún trabajo esporádico más deslumbrante. Andrés pivotaba desde la publicidad y ponía alguna pica en guiones de capítulos piloto de series que nunca llegaban a rodarse. Rubén seguía echando horas y horas en el taxi.

Tras una fachada de resoplidos y el capítulo de quejas que parecían indicar que la mantenían a regañadientes, la colaboración con la Policía les generaba una adrenalina ya adictiva. Les permitía evadirse de las diversas penurias de sus rutinas. Había más emoción que desapego en los ojos de Marta, que aunque simularan mirar a las musarañas, buscaban en la memoria de la retina algún argumento de la ficción para hilvanarla al nuevo relato de Nando y Leo. Rubén manifestaba su tensión a través de sus rodillas inquietas, que vibraban intranquilas no porque se le estuvieran haciendo eternas las precisiones de los policías, sino porque la inspiración no lo rondaba cerca. Y por fin estaban las manos de Andrés, que igual tamborileaban sobre la mesa que rascaban su coronilla. De allí pareció emerger una teoría que expuso poniéndola en cuarentena:

147

—Esto no está tan claro. No es tan evidente como cuando se veía que cada caso evocaba una serie, cuando una escena del crimen conectaba con una trama.

—A lo mejor es porque os estáis obligando a ver fantasmas donde no los hay —bajó las expectativas Marta.

—No, pero me explico —siguió su razonamiento Andrés—. Son dos asesinatos. Ya sabemos lo que tienen en común. Pero ¿y si lo que busca es romper la cadena? Despistar. Como la teoría del falso francotirador. En el arranque de la segunda temporada de *The good wife* recuperan la defensa de un reo que fue acusado de matar a tres personas. A la manera y con la precisión de un francotirador. Una de ellas era su mujer. La

Policía y las crónicas buscaron despistadas a un loco apostado en una azotea, disparando indiscriminadamente. Eso es lo que quería hacerles creer. Las otras dos víctimas fueron efectos colaterales necesarios para cumplir su objetivo y no dejar rastro de su conexión. A lo mejor Rosa Galiano o Arturo Agustí son víctimas de un juego así.

2

—*O*sea, que lo que tenemos no son más que conjeturas. Disparos al aire.

Velasco, como su desánimo, se dejó caer en el asiento de su despacho. Frente a ella, Nando y Leo, con las notas recogidas en el piso de Lavapiés. A su lado, de pie, Benítez. El subinspector tomó la palabra:

—Todo sirve. Centrémonos en lo de los paquetes. Averigüemos dónde fueron a parar. Sepamos si existen los dos.

De repente, Velasco se sorprendió comprobando cómo Benítez adquiría sus tics. Los que tanta rabia le daba a él reconocer en su jefa tiempo atrás. «Centrémonos», «averigüemos», «sepamos», eran órdenes en primera persona del plural para que las realizaran ellos, los que ahora eran sus subordinados.

Velasco no se lo iba a recriminar. Aquel martes no parecía ser su día más flamenco y motivador. Su segundo debía tomar las riendas. Y Benítez se echó el equipo a las espaldas. Como si tuviera la misión de que no cundiera el desaliento. La inspectora jefe se felicitaba de que él la conociera lo suficiente para haber percibido que sus biorritmos no eran los óptimos.

—De interrogar a Almudena Granados nos vamos a encargar la jefa y yo. Si puede ser, hoy mismo le haremos una visita de cortesía. Vosotros id de nuevo a casa de Galiano. Buscamos una consola. Como esta. —Y mostró una hoja im-

presa con la foto y los datos sobre el dispositivo según lo
había descrito la vecina.

—A Correos también —añadió Velasco—. Almudena nos
dijo que su marido había ido a una oficina el sábado por la
mañana para recoger un paquete. A ver si tenemos suerte y
venía a su nombre. Algún rastro debe quedar. Empezad por
la oficina más próxima, la del código postal que le correspon-
da a Universo. Buscad en su despacho, en el coche, debajo de
las piedras.

En el tiempo en el que Benítez giró el cuello para despe-
dirse de Leo y Nando con un golpe de mentón, Velasco puso
encima de la mesa el reportaje impreso.

—¿Qué es esto, jefa?

—Eso me gustaría saber a mí —respondió señalando con
su índice la imagen en la que aparecía Salaberri. Dibujó un
círculo virtual sobrevolando con su uña a Alejandro Escuder
y al antiguo subinspector—. Me faltó hacer esta marca para
que no notara el cambiazo. Mira que estamos curtidos. Nos
hemos preguntado una y mil veces cómo se puede delatar el
culpable descuidando el detalle más idiota. Pues en casa del
herrero…

—¿Se está acusando de algo?

—De no haber manejado los tiempos ni los nervios. Soy
una aficionada, Benítez. Una sabionda de pacotilla. —Velasco se calló, abrió la boca, dudó, hizo una paradiña. Resopló,
quizás pensando que debía confesarse ante su colaborador, y
lo soltó—: Le quería dar un cambiazo.

—¿A quién, al doctor? ¿Usted?

—Sí, claro, a Alejandro. Me salió el tiro por la culata.

—Pero, mujer de Dios, ¿quién le manda disparar? Si yo
creo que ascendió para no tener que empuñar un arma no
más que de higos a brevas.

—Eso debe ser. La falta de práctica.

—No se me mueva de aquí, Guillerma Tell. Voy a por
provisiones de cafeína y me cuenta.

—No tengo ninguna intención.

—¿No quiere hablar? ¿Me va a dejar así? ¿Suelta el titular y esconde la lengua?

—No, hijo, no. De lo que no tengo ni putas ganas es de moverme de aquí.

151

3

Harían falta cafetales enteros de Colombia y Bolivia para adormecer el dolor que se le había instalado a Isabel en la parte izquierda de una cabeza que estuvo en danza toda la noche. La que apretujó contra la almohada sabiendo que no se lo dejaría allí, que se lo llevaría puesto para todo el día. Vuelta a la derecha. Vuelta a la izquierda. Sudores de fiebre si se tapaba. Escalofríos de otoño si bajaba el edredón a los pies. Respiraciones profundas. Desvelo ligero. Pensamientos de lado a lado de la cama. Interrogantes recurrentes que sacaban sus colmillos en las pesadillas interrumpidas por sustos de duermevela. Si aquella foto era de Idomeni, Salaberri y él ya se conocían antes de que el policía fuera sospechoso de estar involucrado en la cadena de extorsiones y asesinatos.

Al desperezarse Alejandro, antes de darle los buenos días, le había preguntado con la voz todavía ronca y cansada:

—¿Por qué cambiaste los papeles?

Todavía boca abajo, él alargó su brazo hacia la mesilla donde estaba el reportaje y se lo ofrecía a su compañera. Neutralizó así cualquier tentación que hubiera tenido la inspectora jefe de querer ganar tiempo con la contrapregunta «¿De qué papeles hablas?» o similar. Toda la noche de desvelo no le había servido para construir una excusa. No era ninguno de los escenarios valorados como probables.

—Estaba exhausto anoche. —Alejandro incorporó medio cuerpo hasta apoyar la espalda en el cabecero. Se estiraba como un Cristo. Todo ocurría a cámara lenta para Velasco—. Pero ya me di cuenta de que la foto no tiene el círculo.

—¿Cómo dices? —Ella sabía perfectamente que se refería al cerco de rotulador fosforescente amarillo que los rodeaba a Salaberri y a él, antes de que ella se hubiera dado cuenta de que era Salaberri, y antes de que el agua derramada hubiera echado a perder la primera copia.

Velasco se sintió frágil e insegura como de niña. Cuando tenía que dar explicaciones de por qué se había retrasado tras entretenerse ante el escaparate de la barbería de Doro, cuando se le iba el santo al cielo mirando las chuches y cromos, y luego tenía que subir las escaleras de la casa cuartel con la lengua fuera y el traqueteo de la mochila golpeando su espalda. En la puerta, con las rodillas chocando entre ellas por el esfuerzo y el pánico, Isabel echaba una mirada al interior y otra a su memoria. No recordaba si papá aquella tarde tenía servicio de guardia. O quizás tuviera suerte y estaba tomando uno de esos coñacs que se echaba a las encías para el dolor de muelas. Cualquier cosa menos su sombra amenazante con el cinto, por favor; que no oliera la entrada a loción ni a alcohol. Aún acostada, se vio temblar la mano llegando hasta su labio, como entonces. Se lo pellizcaba haciendo una pinza con el índice y el pulgar. Le corrían dos gotas de sudor frío desde las axilas, hiriéndole en el alma de los recuerdos. La orina sí había aprendido a contenerla aunque era la única señal que detenía en seco al suboficial Velasco.

A Alejandro le facultaba su formación de psiquiatra para entender el calvario por el que pasaba Isabel, la dura y firme Velasco para el mundo.

—No te reprocho nada, cariño. Me pareció extraño cuando me di cuenta anoche. Pero habrás visto que no me ha quitado el sueño.

Isabel empezaba a controlar su respiración y a distender el rictus. Alejandro le cogió una mano.

—¿Tú sabes quién es? —Isabel recuperaba el mando. Mu-

153

chas veces llegó a pensar que sería una buena actriz. Porque imaginaba que el fingimiento que le exigían los galones tenía que parecerse mucho al que tendría que adoptar un profesional de la interpretación. Así se legitimaba para romper la cadena de la inseguridad. Metida en la piel de la inspectora jefe, se juraba que no habría ningún otro suboficial en su vida, ni siquiera en el papel de padre con ínfulas de teniente coronel, que le señalara las nalgas con fustas de cuero. No habría ningún otro agente bastardo como el que después le cruzó la cara. No. Dejó de estirarse el labio para recobrar la integridad. Le cambiaba la voz cuando adoptaba su rol. La policía al cargo del caso era la que volvía a insistir.

—Me tienes que decir de qué conoces a Héctor Salaberri.

—¿Ese? Ese es Juan Aguirre.

4

*N*o era casual que se hubiera presentado así también a Marta Juncal en su primer encuentro. No improvisaba. Era la identidad alternativa de Salaberri. Igual que cuando conoció a la bloguera, también se había presentado como analista de datos cuando Alejandro lo conoció en Grecia. Decía ser cooperante de la ONG UniMundo. Aquel era su paraguas.

Velasco ponía al corriente a Benítez, que dejaba enfriar el café, absorto al descubrir cómo confluían de nuevo historias y caminos. Volvía a entrar en escena la ONG que en su día fue intervenida judicialmente en una operación retransmitida con denuedo periodístico por Fernando Salgado. Con una campaña, en connivencia con una instrucción judicial oscura y bastarda, que más tarde se demostraría que carecía de todo fundamento. A la ONG le atribuyeron delitos de la peor estofa. Achacaron a sus responsables ser unos desalmados sin escrúpulos que encubrían actividades espurias. Y que, bajo el pretexto del espíritu solidario, recaudaban fondos que desviaban a gastos personales y fines crematísticos.

—Sí, jefa, recuerdo que estuvimos hablando de eso en su día, cuando Salgado empezó a tocarnos los huevos con las filtraciones del caso del Asesino de las series.

—Salgado ya es historia. Héctor Salaberri, al parecer, no. Esa foto fue tomada en 2016. Casi un año después a Héctor se lo traga la tierra. Pero Alejandro ha coincidido con él más veces. Han compartido un cuartucho en un hotel semiderruido de Atenas. Han dormido saco con saco en la misma nave abandonada. Es más: Alejandro recuerda que le ha llegado a hablar de mí. «Pero ¿tú has notado en este tiempo que se hiciera el encontradizo?», le he preguntado. Y no tiene esa sensación. La contraria tampoco. Eso me cuenta, al menos. Porque podría ser que todo fuera casual. Nadie nos hubiera dicho hace un año que Salaberri tenía esa vis altruista.

—Como tampoco nadie, y menos usted, podía llegar a imaginar que estuviera metido en una red de delincuentes como en la que parece involucrado. ¡Hasta el corvejón!

—Pero todavía hay otra cosa más que no me cuadra, Benítez. Las condiciones de vida de esos campos de refugiados. Ponte en el lugar del maniático de Salaberri, que si podía te daba la mano con un guante profiláctico, al que le inquieta más una concentración de ácaros que de otros seres criminales. Una persona así no es fácil que se adapte a tiendas de campaña en medio del barro, almacenes abandonados que llevan años habitados por ratas, moteles de los que solo queda el cemento para echar un saco de dormir casi a la intemperie en la parte trasera de una gasolinera. No me pega, no. O el afán humanitario del muchacho es inasequible para mi imaginación, o hay algo que se nos escapa, compañero.

—Yo voy a apostar por lo segundo, que no tengo el bolsillo para mucha fiesta.

156

5

*Q*uerido Juan:

Este fin de semana no he podido acercarme al cuartel general por razones obvias.

Vamos alcanzado los objetivos. Sé que es laborioso y que nada debe desviarnos de nuestro fin, aunque hay muchas circunstancias que en ocasiones nos pueden abocar al desaliento. A veces los obstáculos se nos antojan insalvables. En otras, la tentación del desánimo al conocer que es una misión a tan largo plazo, que quizás no la verán nunca nuestros ojos. Padre lo sabía. Siempre nos inculcó que la historia nos juzgará. En nuestra mano está que se le reconozca como progenitor, como el hacedor máximo. Él tuvo la visión. Nosotros hemos de continuar en la senda. Hemos de seguir su labor y aplicar sus enseñanzas.

Ahora esto se está moviendo otra vez. No llegamos en las mejores condiciones. Mermados y muy expuestos. A ocho kilómetros de la ciudad, ante los ojos de demasiada gente. Es un gran riesgo que ya sé que asumimos en su momento porque no nos quedaba más remedio. Llegó la hora de evitar el peligro que supone todo esto. Sabes que la actual ubicación no reúne los requisitos necesarios para la formación y la instrucción en condiciones suficientemente extremas que curtan a los soldados. Desde la huida de Anciles se vive con la sensación de estar en itinerancia permanente. Es agotador. Cada vez que oímos desde la zona de los páramos el murmullo lejano de domingueros o turistas, el corazón se nos encoge.

Propongo que organicemos, lo antes posible y sin más demora, una segunda expedición de traslado hacia el norte, hacia el
enclave del que estuvimos hablando en nuestro último encuentro.

Es algo urgente, Juan. No podemos echar a perder toda la
labor de estos años.

5E A en carta

Besó la pluma Visconti y la ofreció al cielo, buscando
una suerte de bendición. Abrió el estuche forrado de ter-
ciopelo rojo, con el dibujo de la divisa de la familia. Sacudió
en el aire el pañito de microfibra y frotó el cuerpo de la
estilográfica, donde antes había echado el aliento. Todo con
la minuciosidad de un proceso pulcro, aunque no aséptico.
La guardó.

En un tiempo en que con una pantalla y un clic podías
enviar un mensaje y comunicarte con cualquier rincón del
mundo, ella tenía que recurrir al intercambio epistolar. Era
más seguro el correo por carta. La única manera de no dejar
rastro ni huella que se pudiera seguir. No ponía remite. La
franqueaba en casa. «Sellos para enviar una carta al extranjero», le pidió a la estanquera del centro un día que se acercó
a hacer las compras. Para llevarla al buzón, se ponía ropa de
deporte. Salía a correr cada vez en una dirección. Siempre
tomaba una línea diferente de metro cuya estación estuviera alejada algo más de un kilómetro de su casa. Sus preferi-
das eran las que hacían difícil replicar el trayecto paralelo a
ella en coche. Después hacía un trasbordo y se plantaba en
la otra parte de la ciudad. Esa vez fue en un buzón de Aluche
donde dejó el sobre. No esperaba más respuesta que la que
él le pudiera transmitirle en persona las veces que llegaba
hasta el cuartel general. O cuando le contestaba en clave
vía Bangladés. Hubo un tiempo en que ella se enfundaba en
cuero, cogía la moto y se cruzaba Madrid para echar la carta.

158

Desde que tuvo un susto y perdió el control al patinarle la rueda trasera en el aguanieve, abortó ese modo de operar. Si le pasaba algo, llevaría encima la prueba que podía delatar a toda la Organización: un sobre con la dirección escrita de un apartado de correos en Atenas, a nombre de Juan Aguirre.

6

*I*nformes en carpetas que, de tanto manosearlos y llevarlos de un sitio a otro, presentaban un aspecto envejecido con las esquinas arrugadas; formularios en todos los colores y tamaños, rellenados y por cumplimentar; boletines y circulares internas que todavía se repartían impresas en papel; bandejas de plástico abarrotadas de todo lo anterior más folletos de pizzerías y comidas orientales a domicilio. Ese material era depositado en las mesas menos ocupadas. En lugar de estar abandonado donde seguía cogiendo polvo, iba a ser arrinconado en otro olvido. La última vez que lo trasladaron sería, como estaba ocurriendo en ese instante, para hacerle sitio en las mesas de trabajo a cuatro bandejas de canapés, tres platos de plástico con patatas fritas y otras tantas de aceitunas.

—¿Hoy tenemos cumpleaños? —preguntó Benítez al observar el trasiego desde el despacho de Velasco.

—Me temo que el festín por todo lo alto es para despedir a Castro y darle la bienvenida a la Queco.

Se iba a formalizar esa mañana. No siempre radio macuto iba a desestabilizar repartiendo rumores infundados. Esta vez era cierto. El goteo de agentes de otros departamentos y servicios consiguió que la sala central presentara el aspecto del cóctel de bienvenida que se le daba a María Jesús Gálvez, la nueva comisaria que llegaba para cubrir el hueco de quien se resistía a jubilarse. A Castro todos le conocían sus querencias y afinidades políticas. También su ambición. No las había ocultado nun-

160

ca. Siempre defendió en los mentideros, corrillos y sobremesas con manteles dispuestos para la conspiración que para los puestos de confianza política, mejor un técnico del sector que no un chupatintas. Según la ronda de *gin-tonics* en la que se terciara el comentario, las tintas eran pollas. Sin embargo, para su alocución de despedida, Castro apeló a los sacrificios del deber con los requerimientos que está obligado a asumir un servidor público como él. Tras las Ray-Ban oscuras, seguro que le estaban brillando aquellos ojos achinados. No tenía el vello erizado, sino una felicidad que nacía de su vanidad desbordante.

Los ojos de María Jesús Gálvez tampoco eran los de una persona que mira a los de su interlocutor pero, si alguna vez conectaban por azar, no transmitían limpieza ni tranquilidad de espíritu. Eran de los que se mueven inquietos, imposibles de seguir. Nadie averigua por dónde andan: si se quedan en lo superficial o están escudriñando hasta dar con el accidente, con la tara, con esa carencia que le hará al otro vulnerable. Examinaban a todos sin pudor. Especialmente a las mujeres. A Velasco le hizo un escaneo de abajo arriba: no tuvo miramientos en evaluar, de forma que resultaba incómoda y algo grosera, los pliegues del vestido que le marcaban las caderas a la inspectora jefe, ni en torcer el gesto cuando ponderó el volumen de su pecho, ni en adoptar un aire despectivo calculando la valoración de la que otros consideraban la belleza natural o racial del rostro de Isabel Velasco. «Una estirada», concluyó la nueva comisaria.

Todo en los no más de cinco segundos que pasaron desde que, al terminar los discursos formales, carentes de emoción y sorpresa, empezaron a formarse los grupitos. Castro le hizo un ademán a Velasco para que se acercara a su nueva superiora. Con tres pasos alcanzó la mano de la Gálvez. En su cuello torcido descifró que debía descartar saludarla con dos besos.

—Es un placer, comisaria. Me han hablado siempre mucho de usted.

—Igualmente. Pero ya que estamos entre *leyendas*, creo

161

que me debes el respeto de tutearme —dejó caer con un tono cáustico que la hizo parecer próxima.

—Mire, de su sentido de la ironía no me habían advertido. Siempre reconforta saber que hay espacio para el humor. En cuanto a lo del tuteo, créame que se iba a arrepentir muy pronto. Lo de que la confianza es un asco lo inventaron al saber cómo me las gasto en casa de los amigos.

—En fin, todo a su tiempo. Vamos a ir poco a poco.

—Eso creo, comisaria. Estamos en los preliminares. No hace falta forzar nada.

Castro asistía divertido a ese duelo de floretes en que se habían enzarzado las lenguas de una y otra dejándose guiar por la más depurada técnica de esgrima.

—Velasco, mientras los niños acaban con las reservas de panchitos, me decía la comisaria que le gustaría que nos viéramos los tres arriba, en el despacho. Tiene algo que confiarte —propuso el cesante—. Así nos hacemos los suecos, como si no fuera con nuestra autoridad lo de las botellas de cava que ha subido Amadeo del súper.

—Veo que no ha perdido el olfato policial, Castro. El traje de político no le estrecha las meninges hasta dejarle ciego. Todavía. —Gálvez tenía la autoridad y confianza para permitirse ese tipo de comentarios.

—Yo lo que observo es que pretenden que el legado de Jardiel Poncela no quede en nada. Me voy con la tranquilidad de que el nivel queda alto, muy alto, en este sitio.

Y en esas circunstancias, donde nada parece estar a salvo de la ironía y la retranca, es probable que a la Queco le cayeran las últimas palabras de Castro como un sutil chiste burlón sobre su limitada estatura. Física.

7

*H*aber renunciado al cava no le libró de la intensa jaqueca. Al menos, tampoco empeoró. Bajaba las escaleras apretándose las sienes y masajeándoselas con los pulgares. Miró el reloj de muñeca y en su esfera atisbó un remolino de horas infinitas que amenazaban con hacer de aquel martes una jornada insufrible. Casi oyó el peso de la caída de cada segundo a cámara muy lenta. El sonido imaginario iba acompasado con un pulso contundente y seco que le llegaba hasta el oído. De nuevo el teléfono. Número desconocido. Era la enésima vez que colgaba. Nada en el contestador.

—Perdonad el retraso —se disculpó Velasco al entrar en la sala de trabajo donde ya la esperaba su equipo.

—Nosotros nos hemos perdido la ceremonia. Casi acabamos de llegar. —Leo y Nando venían de Correos.

—Ahora me contáis. Os doy antes las novedades. —Y mirando la pared a su espalda, preguntó—: ¿Es muy complicado colocar ahora el proyector?

Leo se aprestó a ponerlo en marcha.

—Quiero que veáis estas fotos. —Velasco le dio al agente un *pendrive*—. Ahí están los archivos en orden, por número.

Benítez bajó las persianas y graduó la luz.

Lo primero que les enseñó fue un recorte de prensa de 2016. El caso de Damián, encontrado cerca de Anciles, en Benasque.

—Lo recuerdo perfectamente —apuntó Nando—. Al poco tiempo, desapareció de la prensa.

—Esta es la razón. —Y Velasco giró el índice hacia delante—. Ahí lo tenéis.

—Esa foto sale al final de la película, jefa. —Leo había hecho los deberes, desde luego.

—Es Gabriel, el hijo adoptado del subinspector Toño Saiz. Él y Damián son la misma persona.

En la siguiente imagen vieron a un niño que parecía ser Damián, o Gabriel. Pero que no era él, sino otro de la misma edad y de idéntica complexión. Se llamaba Giles y vivía en Madrid. Eran una copia casi idéntica. Su madre había acudido a la Policía tras ver a esa especie de clon al final de la película *Asesinos de series*. Ella había sido víctima, como Arlet Zamora, de un secuestro y fue violada por su carcelero. La inspectora jefe no desveló a su equipo que Cristina Puente era amiga de la nueva comisaria.

«Discreción —le había ordenado la Gálvez—. Eso va a quedar entre nosotras, Velasco, porque si no, me voy a tener que inhibir del caso. No creo que te guste la idea. Eso significaría que el expediente del caso del Asesino de series se trasladaría a otro sitio. Ya no estaría bajo tu mando. Pero, sobre todo, lo hago para que nuestra relación empiece basada en la complicidad. Porque tú también vas a confiar en que yo no abra la boca respecto a esto que me pides.» La Queco había recortado la foto de Salaberri en el campo de refugiados de Grecia junto a Alejandro. Tiró a la papelera la parte donde aparecía el psiquiatra. «La prueba para la Europol no tiene por qué llevar explícita la información de que está junto a tu chico. Pondré en el informe que hemos encontrado el reportaje rastreando, en la web de ese periódico inglés. Y no es mentira. No del todo. No me mires así, Velasco. O tú también estarías obligada a inhibirte, por razones obvias.»

El dolor de cabeza merodeaba ya el umbral de lo que el ser humano es capaz de resistir sin tener la tentación de reventársela de un golpe certero contra la pared.

Al ver la imagen proyectada, a Benítez no le hizo falta

SALVARÁS A MIS HIJOS

el juego de miradas con la inspectora jefe para saber que no había sido cosa de ella lo de censurar al acompañante. Volvió a vibrar el teléfono.

—Un momento. Es algo urgente. —Le corría prisa saber quién le estaba dando la murga con tanta insistencia.

Al menos ahora tenía una notificación de mensaje en su buzón de voz:

«Buenos días, comisaria Velasco. Soy Carlos Arrayán, periodista de *LasNoticias.es*. Necesitamos contrastar con usted una cosita. Tenemos una buena fuente, muy próxima al caso, que nos asegura que las muertes de Rosa Galiano y de Arturo Agustí están relacionadas. Queremos darle la opción de hablar. Si no, daremos su callada por respuesta. Muchas gracias».

«Me cago en la puta madre que parió a todo. "Comisaria", "una cosita", "una buena fuente". Ya empezamos con la jodienda. "Para darle la oportunidad de hablar..." ¡Menudo gilipollas! Menuda cagada de día. De arriba abajo.»

No había entendido nunca lo de que hay días que es mejor no levantarse. «¿Cómo hace una para esconderse del mundo? ¿Y de qué serviría? ¿Para acumular los líos de hoy a los que salgan mañana? No, cagada de las gordas. Los marrones no se salvan dándoles la espalda.» Pero tampoco se perdonaba cometer errores de principiante como los de esa mañana. Se lo había dejado en bandeja a la Gálvez. Seguro que se relamió. Seguro que pensó: «Pero qué pardilla tengo delante. ¿Y esta es la poli más sagaz con la que puedo contar? ¡Qué cojones! Pues aprovéchate, tonta. Ya la tengo cogida de los huevos». No podía empezar la partida con mayor desventaja. Se veía ella misma entrando con su cabeza emplatada —mira, así tampoco le torturaría aquel dolor—, ofreciéndosela como desayuno a la nueva comisaria. Pasara lo que pasara, no era comparable que una amiga hubiera recurrido a ella para denunciar una violación y un secuestro de hacía unos años, con que se supiera que su pareja se viera con un policía traidor que había estado bajo su mando y que salía en los listados de los delincuentes más buscados del mundo acusado de pertenencia a una banda criminal sin escrúpulos. Aunque ese punto de partida tenía una ventaja: le permitía mantener al margen a Alejandro. Había pactado una reunión informal a tres. Ellos dos con la comisaria. Había conseguido que no apareciera en los papeles, que no se le enviase un requerimiento por los cauces legales. Le había evitado la inhóspita sala de interrogatorios.

¿Y el puñetero periodista? ¿Quién coño le había ido con la copla de la coincidencia en las muertes de los dos ejecutivos de la tele? Cuando hablaba de coincidencias, ¿también sabría que eran amantes?

Volvió a unirse al grupo de trabajo. Benítez llevaba la batuta. Respondía a las dudas sobre Salaberri. La mayoría eran de Leo, que «no tuvo el gusto de conocerlo». Isabel se acercó al subinspector. «Carlos Arrayán. Investigarlo.» Eso llevaba escrito el pósit que le confió, a la vez que le susurraba: «Prioritario».

8

*P*odría parecer que quisiera llamar la atención. Que la gente se preguntara qué hacía a mediodía, cerca de Moncloa, una mujer salida directamente desde una película de Hitchcock. Era la mímesis de Grace Kelly. Un fular en tonos rojigualda, con una veta verdosa, y unas gigantescas gafas de sol dejaban poco a la vista entre su frente y sus labios. Cualquiera la recordaría. Y nadie la podría identificar. Citó en esa esquina, en sentido a Puerta de Hierro, a Francisco Téllez. Ya lo llamaba Paco. El director financiero de Universo Media. En ese punto de la ciudad quedaban pocas cámaras de seguridad de los comercios. Después, dirección a Villalba, las de Tráfico. De esa guisa, aunque la cazaran, era irreconocible. Ella llegó con tiempo, como le prometió.

«Estaré diez minutos antes. Seguro. Así no tienes que dar ninguna vuelta. Allí es mala zona por el tráfico, sí.»

Utilizó las más seductoras de sus armas. El dulce tono de voz entre ellas. Todas juntas solo añadían algo más de morbo turbador a Francisco. Paco no lo llamaba ni su mujer. Hacía años que Paco no albergaba, ni en el rincón más oculto de sus fantasías, la más remota de las posibilidades de que una mujer, joven, atractiva y tan sofisticada como ella, pudiera mostrar interés por él. Se lo confesó con ese brillo de ingenuidad en los ojos que nunca se le vio en el despacho de Universo Media donde se movía con la rigidez del presupuesto el señor Téllez.

El asiento del conductor del Chrysler 300 se podía personalizar con un dispositivo automático. Aun así, en la posición más elevada, Francisco Téllez no alcanzaba a ver el principio de su imponente morro de tiburón. Negro. Brillante y largo. Se le veía venir. Él hacía esfuerzos por estirar la columna y el cuello para otear por encima del volante. Dudaba si acudiría a la cita. «A mediodía va a ser mejor, Paco. Siempre hay que dar menos explicaciones cuando uno se escapa a la hora de la comida. En el trabajo y en casa.» Así lo convenció ella. No le costó nada. Con esa misma voz que volvía a escuchar dentro de su coche.

—Qué puntual. Puntualidad británica, Paco —le alabó la chica del fular mientras se subía.

Se acomodó después de sincronizar el cierre seco de la puerta con un beso húmedo en la mejilla, intencionadamente cerca de la comisura de los labios.

Paco arqueó las cejas que elevan los conquistadores en el triunfo. También se sonrojó. Miró al frente y aceleró.

—Sigo tus instrucciones.

—Y no te arrepentirás —le prometió ella a la vez que buscaba, con cierta sobreactuación, el calor del asiento.

Dos golpes sinuosos de caderas dirigieron a sus nalgas a derecha y a izquierda. Se desabotonó la gabardina. Se subió la falda con dos tirones hasta la línea de las rodillas. Apoyó la palma de la mano derecha sobre el asiento, extendiendo sus dedos, llevó su cuello hacia atrás, en arco todo el cuerpo, y la mano izquierda a su propio hombro. Una pose que, sin ser abiertamente provocadora, era algo más que insinuante. Y que consiguió que Paco se la imaginara así, minutos después, a horcajadas sobre él. Eso decía la prominencia de su entrepierna.

—¿Norte? ¿Carretera de La Coruña arriba?

—Mmm… No, creo que será mejor lo que se me acaba de ocurrir —le mintió ella—. Cogeremos la M40 cuando podamos.

Sacó del bolso minúsculo un teléfono Sony Ericsson antediluviano.

—Así estoy más protegida. Y aislada. Estoy harta de la hiperconectividad —se justificó.

A la vez, con la destreza de las mecanógrafas clásicas y sin mirar el teclado, escribió:

«Camino a coordenadas B. 5E A en carretera».

Lo envió justo antes de que el Chrysler de Francisco Téllez tomara el desvío hacia la ronda de circunvalación. El repetidor más próximo se quedaría con esa señal. Si Paco se había ido de la lengua fanfarroneando de sus hazañas de conquistador, habría soltado que se iban a un paraje entre Collado Villalba y Collado Mediano.

—¿No tienes calor, chico? —Bajó la ventanilla. Un gesto que en apariencia reclamaba que entrara un poco de aire le sirvió para hacer volar sobre el rebufo del vehículo la tarjeta prepago del teléfono.

169

9

«*H*a salido. No, siento no poder ayudarle. Sí, hoy estaba todo el día fuera por asuntos personales.» Benítez imitaba burlonamente la voz «cantarina y redicha» de la secretaria de Almudena Granados.

—Aguante sí que tiene la chiquilla. La he llamado ya tres veces y, aunque habrá pensado en maldecir a toda mi parentela, ha aguantado el tipo. Se ha ceñido al guion.

—Nos dijo que no se iba a tomar ningún día después de la muerte de su marido. Que no se lo podía permitir en este momento —recordó Velasco.

—La secre no sabe nada de si su agenda de hoy tiene que ver con la promoción de la película. En su móvil tampoco hay manera. Ya le digo: asuntos personales. Papeleo que acarrea una muerte, jefa.

Velasco no tenía tan alejada en el tiempo, ni en la memoria, la de su madre. La burocracia se alía con lo fúnebre y honran lo más oscuro de una España negra.

Era cuestión de paciencia. O se adelantaba ella y llamaba al tal Carlos Arrayán por ver si frenaba la publicación de lo que fuera que supiera sobre los casos de Universo Media, o esperaba a que Almu le informara sobre si el tipo era de fiar o llevaba la misma sangre —mala— de Fernando Salgado. Era un riesgo. No solo por el grado de ruindad que tuviera el tal Arrayán, sino porque la insolencia es salvajemente atrevida, además de moneda común entre cierta casta de *salvacausas* a base de tinta.

—¿Le llegamos a pedir una lista con los periodistas afines, Benítez?

—¿A Almu?

—No, al sursuncorda, si te parece.

—Sí, claro. Pero le han podido los acontecimientos o se ha hecho la longuis.

—Es que me dan escalofríos solo de pensar en contárselo al actual amigo que tenemos aquí en Comunicación.

—No, jefa. Tema delicado delicado, como para dejarlo en manos del bombero pirómano. Se la lía pardísima. —Detuvo la sacudida de mano con la que estaba acentuando la afirmación y se la llevó a la barbilla. Era la previa de soltar una sentencia marca de la casa—. Quizás pueda llamarlo yo y, según cómo lo tiente, según cómo lo vea venir, lo toreo por un pitón u otro. Si hay que castigarlo en varas, lo achanto y se lo templo.

—Anda, Manolete, no te arrimes tanto, que acabas con una cornada de doble trayectoria, maestro.

Volvieron a la puesta en común. Había llegado un vídeo desde Barcelona. Nacho Delors, el hijo de Rosa Galiano, con la mirada perdida y ojeras marcadas, que en el bajo contraste de la calidad de las imágenes se veían más azuladas, como la sombra de su barba descuidada.

«Estoy aquí por una mierda de nada. Íbamos puestos hasta aquí. —Se señaló las cejas—. No pasó nada, joder. Yo lo quería parar, ¡hostia! —Largas pausas en las que abría y cerraba la boca, como si le pesara lo que iba a decir y en el último momento se arrepintiera. Se atusaba el pelo. Una, dos, tres veces—. ¿Y si cuento lo que sé? Si hablo, ¿podemos llegar a un pacto?»

Miraba por encima de la cámara, desde donde salía una voz bronca, alejada del micrófono.

«¿Lo que sabes sobre qué?»

«Sobre lo de mi madre. —Agachó la cabeza. La mantuvo unos segundos, hasta aguantar la mirada desafiante frente al objetivo—. Sobre la puta empresa de mi madre y por qué murió.»

Nieve y rayas horizontales. Marca del origen. Referencia a la comisaría de los Mossos donde había prestado declaración y la fecha. Fin del vídeo.

—Debe estar muy desesperado. Tiene pinta de ser un farol —pronosticó Benítez.

—Tiene esa pinta, sí. De todas formas, los forenses que han peritado la declaración dicen que, por el lenguaje gestual, parece sincero. Hay otras evidencias, como que tiene miedo y eso lo mediatiza —explicó Velasco.

—No soy psiquiatra —se sumó Nando— y también llego a eso: está cagado, vamos.

—Es posible que se haya dado cuenta de que es menos arriesgado y más decente matar ninjas en la consola pirata que no le llegó a dar mamá que patear en los riñones y rociar con gasolina a un sintecho que se refugia en un cajero.

«La consola. El primer paquete que sale a escena antes de la primera muerte», recordó Velasco tras mencionarla ella misma. La misteriosa consola que seguía desaparecida.

Lejos de evaporarse, el terrible dolor de cabeza tomaba vida dentro de ella. Por más calmantes que se tomara, hasta que no pudiera dormir no había nada que hacer. Era suyo y lo conocía como tal. Lo había parido la noche anterior.

—Del otro paquete, ¿qué habéis averiguado? —siguió el hilo Benítez.

—Nada. O vamos a dejarlo en casi. Casi nada —concretó Leo—. Resulta que en la oficina de Correos de la zona de Universo Media nadie tenía ni pajolera idea, que si no estaba el jefe de negociado de no sé cuántos… Muy bordes, jefa. Que si para dar esa información debe hacerse con un requerimiento, con una orden judicial. Ya sabe. Mierdas de palacio. Todo eran problemas. Hasta que un chiquito que estaba atendiendo en uno de los puestos vio que no había moros en la costa. El repipi que nos atendía se fue a desayunar. Porque mucho respeto a las reglas, pero la primera norma de oro es que a las once se desayuna. ¡Ya pueda dar la cola de la oficina la vuelta a la manzana! Total, que el chaval que le digo, se acerca a este —señaló a Nando, que igual que el resto asistía divertido a la narración del murciano—, porque yo creo que tenía una pluma que ni las vedetes del Paralelo. Le hacía hasta ojitos. Y nos dijo así, en plan espía: «Esto es lo que buscáis». Bueno, concretamente esto. —Sacó la hoja fotocopiada que les había dado el trabajador de la oficina postal—. Salidas del sábado entre las horas que sabemos que pudo ir Agustí a buscar el paquete. Entre la apertura y la hora de la muerte. Y nada.

—Pero, *pasmao*, ¿no habías dicho que *casi* nada? —le reprochó Benítez.

—Sí, ese *casi* al que se refiere, subinspector —Nando cogió el papel—, está aquí. Aparecía una anotación de una entrega de paquete postal remitido desde Bangladés que recogió Agustí. Pero aquí está la novedad. En una aparente errata. Agustí recogió un envío cuya destinataria era Almudena Granados. Pero antes de Granados, pone Aguirre: «Aguirre Granados». Y a lo mejor no es nada, pero como tengo fresca la película, el libro y la madre que matriculó a quien esté detrás de todo este jaleo, pues me ha llamado la atención.

No era un *casi*, no. Podía ser algo más. Velasco recordó lo que alguien apuntó en las tormentas de ideas: «Hay manuales en Internet de cómo poder camuflar armas en envíos ordinarios».

Almudena volvía a ser la señalada.

—El grupo que fue descabezado en el caso del Asesino de las series operaba en parte desde Bangladés. Y ¿cómo se llamaba el capo? —Nando seguía su exposición con esa pregunta retórica—. Efectivamente, Héctor Aguirre. Y ¿cómo se presentó a Marta Juncal nuestro excompañero Salaberri?

Como Juan Aguirre. Eso lo sabían muy bien Velasco y el puñetero martillo que llevaba a todos los sitios desde que se levantó; desde la frente hasta el occipucio. En parte, por culpa del tal Juan Aguirre.

Ernesto de la Calle, de la Tecnológica, tomó la palabra para

173

explicar que, por lo que había podido indagar en las tripas de la red interna de Universo Media, se veía con claridad que alguien llegó a abrir una puerta trasera. Desde allí podía acceder al rincón más protegido con impunidad absoluta. Faltaba por acabar de tejer el dibujo de puentes tendidos, pero no había dudas: un complejo entramado de araña. Una vez dentro (y parecía que su origen era el ordenador de Rosa Galiano) se propagaba como una maraña de usuario en usuario. Siempre tenía un hilo común. Todo lo que se movía entre los directivos volvía a la pata del troyano, y desde allí a un servidor remoto. Sí, ya lo había comprobado. Ese servidor fue dado de baja en cuanto iniciaron la auditoría del sistema informático de la empresa.

—Eso quiere decir que alguien sabe más de Universo que los dueños de la propia compañía. Significa que veían todos sus informes, todas sus comunicaciones, los avances de programación, los correos personales, los presupuestos, las imágenes de las películas o programas, los pilotos de los proyectos. Muchísima información. Información sensible.

—Y que vale una pasta —añadió Nico.

—A veces, una vida. O más —pensó en alto Benítez—. Tiene todo el sentido del mundo el rumor de que estaban extorsionando a los directivos. Ya han caído dos.

—Por cierto, con la nueva comisaria llegan buenas noticias para el departamento. Tendréis ayuda —informó Velasco.

—¿Como en los buenos tiempos? —se ilusionó De la Calle.

—No habrá para tantas florituras como en la era de los derroches pero, desde ya, tenemos un refuerzo externo —limitó las expectativas la inspectora jefe.

Iba a ser Cristina Puente, que colaboraría desde casa. Lo haría por interés personal. También por la amistad que la unía a la Gálvez. Y tenía la ventaja de quien ha estado al otro lado y conoce a fondo al adversario. No en vano, alguna de sus armas en el ámbito informático las había diseñado ella misma.

Sonó el teléfono. Leo lo atendió en un aparte para no interrumpir la puesta en común.

174

—Falta lo de las notas, jefe —le recordó Nico a Ernesto.

—A eso iba. Las notas de despedida. Como la que había en la pantalla de Agustí.

—¿Hay más?

—Casi idénticas, Velasco. Se lo detallo textualmente en el informe. Las tenían entre sus archivos y en diferentes formatos, además del director general, la propia Rosa Galiano y también el director financiero, Francisco Téllez.

—¿Su coche? —Colgó Leo—. Perdón. Joder con las casualidades. Es que me acaban de decir que el coche de ese señor, de Téllez, ha aparecido cerca del pantano de San Juan.

—¿Qué se sabe de él?

—Nada, no se sabe nada de él desde esta mañana.

175

10

*E*l fular y las gafas desaparecieron para siempre. La gabardina también. Se vistió de nuevo con la ropa de deporte ciñéndose la diadema de tela y repasando los labios con el lápiz que se guardó de entre todo el atuendo y atrezo. El espejo auxiliar del parasol del acompañante le devolvía una imagen más reconocible.

Le pidió en alemán otro teléfono a su acompañante.

—Ahí dentro —le respondió con un marcado acento germánico y le señaló la guantera—. Es mío. No espía.

Entendió que era el de comunicación vía satélite y que no podrían detectarlo fácilmente por los postes convencionales.

Tecleó: «5E A en carretera. Objetivo».

Miró el reloj del salpicadero. Era pronto.

—Déjame por aquí mejor.

Se apeó cerca de un parque de las afueras. Al trote llegó al metro. Hasta una estación que quedara a un kilómetro de su casa. Día redondo. Largo pero completo. Circular. A la misma casilla de salida. Seguía la secuencia.

Vuelta a empezar.

T02X05

1

«*T*anto policías como agentes forestales consultados coinciden en señalar que no es fácil acceder hasta esta zona con un vehículo de alta gama como el que ven a mi espalda. Es algo que solo podría haber hecho un conductor experimentado. Hay que abandonar las pistas de tierra y salvar desniveles e irregularidades del terreno. El coche ha aparecido sin rastro de su dueño: el directivo de Universo Media Francisco Téllez. Téllez es el responsable financiero de este grupo multimedia. No se sabe nada de él desde ayer a media mañana, cuando se ausentó de la sede corporativa y ya no acudió a una reunión del consejo a primera hora de la tarde. Con él, son ya tres los miembros del equipo ejecutivo de Universo Media que mueren o desaparecen en extrañas circunstancias en la última semana.»

«¿Hay alguna confirmación sobre la supuesta nota de suic…, de… despedida que habría dejado en el interior?»

«Ese es un rumor que empieza a tomar mucha fuerza, en el que coinciden varias fuentes con las que hemos hablado, próximas a la investigación, pero que no se ha confirmado. En este sentido, también nos dicen que habría aparecido un mensaje similar al que se halló en el despacho de Arturo Agustí, el director general encontrado muerto con un disparo de arma el pasado sábado. Pero ya digo…»

ϒ

Carlos Arrayán bajó el volumen de la tele. «*Supuesta nota, un rumor, varias fuentes, habría aparecido…*¡Coño, todo son vacunas! Hacemos el periodismo de la suposición, un periodismo de mierda. O tienes la información o no la tienes. O afirmas o especulas. O cuentas o te inventas. O explicas o nadeas, del verbo *nadear*. Por lo menos, no ha hecho artisteo. Al menos no le han pedido la foto…, las putas fotos del lugar. Si es la tele. Si ya lo estamos viendo. Deja la pluma para Lope de Vega. Cuenta. Sé específico. Todos somos Twitter. ¡La puta que nos parió!»

El periodista de *LasNoticias.es* tiró violentamente su teléfono, pero lo hizo contra la cama, para que amortiguara el golpe del Android chino. No podía permitirse decorar con más grietas la pantalla. La batería se aguantaba gracias a una doble cinta adhesiva transparente. No era el estado de derribo y desahucio del móvil el que le impedía hablar con Jaime. Perdió la cuenta de los intentos de contactar con él desde que se despertó con la noticia. «Menuda mierda de exclusiva que me das, cabrón, menuda mierda me he tenido que comer todos estos días para que ahora ya haya explotado el asunto y lo den todos los grandes, ¡la hostia bendita!» Siete tonos más de llamada. «Nada, del verbo *nadear*.» Volvió a lanzar el teléfono, con tal fuerza que rebotó y fue a parar al cabecero y, de allí, tuvo intención de precipitarse al terrazo. Arrayán, que de niño jugaba de portero, hizo una palomita y detuvo el impacto. Todavía la mañana podría haber sido peor.

2

«*P*onga cualquier cadena menos 7Tv y Canal 8.»

Velasco ya tenía de fondo la radio en el cuarto de baño antes de recibir el wasap de Benítez. Con la capacidad de simultanear ese sonido con el eco de la tele que le llegaba desde la habitación, iba procesando las dos fuentes. Se desdoblaba sin perder la concentración. Al mismo tiempo se despedía de Alejandro.

—Hemos quedado con Gálvez a las dos y media, en la puerta del restaurante. Te he mandado la ubicación. Ya sé que te queda alejado. Pero me haces un favor, Álex.

—Allí nos vemos, pues —reaccionó algo contrariado. No lo había llamado así nunca. O casi nunca.

—Muchas gracias de nuevo. Ya verás qué personaje.

—¿La nueva comisaria?

—Sí, pero tú tranquilo. Así te conoce y se le quitan las dudas sobre tu relación con Aguirre. Para nosotras, Héctor Salaberri.

Se besaron más con el gesto que con los labios.

—No quiero mancharte. —Velasco le borró el carmín que ni siquiera había llegado a sus mejillas. Con el pulgar, como las madres quitan los churretes. Si se resisten, con el dedo levemente tocado de saliva. Debe ser algo ancestral. Debe pertenecer a los recuerdos atávicos que heredamos. Como los gatos con sus crías, exacto. Debe ser algo del instinto de protección. Si ella lo hacía con Alejandro, quizás significaba algo.

Isabel Velasco seguía buscando pistas. Este caso era uno de los más difíciles a los que se había enfrentado. Se imaginaba ante un juez, defendiendo a capa y espada: «Sí, señoría, todas las muestras tomadas no son circunstanciales y apuntan en la misma dirección. ¿Cómo puede estar tan ciego? Es evidente que estoy enamorada. No se queda en el afecto. Es más. Aquí hay más que cariño entre adultos». Y el magistrado que nones, que no se sustentaba en pistas sólidas, que no le iba a dar la orden. Otras veces la pesadilla era más condescendiente, y el juez se la concedía, pero con matices: «Aquí tiene, Velasco. Pero en cuanto detecte alguna diligencia forzada, le retiro la orden de enamoramiento». ¿Por qué no acababa de convencer a aquel magistrado convencional y rígido? Porque ella se fiaba de Alejandro. Miraba la foto del reportaje donde aparecía junto a Salaberri, y se convencía de que no era más que una neura, que no existía ninguna prueba de estar siendo vigilada entre aquellas paredes de Pozuelo. No eran más que fantasmas. Suyos.

En cualquier canal, menos en los de Universo Media, como le había escrito Benítez, estaban especulando los *sesudotertulianos* sobre si estábamos ante un nuevo caso como el de France Télécom en 2010.

Velasco se volvió a reír de ella misma. Pocas horas antes se la llevaban los demonios porque un periodista desconocido, de medio pelo y nulo predicamento, se había asomado al escenario para llamar la atención; para advertir de que tenía una exclusiva que iba a hacer saltar todo por los aires. Y ya era la comidilla del día, del mes, de a saber cuánto iba a tardar en perder la efervescencia. La inspectora jefe sabía que todo lo que vomitaran los medios al vuelo, en las primeras horas de pocos datos y alto voltaje para la especulación, podía ser fundamental. Al menos, ella quería contrastar qué había de verdad y qué parte de *licencia creativa* entre tanto insensato como ya estaba viendo a primera hora en la tele. ¿Qué podía tener que ver el caso France Télécom con Universo Media y la investigación que ella dirigía?

En julio de 2016 la Fiscalía de París llegó a la conclusión de que había suficientes elementos para solicitar que se procesara a siete exdirectivos de la compañía por acoso moral. Entre 2008 y 2010, se suicidaron 58 trabajadores. La obsesión por los resultados económicos en la etapa más dura de la crisis fue el detonante para que France Télécom iniciara una reestructuración. Despidió a 22.000 empleados y cambió de categoría, de funciones o de localización a unos 14.000. Muchos lo hicieron en su propia oficina y dejaron cartas explicando su desesperación. La Fiscalía consideró que desde la dirección se implantó un sistema para desestabilizar a los empleados.

Lombard, el presidente de la empresa que se convirtió en la actual Orange, pretendía reducir la plantilla, que entonces era de 110.000 empleados: «Lo haré [los despidos] de una forma u otra, por la ventana o por la puerta». Sus palabras fueron trágicamente premonitorias. Algunos de los empleados se quitaron la vida saltando desde las ventanas de sus oficinas. Un empleado irrumpió en una reunión de la empresa con un cuchillo clavado en el abdomen. La alarma social por ese caso fue enorme. La dirección de la empresa cambió en 2010. Y en 2012 un sondeo interno indicaba que el clima laboral se había normalizado, si bien en 2011 todavía hubo algún caso. El más llamativo, el de un empleado que se inmoló a lo bonzo.

183

3

Apesar de haber tenido que atravesar Madrid, de eje a eje, de Pozuelo al Campo de las Naciones, Alejandro fue el primero en llegar. Estás en manos del azar cuando has de cruzar la ciudad: igual te da rodearla por la M40 por el sur hacia el norte que de norte a sur. Estás obligado a completar medio circuito. Nunca un navegador fue capaz de clavar la previsión de un trayecto así. Al psiquiatra le salió bien la jugada. Si llega a salir diez minutos más tarde, queda atrapado en el gran colapso.

Velasco tenía la costumbre de despachar las reuniones que han de hacerse fuera del lugar de trabajo lo más lejos posible de los focos del centro, del trasiego por donde anda el todo Madrid. Nada aseguraba que no fueran a ser descubiertos, pero disminuían las probabilidades. Mejor elegir locales con una gran vidriera. A los mezquinos, siempre es preferible verlos venir; saber de qué pie cojean. Ese no era el pensamiento más elegante viendo bajar del coche a la Gálvez y encarar la cuesta con cierta dificultad.

—Compruebo que es usted muy puntual. —La comisaria, a Alejandro Escuder, una vez presentados.

Él, acomodado frente a un vermut rojo. Sentado en un sillón aterciopelado en tono violeta, junto a una mesa para cuatro en el comedor bajo, algo más retirado de la entrada. La comisaria les alabó a la pareja el buen criterio con el lugar de encuentro. Por el camino, Velasco la había puesto en antecedentes. Fue una recomendación de aquellas que vienen avaladas por la experiencia que ha tenido el amigo de un amigo de unos vecinos.

«Espero que cumpla las expectativas, comisaria.»

«La comida es una excusa, no te apures. No soy de artificios, como se ve a la legua.» Era evidente. No había más que fijarse. Desde el revoltijo que había en la ausencia de peluquería hasta cómo, por arte azaroso, y sin criterio estético ninguno, habían llegado hasta aquel cuerpo menudo y desgarbado cada una de las prendas que vestía.

El vermut que bebía Alejandro era Yzaguirre. Lo acompañaban dos aceitunas de gran calibre.

—Yo también soy muy partidaria de empezar por ahí. O incluso por los mojitos —Gálvez, en busca de la complicidad del doctor.

La realidad ante el camarero fue otra. Agua sin gas para las recién llegadas.

En la ceremonia de las comandas, Velasco medía los tiempos. La táctica dilatoria no le sirvió de nada. Gálvez llevaba el plan pergeñado. Sentada en el filo del sillón irguiendo el mentón. Miraba de soslayo, con la cabeza medio ladeada. Su cuello cimbreaba como si fuera el inicio de un cohete que saldría en segundos espoleado por un discurso intimidatorio. Era más puesta en escena que actitud real: las palabras que salían de su boca no iban tan cargadas de acidez como presagiaba. Al menos, en un primer ataque. Sinuosa. Aguardando a dar el picotazo cuando el interlocutor hubiera bajado la guardia.

—Alejandro, me ha dicho Isabel que no sabes exactamente cuándo fue la última vez que viste por Grecia a nuestro común amigo. —Hizo la señal de las comillas en el aire. Nada podía ser más estomagante para la inspectora jefe que ese gesto.

—No, no lo sé con seguridad, comisaria.

—Uy, qué formalidad. María Jesús.

—Es muy amable, comisaria. Se lo agradezco. Pero comprenda que sería raro que yo la tuteara e Isabel, que tiene más trato con usted, no.

185

—Porque ella no quiere.

Velasco asistía con cierta sorna al envite. Aun así, prevenida. El palmarés de la Queco hablaba bien a las claras de que aquel jabón que le estaba dando a Alejandro podía esconder sosa cáustica.

—He estado repasando mis apuntes, la agenda. —Buscaba por algún lugar de sus vivencias—. A veces hay algún dato que activa, por asociación, la memoria en un punto concreto. Ni así. Nada a las claras. Se me mezclan recuerdos y fechas. Tampoco tenemos una relación más allá de lo que coincidíamos por allí. No tengo su teléfono, por ejemplo. Ni su *mail*.

—Cree —intervino Velasco— que se han podido encontrar después de que nosotros le perdiéramos la pista. Después de que los testimonios que había contra él lo obligaran a quitarse de en medio.

—¿Van muchos españoles? A Grecia, quiero decir. Como voluntarios, a esos campos de refugiados, a ayudar como usted.

Alejandro asintió con cierto hastío. No habían llegado los primeros platos y se excusó al vibrar su teléfono.

—Perdone. Es urgente. Estamos con un pequeño lío en la clínica.

Cuando se retiró para atender la llamada, se hizo un silencio violento entre ellas. La voz rota de Gálvez lo rompió:

—He visto cómo le has dado tú.

—¿Cómo dice?

—Ahí. —Y señaló donde la inspectora jefe tenía su móvil—. He visto que le dabas. Clic. Con el dedito. Va, Velasco, que no me he caído del guindo ahora, coño. Que tengo los pelos canos en el mismísimo. Y que soy poli, joder.

Habían pactado esa técnica de escape. Alejandro volvió a su asiento.

—Falsa alarma. No pasa nada.

Gálvez y Velasco intercambiaron una mirada que a la inspectora le hizo achantarse, bajar las pestañas y concentrarse para que no le subiera el rubor.

La Gálvez recuperó la conversación exactamente en el mismo punto en que la había dejado.

—Me estabas diciendo que van muchos españoles a Grecia, a ayudar en labores humanitarias.

Alejandro le confirmó que, de manera anónima, a través de oenegés o por cuenta propia, muchos profesionales de las más diversas disciplinas y de todos los orígenes se presentaban allí y se ofrecían para echar una mano. En lo que fuera. Tuviera o no tuviera que ver con su especialidad. Cualquier gesto, a veces solo la simple compañía, servía de bálsamo a quien había abandonado a la fuerza un hogar y una vida; una familia y unas raíces a las que era muy difícil que pudiera volver algún día. Gente a la que se criminalizaba a este lado del mundo por el hecho de ser compatriotas de unos sembradores del terror con los que compartían también credo religioso, y que los empujaban a huir a un mundo desconocido e inhóspito.

—Ya —escuchaba Gálvez a la vez que con la lengua se hurgaba entre encías y muelas para arrastrar una hebra de carne—, pero todas las Policías de Europa estamos alerta porque alguno de ellos podría aprovechar para que encima lo acojamos aquí con los brazos abiertos, monada.

Isabel sabía que Alejandro no iba a entrar a ese trapo. Por si acaso, intervino en la jugada.

—¿Sabes en qué labores apoyaba Salaberri?

—Diría que en los suministros. Lo tengo relacionado con uno de los vehículos de la organización. Una especie de monovolumen. Lo recuerdo entrando y saliendo. Descargando los alimentos que se recibían de los envíos de las aportaciones internacionales. Medicamentos, gasas, papel higiénico...

Sonó de nuevo el teléfono. Gálvez abrió los ojos como una lechuza en dirección a las manos de Velasco. Esta las levantó como el defensa que alega que ni ha llegado a rozar al delantero que está en el suelo. Alejandro mostró la pantalla: «CronoSalud».

—Ahora me temo que me voy a tener que ausentar algo más.

—Atendió la llamada con gesto contrariado mientras recogía la chaqueta y se despedía con la mano. A Isabel le lanzó un beso.

—No sé a qué ha venido antes lo de ayudarlo a escapar.

—Señora, ni que estuviéramos hablando de un convicto.

—Ya me entiendes.

—Gálvez, lo conozco. Sé que se estaba agobiando. Pero él nunca iba a reconocerlo. No le iba a pedir un tiempo muerto. Eso lo haría pasar ante usted como más sospechoso de lo que ya cree que es. Así funciona su mente. La mente de alguien que explora la de los demás. La de alguien que, por deformación profesional, piensa que sus pensamientos flotan desnudos y sin protección, a la vista de cualquiera.

—Sabes que hay una máxima más antigua que la pana: si no tiene que ocultar nada, no hay nada que temer.

—Usted sabe también que esa sentencia es tan clásica como caduca. No tiene ninguna validez. Hay personalidades delirantes que se creen sus mentiras, que son evidentemente culpables, pero son capaces de mantenerse impertérritos ante cualquier emboscada. Otros, solo por el hecho de sentirse señalados, ya pierden la compostura. En ocasiones, hasta la fuerza que controla el esfínter.

—O sea, que tu chico está cagado.

—No lo he puesto a él como ejemplo. —Bebió un sorbo de la copa de Ribera que se había dejado Alejandro sin tocar—. Por cierto, hablando de confianza en la gente que conocemos, quería comentarle algo que me ha estado rondando la cabeza. Cristina Puente.

—¿Qué quieres saber de Cristina?

—Si usted lo sabe todo de ella.

—¿A qué te refieres?

—Puestos a hacer elucubraciones: aparece ahora, le cuenta una historia de la que ni usted ni nadie tenía la más remota idea, confiesa que trabajó diseñando un virus informático para la organización que estamos persiguiendo y que es posible que no esté del todo desarticulada…

—¡Para para, Velasco! No trabajó para ellos. Estuvo secuestrada. Lo hizo bajo coacción. Amenazada. Ella y su hijo, fruto de una violación.

—Eso nos ha contado ahora.

—Ahora que ha visto que hay otro niño, hijo de un policía, adoptado o acogido, o como leches sea, y que es idéntico al suyo.

—¿Y si fuera por eso?

—Me he perdido.

—Si fuera porque ahora se ha visto acorralada y ha pensado que se iba a destapar lo suyo.

—Coño, ¡qué cojones, Velasco! La conozco muchísimo…

—Pero no sabía nada sobre una parte fundamental de su vida. Y no conozco a muchas secuestradas que puedan vivir de las rentas de lo que les pagaron sus secuestradores.

—Le pagaron por callar.

—Entonces, ahora debe estar en peligro. Y la hemos metido en casa. Hasta la cocina. No solo eso. También la dejamos que encienda el fuego. Y debe ser una casualidad, pero un agente al que tengo día y noche viendo la película me acaba de enviar este mensaje.

Le mostró la pantalla:

«Jefa, al menos en la copia que ponen en Cinesa ya no sale el niño en los créditos».

Con gesto de preocupación llegaron a los postres. Allí dieron cumplida cuenta de un helado a juego con el tapiz violeta del sillón y un flan de queso con helado de galleta. Todavía estaba por descubrir el pastel.

189

4

*U*na batalla campal que habría librado el combatiente sin que nadie le opusiera resistencia.

—Se debe haber tomado su tiempo para hacerlo.

—Sin prisas y con muy mala leche, jefa. No hay otra forma.

Velasco observaba aquel escenario con las manos en la cintura, en movimiento oscilante; de derecha a izquierda, de izquierda a derecha.

—Se pone un fajín baturro y está para entonar una jotica, como siga estudiando el desastre de esa guisa.

Benítez no perdía el sarcasmo. Solo lo guardaba a ratos si el panorama se ponía luctuoso. Y el destrozo era considerable, aunque más escandaloso que hiriente.

—¿Dónde cojones te habías metido, Mencía?

El agente abrió los ojos sin salir de su asombro.

—No me lo explico, inspectora. No me lo puedo creer. —Volvió a mirar al reloj de pantalla líquida, con números en dígitos de los 80, el único que había tenido desde entonces: «Joder, es un objeto de coleccionista. Un respeto. Le cambio la pila y va que chuta. ¡De puta madre!».

Mencía juraba y perjuraba que solo había dado una cabezadita en su apartamento.

—Cualquier otro día, no se lo voy a negar, me acerco a Mesón de Paredes, a la taberna. ¿Te acuerdas cuando estuvimos, Benítez? Pero hace tiempo que no echo la partida. Ni pitos dobles ni órdagos que valgan.

—¿Sabes cuándo vuelven los chicos? —A Velasco le preocupaba la reacción de Marta, Rubén y Andrés.

—Si ni sabía que se iban a ausentar los tres.

—¿Se les ha avisado?

—Dudaba si hacerlo. —Mencía continuaba rascándose la cabeza y resoplando. Miró de nuevo al suelo, como si no quisiera creerse todo el carajal que se había montado en el piso de Lavapiés, removido de arriba abajo.

No quedaba un solo libro en los estantes. Ni uno solo sin abrir. Alguno desencuadernado. Todos con las tapas hacia arriba, en forma de pirámide. Había quedado al descubierto la falta de plumero y aspiradora. El mueble del televisor había sido retirado dejando un rectángulo de pelusas en su anterior hueco. La pantalla hacía equilibrios para no caer vencida hacia delante. Decenas de deuvedés; los vinilos de Rubén, objetos de culto entre el mundo hípster; revistas que ni ellos tendrían conciencia de que se escondían entre otras más actuales; manteles y menaje de cocina baratos, salvo una cubertería nueva que se trajo Marta de su pueblo; de cuatro o cinco copas de vidrio fino solo quedaba la base. Daba la impresión de que también habían rebuscado entre los cojines del sofá y luego los habían lanzado a las antípodas de su lugar natural.

—¿De qué dudabas? —Benítez chasqueó los dedos delante de las narices de Mencía.

—Coño, no sabía si avisarlos y darles el disgusto por teléfono o daros parte a vosotros. ¡Es la hostia todo esto!, pero tampoco adelantamos nada diciéndoselo diez minutos antes.

La puerta seguía abierta de par en par. Los tres oyeron pasos en la escalera.

—Ese es el taxista.

No se equivocaba Mencía. Rubén, desde el umbral de la puerta, llegaba animado:

—¡Hombre! ¡Dichosos los ojos! Precisamente hoy pensaba en ustedes. Después de ver lo del último directivo de Uni-

191

verso… —Dejó la frase a medias cuando su retina captó el panorama que había tras los hombros de los policías.

—No no…, ¡no me jodas! No, no puede ser —no acertaba a decir nada más. Se tapó la boca y avanzó con pasos largos, de puntillas, entre los restos de la batalla, hacia los dormitorios.

—No han llegado los de la Científica. Ten cuidado, no vayas…

—¡No me vayas a tocar los cojones tú, Mencía! ¿No nos ibas a proteger de una cosa así? ¿Qué coño estabas haciendo? —le gritó dando un manotazo al aire para zafarse del agente—. ¡Que no me toques los huevos!

—Pues también tiene carácter, también —le susurró Benítez a Velasco.

Rubén avanzó por el pasillo. Comprobó que la cocina era la única zona que había quedado casi indemne. Tal vez porque no les dio tiempo, o quizás porque ya sabían que ahí pincharían en hueso, según dedujeron más tarde los policías.

Baños y dormitorios eran un caos donde se amontonaban ropa, maquillajes, cajas con puñetas de esas que uno no sabe nunca dónde diantre ha puesto. En esa categoría están los mecheros, la minitorre Eiffel que te trajo el sobrino de París, el *pendrive* en forma de oso que te regalaron en el gimnasio, bolígrafos del hotel donde estuviste hace un siglo, cajas de móviles que estrenaste en la adolescencia.

La más azotada por el huracán del invasor fue la guarida de Marta. Pudo contribuir a que era, con diferencia, la que más vestuario y fondo de armario de cachivaches contenía.

Andrés estaba de viaje en Sevilla, contratado para supervisar el guion de una gala. Marta llegaría tarde. Tenía rodaje en exteriores. Sobre las montañas de ropa, a Rubén le llamó la atención una caja de cartón entre la indumentaria de deporte con carcasas de teléfonos que no relacionaba con su compañera de piso. Y él se había fijado siempre en ella. Era difícil que se le hubiera escapado ese detalle.

5

*E*ran dos niñas en la cara de una. Con unos ojos de princesa cándida, de ingenuidad e inocencia frágil. Y unos dientes que se mordían el labio inferior con la provocación de una lolita. Mostraba en su mano derecha ¿una nuez?, ¿un mendrugo? Algo comestible. No lo acababa de ofrecer. Tampoco de llevárselo a la boca. El rostro no tenía mácula; la nariz apuntando hacia la frente cubierta por los rizos caídos, de un rubio sucio y estropajoso. Al volver a escudriñar sus ojos, parecían de repente más hundidos en la tristeza, como si hubiera sido profanada la virginidad que antes aparentaba. Como si su alma se hubiera movido mientras se contemplaba el cuadro. «La chica del blusón azul. Ese podría ser el título», pensó Benítez mientras esperaba en aquella sala con Velasco. La firma del óleo: «J. Solís».

Benítez permanecía absorto, recreándose en cada ángulo de la pintura como si fuera un experto. Giraba la cabeza, cerraba un ojo, se lo tapaba con la mano, repetía la acción con el otro.

Velasco lo controlaba con el rabillo del ojo. Sobre el bolso había desplegado sus últimas notas e intentaba ordenarlas. Las esperas le permitían ponerse al día. También en los ejercicios de relajación: había logrado abstraerse y dejar la mente en blanco casi en cualquier entorno, respirando de forma pausada, concentrada en el diafragma, y se calmaba. No del todo, pero lo suficiente para atemperarse. La inspectora jefe nunca supo qué era eso de limpiar la mente de cualquier pensamiento cuando practicaba yoga. Entre sus neuronas siem-

193

pre había flotando algo, aunque si bien leve, pero algo. El recordatorio más mundano era capaz de irrumpir en el silencio del gimnasio. Cebolletas. Un día fueron las cebolletas. Se le metió entre ceja y ceja que no las puso en la compra hecha por Internet. A veces la lista del súper y otras, un pedo. Un señor rollizo con bigote amarillento y mal aliento —como a café con leche sobre un perro mojado— se adentró en la relajación de tal manera que soltó una ventosidad que acabó con toda esperanza de Velasco para dejar su mente en blanco. Así que, por muchas muecas y mojigangas que hiciera a su lado Benítez, ella no perdería la concentración. Repasaba los apuntes peleándose por entender su propia letra.

—¿Vas a escribir una reseña de la obra? No sabía de tus gustos por la pintura.

—A mí, como al del chiste, jefa. Me gusta, pero más de dos botes, me empalagan.

Frente a ellos, otra de las placas, letreros y diplomas que se repartían estratégicamente por todo el bufete: «Despacho de Llorens y Mongay Abogados».

Allí los había mandado Almudena tras el enésimo intento de contactar con ella: si querían seguir la pista de quién tenía la manija en los derechos de autor y de explotación comercial del libro, la película y los derivados que se pudieran crear en torno a *Asesinos de series* —incluidos ya los posibles réditos que diera el blog de los de Lavapiés—, todo pasaba por las manos de Llorens y Mongay.

Almudena Granados les había explicado que a través de ellos Rosa Galiano había negociado cualquier cambio o sugerencia en la producción de la película, a cargo de Universo Media. Llorens y Mongay, como garantes de los intereses del misterioso autor de la novela, exigieron en el contrato su firma de consentimiento para el más mínimo detalle. Por lo tanto, ahora que había cambiado el montaje de los créditos, suprimiendo la imagen del pequeño Gabriel, era la oportunidad para intentar llegar hasta quien estuviera detrás de la máscara.

Jaime Llorens, socio de referencia y fundador de la firma de abogados, accedió a recibirlos a primera hora de la tarde. El incidente en el piso de Marta, Rubén y Andrés los había obligado a postergar la cita.

Al ver a Jaime Llorens, Benítez rebajó considerablemente la cotización pronosticada sobre el cuadro. El despacho olía a humedad rancia. Nada estaba acorde con la primera idea que puede hacerse alguien a quien se cita en una dirección del barrio de Salamanca, en una confluente con Velázquez muy próxima al hotel Wellington. Lo que en la antesala podría justificarse como un ejercicio de austeridad, en el despacho de Llorens se percibía como producto de una dejadez en radical falta de sintonía con el pastizal que debía facturar el bufete.

Ante ellos, un tipo de chepa desgarbada y hombros caídos. Cada vez que se levantaba o tomaba asiento, sus manos pinzaban el pantalón para ajustarlo al contorno de un balón tripero, desproporcionado con su delgadez. Desde su altura espigada, Llorens despeñaba los ojos en el balcón del escote de Velasco, tan discreto que ya podría entretener allí la visión toda la tarde. Tela. Lo único en lo que se recrearía su retina sería tela.

195

—Un gusto conocerles.

—¡Ya te digo! —no se cortó Benítez, que tampoco reparó en la mirada asesina que le echó Velasco, mientras que Llorens ni lo tuvo en cuenta, hipnotizado por el busto de la inspectora.

—Ustedes dirán en qué podemos ayudarles.

A pesar del apellido, no le quedaba ni rastro del acento catalán que se llevó de Granollers a Madrid su abuelo, y que se había ido quedando en el camino de las dos generaciones de prestamistas, gestores y abogados que medraron en la capital.

—Señor Llorens, ¿hay alguna forma de saber quién está detrás de todo esto?

—Me pide algo que, como sabe, mi código deontológico me impide facilitarle, señora.

—No, aquí no estamos hablando de preservar la identidad

de un cliente o un defendido. Estamos hablando de un dato importante para avanzar en una investigación criminal. Ya hay tres muertos.

—¿Se está acusando a mi cliente de algo, inspectora?

—Está claro que no he dicho eso.

—Es lo que me ha parecido.

—No sea tan susceptible, Llorens —intervino Benítez—. Vamos a darle la vuelta. Hemos venido a ayudarle.

—Explíqueme eso.

—Es lógico creer que, tal y como están las cosas, su cliente pueda pensar que está en peligro. Todas las hipótesis están abiertas. Los tres fallecidos…

—Suicidados, tengo entendido —interrumpió Llorens.

—Le vamos a fichar. ¡Qué capacidad de deducción tiene, amigo! Así es fácil. Al toque y para dentro. Al primer pase.

—Es lo que cuenta la prensa, agente. No he sido yo el que ha sacado alegremente las conclusiones.

—Lo que dice el subinspector —recalcó el rango Velasco viendo que Benítez se iba a encender— es que es muy prematuro cerrar el caso por la vía rápida. Además, hay otros aspectos que nos gustaría comentar con su cliente.

—Coméntenlos conmigo. Yo soy su representante.

—¿No habría alguna manera de que usted le transmitiera que nos gustaría hablar con él… o con ella? Asegurándole la máxima discreción. No queremos interrogarle. Si fuera así, vendríamos con una autorización y no cabría salvaguardar el privilegio cliente/abogado. No estamos en esa pantalla. Una cita. Ponga condiciones. Las estudiaríamos. Lo veo muy seguro, y quizás su representado le sorprenda. A lo mejor también ha pensado que pueden ir a por él.

—No me lo ha transmitido así.

—¿Y qué le ha transmitido exactamente? —incidió Benítez.

—Nada que no se circunscriba a aspectos meramente técnicos y profesionales. Las emociones se despachan en otras consultas.

—¿Es una decisión técnica cambiar el montaje final de la película? —concretó Velasco.

—No sé a qué se refiere. —La estupefacción de Llorens no parecía simulada.

—Sabemos que todos los detalles, desde la adaptación del guion hasta las decisiones de *casting*, los tenía que consultar Rosa Galiano con usted, como portavoz del autor o autores.

—Cierto. Esas fueron las condiciones y así se hizo, inspectora.

—Pues en las copias distribuidas en los últimos días para sustituir las que exhibían las salas ya no aparece la imagen de un niño en el capítulo de homenaje a los personajes reales que se incluye en los créditos finales. Y no ha sido su madre, su tutora legal, la que ha exigido que se retire.

Jaime Llorens separó la silla giratoria de su mesa con los brazos, se encorvó más y sacó un papel de la parte baja de su cajonera. Lo dejó sobre el tapete de piel cuarteada, encarado hacia Velasco y Benítez.

—Debería existir uno como este.

Velasco se lo acercó. No del todo. Debía guardar la distancia a la que la obligaba la presbicia. También su ración de coquetería y comodidad que la mantenía alejada de las gafas. Leyó el escrito.

—¿Qué significa exactamente? —Buscaba que el abogado refrendara lo que ya estaba deduciendo.

—Todo se ha tramitado por escrito. Cualquier duda que planteara la producción de la película. Las aportaciones que haya hecho mi cliente *motu proprio* sobre la edición del libro. Absolutamente todo.

—¿Y usted no ha tramitado nada referido a la supresión de la foto del niño?

—No he firmado absolutamente nada sobre eso, señores.

—¿Tiene más papelitos como este? —Benítez mostraba al aire el documento.

—Papelitos tengo aquí unos cuantos, como salta a la vista.

197

—Sabe a lo que me refiero.

—Sí, tengo documentada cada gestión de este asunto. Aunque yo no parezca el colmo del orden, mi cliente es especialmente metódico.

—Quizás podría consultarle si accedería a facilitarnos todo ese material. —Velasco endulzó el tono sin dejar de ser incisiva—. Acortamos tiempo. Y me ahorra un ruego al juez, que no creo que fuera a tener ningún género de duda.

—De acuerdo —asintió medio resignado Llorens. Se subió la manga de la chaquetilla de punto, con las coderas desgastadas que transparentaban su camisa. Miró el reloj—. Les informo en cuanto me dé el consentimiento. Ahora, si me disculpan. Ha sido una tarde de cambalaches con la agenda y ya le he anulado dos veces la cita a una cliente. Me espera fuera. Creo que la conocen.

Sentada frente al cuadro de las dos niñas en la cara de una, la lolita del blusón azul, aguardaba Arlet Zamora. La Velasco real y la de ficción se saludaron. Con frialdad, pero con corrección.

6

—¿*P*ipas o Lavapiés?

   —¿Son incompatibles, jefa?

   —Lo digo por la hora, Benítez. A lo peor incordiamos.

   —Les hacemos una visita. No se habrán ido a dormir con el piso en ese estado.

   —¿Vamos a ir a llenarnos las manos de polvo? Mira que me declaro alérgica, en rebeldía.

   —No hace falta. —Le enseñó la pantalla del móvil—. Me dice Mencía que se va haciendo la calma. Ya ha vuelto Marta, y Rubén está más sereno. Nos echamos unas pipas con nuestro hombre allí y nos ponemos al día. Que ordene la plebe. Nosotros vamos a darle a la mui. —Por si Velasco no se manejaba en caló, Benítez sacó ostentosamente la lengua.

Las pipas fueron sustituidas por el cóctel de quicos rancios, palomitas manidas, patatas avinagradas y anacardos pochos que servían en el bar Celestina con cada bebida. Una Coca-Cola *light* para la inspectora jefe y un *gin-tonic* para Benítez, «pero exento de mariconadas florales», advirtió tras sumarse a los cubatas que tomaban a esa hora Mencía y Rubén.

   —¿Marta se ha quedado ordenando arriba?

   —No se puede hacer un comentario más machista, Benítez.

   —Será a sus ojos, jefa. Solo me refería a que, como ha llegado más tarde… Y poner en orden, lo suyo. Solo lo suyo. No la he visto como la Petra de los demás.

   —La Petra, dice. Como para servir, la muchacha. Pues menudos humos tiene la podemita —terció Mencía sacudiendo la mano en la que no sujetaba el cubata.

—¿Aquí tienes instalado el centro de operaciones, compañero del metal?

—El Xiao Ping este me trata a cuerpo de rey, amigo. —El agente David Mencía intuyó que el jefe del bareto lo escuchaba desde la barra y levantó el vaso hacia él. Xiao, o como realmente se llamara, le sonrió y le devolvió un amago de reverencia—. Míralo. ¡De puta madre! Ese sí que se lo pasa de putísima madre. El chino de los cojones. Llega aquí, con toda la familia, que no se sabe de dónde coño ha sacado el pastizal para traerse a toda la plebe. Compra al trinco trinco, en billetes, el Celestina, una tasca de callos y tapas de Lavapiés de toda la vida de dios. Pone a la parienta a cocinar lo que le vieron hacer a Perica unas semanas y lo borda. La verdad verdadera es que lo borda, la cabrona.

Velasco intentaba hacer cálculos de cuántos copazos como el que llevaba en la mano derecha se había echado al gaznate ya Mencía.

—Venga, vamos, que ha debido ser un día duro, amigo. —Rubén se violentaba viendo que el policía al que ya le tenía cierto afecto estaba quedando en evidencia ante sus superiores.

—Uno más. Un jodido día más de arresto domiciliario. Ahí arriba. En el destino más mierda que había en el cuerpo. El más mierda. Sí. Tengo que ser muy inútil para esperar mi jubilación tragándome series que no vería ni por todo el oro del mundo. Jamás de los jamases. «Jamás jamarás jamón», me decía mi abuelo. ¡La razón que tenía! Un puto amo. Un profeta. Mira qué panchitos. Jamón no son, no.

Velasco y Benítez lo escuchaban mitad divertidos mitad preocupados.

—Mañana será otro día, hombre —insistió Rubén.

—Para ti, para tu taxi. Para, aquí, la pareja artística también será otro día. Para mí será el mismo. Miento. Espero que un poco mejor. Espero no cagarla tanto tanto tanto como hoy. Vaya cagada. De principiante. ¡Joder, Mencía!, que solo tenías que haber vigilado la puerta de los nenes. Pues, cágate lorito. ¡Menudo mojón!

—No te machaques así, compañero —lo calmó Benítez.

—¡Ah! Pero todavía puedo arreglarlo. Todavía no os he contado mi descubrimiento. ¿A qué sí, niño? Cuenta, joder, Rubén. No me jodas, que seguro que te quieres apuntar tú el tanto. Ha sido a medias. Bueno, ¡qué cojones!, he sido yo el que se ha acordado del dato. Pero explícalo tú, que estás más preparado.

—¿A qué se refiere? ¿Es sobre el allanamiento del piso?

—No, inspectora, no es sobre eso. —Rubén se frotó la cara como para desprenderse del cansancio. Le dio un trago a su copa—. Se refiere a lo que cuentan todos los medios sobre la desaparición o el posible suicidio de otro ejecutivo de Universo Media.

—¿Téllez, el del pantano?

—Sí, ese, Benítez. Aquí el Roqui, metido en su personaje de devoraseries, me ha recordado que en un episodio de *The good wife* pasa algo similar.

—¿Similar a qué? —Velasco no quería precipitarse, pero que se cruzara a esas alturas la trama de una serie le puso mal cuerpo a esas horas de la noche.

—El propietario del vehículo lo monta todo para que parezca lo que después se demuestra que no es.

—El gachó estaba vivito y coleando. —Mencía puso el corolario con un brindis a la concurrencia—. A los pocos días las cámaras de seguridad de un cajero lo captan con otra indumentaria sacando dinero en otro estado.

A Mencía se lo llevaron hasta la puerta del edificio de la vieja corrala entre los tres. No eran más que cuatro fincas, pero a ese paso de procesión le dio tiempo para enmarañarse en su cogorza con una lengua de trapo de la que se entendían cosas vagas como:

201

—La niña, como pille a solas a la niña, una vez me haya librado de los treinta añazos que me sobran, me quito, me quito la placa y le doy lo suyo. Lo suyo y lo de su prima filipina. Ahora que si salgo a correr. Ahora que si al gimnasio. Así se pone. Y uno se pierde, se pierde. Si no fuera uno un profesional, jefa, pasaba lo que no tenía que pasar. Me pongo unas mallas y uno y dos, y uno y cuatro. En cuatro tardes me pongo yo como Carl Lewis, joder. Poquito respeto a los mayores. Eso es lo que hay. Muy poquito, pero que muyyy poquito respeto, joder. Ayyy, Martita. Buenas noches. Dulces sueños.

T02x06

1

*¿H*abía que investigar a Mencía como sospechoso? ¿Escamaba que se le hubieran colado en la guarida? La más damnificada del asalto había sido Marta, por la que el agente, en pleno estado de sinceridad ebria, había mostrado las ganas que le tenía. En todos los sentidos. El instinto le decía a Velasco que no. El instinto y el recuerdo de su padre.

A lo largo de todos los años que llevaba en el cuerpo había conocido decenas de casos como el de Mencía. Todos acabaron provocando frustración. Y despertaban el espíritu compasivo en ella. Esas reacciones esconden —en sus compañeros y en ella misma— el temor por la duda que generan: ¿Me podrá pasar a mí? Velasco sabía que solo depende de que en un momento dado estés ahí, en el lado luminoso u oscuro que te haya deparado el azar. No solo es cuestión de talento. No influye en tu carrera que te acompañe una mayor o menor estabilidad en tu vida personal.

Ella tenía a su lado un claro ejemplo de quien tuvo que purgar sus delirios y sus pecados. Benítez pasó el rubicón. Lo hizo con recaídas. A punto de ahogarse una y mil veces antes de alcanzar la otra orilla. Pero lo superó. Era su fiel escudero. Un hombre leal y estable. Sobrio. Brillante e intuitivo. Con una inteligencia bruta natural, perfecta para su trabajo. Más ocurrente que formado (en el aspecto más ortodoxo), pero hubo un tiempo en el que Benítez fue un Mencía. O estuvo al borde de esa condición. Si hubiera tenido un superior intransigente

que no hubiera sopesado darle otra oportunidad para reconducir su vida, a saber en qué tasca estaría penando su suerte el
bueno de Ricardo Benítez.

Mencía tendría una mala noche. Además, no estaba a esa
hora de servicio. No sería justo irle con el cuento a la Señorita
Rottenmeier. No, no se lo iba a contar así a la Queco. Solo re-
flejaría en el informe que le había despertado muchísimas dudas la actual situación del puesto de vigilancia que se mantenía
en el piso de los chicos del blog. Porque, si se valoraba la opción
de prescindir de ese operativo, tal vez no fuera el momento
más oportuno. Acababan de allanar su intimidad y sus pertenencias. ¿Les habían querido dejar un mensaje? ¿Habían ido a
buscar algo que tuvieran ellos? Si era así, ¿tendrían algo que
esconder? Tampoco descartaba que fuera la acción descerebra-
da de algún fan, o algún *hater*. La línea que separaba a unos y
otros en las redes sociales era muy fina. No se tenía noticias de
que la guarida de Lavapiés hubiera sido descubierta por nadie,
pero cabría tenerlo en consideración. Velasco también anotó
que Nico revisara de nuevo entre las habituales entradas de
interacción que recibían en el blog, por si daba con algún perfil
que se mostrara agresivo con ellos. Suelen perder la cabeza. No
actúan con la frialdad suficiente como para no dejar las pistas
de la reiteración en sus acciones. No tienen mesura porque actúan movidos por un odio compulsivo.

Tampoco era el mejor momento para recomendar que se
olvidaran de Marta, Rubén y Andrés cuando otra vez sobrevolaba la sombra de una trama de una serie sobre aquel nido.
Dios quisiera que fuera una maldita casualidad. No tenía ni
puñeteras ganas de revivir la pesadilla que creyó cerrada, al
menos en parte, hacía algo más de un año.

Y Marta. La serenata obsesiva de un borracho siempre esconde algo real. ¿Por qué aquella inquina evidente del agente
hacia la maquilladora? Era algo más que el alcohol, otro aspecto que desaconsejaba prolongar la actual situación en Lavapiés.
Velasco iba a redactar el informe poniendo el acento en lo des-

guarnecida que había quedado la posición ante la evidencia del asalto. Sin poner en duda la profesionalidad de Mencía.

Lo anotó entre los asuntos pendientes. Los papeleos y los despachos de formalismos, aun teniendo claro que formaban parte de su labor, eran lo más gris de su cargo. La que eliminaría de un plumazo poniendo un asistente para escribir esto, redactar lo otro, solicitar lo de más allá. «Anda, Isabel, no te cuelgues en las ideas de Antoñita la Fantástica.» Ya no era cuestión de presupuesto, sino de que nadie podría documentar con la misma precisión lo que no ha presenciado. Por ejemplo, que Velasco viera en el despacho de Llorens una tarjeta de visita de Carlos Arrayán, el periodista. Si era un descuido, lo aprovecharía. Estaba esperando su visita esa mañana. Si había sido un anzuelo colocado a propósito por el abogado, tampoco renunciaría a saber qué buscaban. Le intrigaba el personaje. Su intuición le mandaba señales de que de aquel pobre diablo podría sacar algo positivo para el caso.

Mientras llegaba, se detuvo por primera vez en el dosier que solicitó sobre la muerte o desaparición de Téllez. Arrayán le iba a insistir con la matraca esa de la cadena de suicidios en la misma empresa: lo que no hacían más que repetir los tertulianos de la tele fusilando argumentos entre cadenas; lo del nuevo France Télécom. También por primera vez se sentaba detenidamente a leer la nota que se había encontrado (mecanografiada) en el Chrysler del director financiero:

207

> Jamás pensé que el estado de desesperación al que me ha llevado todo esto, me hiciera tomar la más dura de las determinaciones. Me rindo. Me quebraron. Estuve aguantando hasta los últimos segundos, pero no me veo con fuerzas de dar ya ni un paso más; hasta el final llego con coherencia.

Dejó la copia en el centro de su mesa. Intentaba retener el contenido. Había algo que le sonaba a no sabía exactamente qué. Mascullaba y rumiaba de nuevo las palabras. Consultó en el archivo el texto que había dejado en la pantalla de su ordenador días antes Arturo Agustí. Había coincidencias. En el estilo. Y algo parecido a otra cosa que había leído. Otra nota de despedida. ¿Habría sido de tanto repasar la sintaxis de la de Agustí en su momento? «Consulta de nuevo, Isabel. Haz memoria.»

Una nota final, y exacta a la que quedó escrita en el informe y en el libro: era la de Héctor Aguirre, el jefe del entramado que desarticularon en el caso del Asesino de series. Ahora podía oír hasta el eco de la voz del actor en la secuencia del desenlace de la película.

Fue a la novela. Páginas finales. Héctor Aguirre, en sus notas póstumas:

> Ahora que sé que me quedan pocos días de vida, no me iré sin haber dejado testimonio que corrobore mi teoría de manera firme, incontestable y empírica; siempre huimos de nosotros mismos.

Palabras escritas el 22 de marzo de 2017. El día en que se lanzó el desconocido al que nadie reclamó desde la sexta planta del céntrico hotel de Madrid. Eran las anotaciones que dejó como testigo y promotor de aquel aterrador experimento.

Pero había algo más que unía aquellos tres mensajes. Y no iba a escatimarle tiempo ni empeño. Era su forma de trabajar. Prestando atención prioritaria al comportamiento, al estudio de cómo somos y cómo nos mostramos. La gran obsesión de Velasco que algún día plasmaría en su tesis doctoral. Si le preguntaran dónde se veía en pocos años, respondería que dando conferencias, clases magistrales o charlas sobre aquello a lo que había dedicado su vida. A la persecución de los que ejecutan los crímenes. A entenderlos para cazarlos. A adelantarse a sus acciones. A sorprenderlos. Una carrera dedicada a pensar como ellos pero antes que ellos.

Llevaba leídos cientos de ensayos. Había escrito miles de folios. Todo le conducía a unos pocos asertos. Uno de ellos, incuestionable: el lenguaje nos desnuda. Más que cualquier otra acción, la forma de expresarnos es lo que habla más a las claras de cómo se han ordenado y enredado nuestras conexiones emocionales con los pensamientos; nuestra sensibilidad con la cultura adquirida. Vamos forjando una manera de pensar y de expresarnos. Los textos que tenía ante ella le contaban algo relacionado con todo eso.

En el escenario de la muerte de Rosa Galiano no hallaron ninguna nota de despedida. No había ningún mensaje donde dejara claro —ella o alguien que tuviera interés en que quedara escrito— que había tomado la decisión de quitarse la vida. Estaba reflejado en el dosier del equipo de Nico y De la Calle, de la Tecnológica. Sin embargo, en el rastreo de todos sus dispositivos, entre los fragmentos de archivos eliminados en su portátil, pudieron repescar un texto:

«Dejo de mantener más pulsos. Serás más feliz cuando yo no esté. Me echarás de menos por poco tiempo. Ya sabes que siempre te deseo lo mejor.»

Ninguna pista más, salvo la fecha de eliminación del archivo original. Dos días antes de la muerte de Galiano. La releía también. Una y mil veces. Ese texto era totalmente diferente. En el lenguaje. En el estilo. En la emoción. Los otros tres acababan con una conclusión casi metafísica. La mente que los había escrito tenía una forma de proceder mucho más fría y calculadora. Era de pensamiento más sistematizado. La oración final en ambas notas iba precedida de un punto y coma; dictaba sentencia.

2

—¿*T*ú crees que son necesarias todas estas precauciones?

—Todas son pocas, Chus.

Cristina Puente acababa de llegar al despacho de María Jesús Gálvez tras un ejercicio de camuflaje propio de una película de espías. Sabía con quién se estaba jugando el tipo. Si la organización para la que estuvo programando virus era la que seguía detrás del caso que querían desenmarañar ahora, tenía que extremar la prudencia hasta lo insólito. Alguien pensaría que rayaba el ridículo. A la propia comisaria se le antojaba un poco excesivo.

Cristina dejó a Giles en el colegio. Fue de las últimas en llegar andando hasta el recinto escolar, de modo que cuando saliera de la zona el tráfico ya estuviera más despejado. En la esquina trasteó con el móvil. Recibió un wasap con una foto de flores y la leyenda «Son para ti». Eso significaba que desde la calle trasera salía un taxi. Uno, dos, tres, cuatro…, al llegar a dieciocho levantaba la vista. El taxi ya estaba a la altura justa para pararlo.

«Buenos días, Cristina.»

«Buenos días, Rubén. Hola, perdona, que casi te piso», le dijo a la otra Cristina. A la que Rubén llevaba acurrucada en el suelo de la parte trasera. Su doble de escenas peligrosas. Misma ropa. Idéntica complexión.

Cuando Rubén tuvo la absoluta seguridad de que en una calle secundaria no los seguía nadie, Cristina se agachó y ocupó el puesto de su doble. Frenazo. Oyó a Rubén maldecir:

«Las *runners* de los huevos. ¡Van con los auriculares ahí, a su puta bola! Yo diría que era… Nada, imposible. No puede ser.»

Se apeó la doble en un sitio concurrido. Mientras estaba pagando la carrera se acercó un chico.

«¿Se queda libre?»

Rubén asintió. El muchacho vestía igual que la ropa que le habían dejado en el coche a Cristina. Nuevo cambiazo. Cuando se bajó, ella parecía él. Se perdió escaleras de metro abajo.

—Nunca digas que es imposible. Pero al menos, es altamente improbable que hayan podido seguirme hasta aquí. —Cristina se iba desprendiendo de la pinza que le recogía el cabello dentro de la gorra, de la casaca tipo safari—. A ver si vamos mejorando el estilismo en estas operaciones de camuflaje. No puede ser más horroroso. —Dejó la prenda sobre el brazo de un sillón del despacho, junto a la mesa baja alrededor de la que Gálvez la invitaba a departir—. Sí, no me mires así. Ya sé que el quilombo este no lo podemos montar con cada visita.

—Cierto. De hecho, tampoco pensaba que tuvieras que venir mucho. Tú eres una contratada externa. Ni aquí tienen que estar al corriente todos, ni tú has de correr estos riesgos. Está al llegar Ernesto de la Calle.

—¿El de los libros sobre la cara oculta de la red?

—El mismo.

—Parece que te ha tocado dirigir la comisaría más mediática.

—Con diferencia. Cualquier día nos enteramos de que una agente gana *La voz*. No se puede estar más en el foco, chica. —Dio dos palmadas y se frotó las manos—. ¡A lo que vamos! Ernesto te va a explicar por dónde estamos.

—Del material que me facilitaron, ya tengo clara una cosa. En la red de Universo Media se había colado un gusano del mismo tipo que usaba la organización. Tiene la misma arquitectura que yo creé. Han tenido tiempo de sofisticarla, pero la base es la misma. Perfectamente pudo haber entrado en una imagen y, desde ahí, la semilla crearía la tela de araña que se va tejiendo entre todas las computadoras de la casa. De ida y vuelta. Para que no se escape nada de lo que se intercambie por *mail* o por cualquier otra pizarra común para compartir archivos.

—Tengo otro encargo para ti. —Le mostró una tarjeta de Llorens y Mongay Abogados—. Ya sé que eres tan discreta que no me vas a preguntar.

—Nos vamos conociendo, sí.

—No sabemos qué conexión puede haber. Es el despacho que defiende los derechos de autor de la saga *Asesinos de series*. Se escudan en las gaitas esas de los códigos deontológicos y otras mamandurrias.

A Cristina Puente no la pillaba por sorpresa que Gálvez se moviera por las afueras de la ley, de la moral y del mismo orden que ella debía salvaguardar. Ya conocía su discurso sobre los fines y los medios.

—No te me pongas cándida, ahora —se justificó la comisaria—. Somos mayorcitas. Sabemos de qué va esto. No te estoy pidiendo que dispares a nadie.

—Lo sé…

—Ni siquiera que te pasees por sus archivos en busca de algo que sea sensible y que les pueda poner en apuros.

—¿Entonces?

—A ver si logras dar con una de esas puertas abiertas.

—Una puerta trasera.

—Eso. Una que te permita curiosear. A ver si das con algo que te suene. Que los vincule con la organización que tú conoces. Esto va a ser por iniciativa tuya. —Le cogió la tarjeta y le prendió fuego sobre una semiesfera de cobre—. Y de causalidad, igual…, ¡zas!, te cuelas en su sistema. Y como somos grandes amigas, me confiarás lo que encuentres. ¿A que sí, Cris?

—Es muy probable que ocurra así, Chus.

—Solo una cosa más.

—¿Otra?

—La última. Al parecer, tienen registro de todas las comunicaciones mantenidas para dar el visto bueno a la película. A través de formularios como este. —Le mostró una copia del que Velasco había recibido en el bufete de manos de Llorens—. Estamos esperando que nos los faciliten todos. Será por esa vía o por la judicial. Aunque podemos atajar.

Chus le guiñó el ojo derecho como en otros tiempos, con una leve inclinación de cabeza, y Cristina constató que, como siempre, ese ojo, después de la intermitencia, perdía su órbita de estabilidad y se iba al estrabismo. Lo cerró y se frotó el párpado para calmarlo.

—¡Ah, una advertencia! —continuó la comisaria—. No le des más motivos a la Velasco para desconfiar de ti. Creo que le hueles a chamusquina. Gánatela.

Cristina miraba hacia un punto indeterminado del suelo, con la vista perdida.

—¿Te pasa algo? —Chus emitió un suspiro condescendiente. A su amiga le sonaron raras esas palabras de la comisaria. La empatía no se contaba entre sus virtudes. Fue como escuchar un rock en la voz de una soprano—. Iba a llamar a los de la Tecnológica para que te reúnas con ellos. No sabía que te iba a afectar tanto saber que Velasco te mira con lupa.

213

—No, por Dios. No tiene que ver con eso. —Levantó la barbilla para mirarla a los ojos—. Llevo días pensando que debía hablar.

—¿Hablar con quién?

—Contar mi historia. Que se sepa. Se lo debo a Giles. Se lo debo a Gabriel, a quien era Damián, al hijo desparecido de esa actriz. De Arlet, sí. De la que hace de Velasco en la película. Y de tantas otras mujeres y niños que puede haber por ahí. Seguro que habrás caído en la cuenta. ¿Habrá más casos como el mío? ¿Habrá más voluntades compradas, o coaccionadas o secuestradas? Conmigo tienen la mayor de las coartadas, no hay pruebas porque la ambición me hizo caer en sus redes. ¿A cuántas las hicieron madres y les arrebataron a sus hijos?

¿Cuántas más no perdieron a sus criaturas pero fueron víctimas de las violaciones de ese enajenado?

—¿De uno solo?

—De uno sobre todo. De Héctor Salaberri, Juan Aguirre o como demonios se llame realmente. Ese mamonazo con una mente tan delirante como para ser capaz de organizar esta campaña por tierra, mar y aire. Con libro, película y lo que se le ponga entre los huevos, para dejar constancia histórica de sus macabras hazañas. He de hablar. Lo mío, en lo que respecta a mis responsabilidades penales, estará ya más que prescrito.

—Habría que consultarlo. No te lances tan pronto a la piscina.

—Lo he consultado. Pero hablemos con el juez. Entenderá que es una forma de colaborar. Hablo en los medios y pueden salir más Arlet, más Cristinas. Me tienes que ayudar, Chus. Y a Giles también. Te lo suplico.

Gálvez evaluó la situación. Lanzar aquella bomba no era mala idea. Pero ¿tenían medios para que fuera una explosión controlada?

214

3

*C*ara aniñada. Un jersey de dos tallas de más. Mangas dobladas en los puños. Le faltaba otro cuerpo para rellenar la caída de hombros. Solo dejaba ver una camisa a rayas con cuello picudo, salida probablemente de la colección de Zara de 1998. Con los tacones, Velasco, le sacaba una cabeza. Lo comprobó al levantarse y ofrecerle la mano. Él le dio la suya, lánguida y sudorosa. Carlos Arrayán estaba hecho un complejo de nervios y ansiedad. Todavía se manchaba las manos con la tinta de los periódicos, y ese tizne se rozaba con una gabardina muy vivida, que se abrió por delante y se levantó como si fuera una falda. Empezó a hablar antes de tomar asiento. Todo era prisa.

—Le agradezco muchísimo que me haya recibido, comisaria. Que ya sé que no es comisaria, inspectora. Inspectora. Pero jefe. Inspectora jefe.

—Gracias a usted por venir. —Velasco tomó aire de manera ostensible. De forma que debía interpretarse como una invitación a que Arrayán la imitara. Lo acompañó con la mano de directora de orquesta pidiendo un *in crescendo*. Soltó el aire llenando los mofletes.

—Es que llegaba tarde —captó el mensaje el periodista—. Se me echa el tiempo encima. Siempre. Siempre se me echa el tiempo encima.

—Sí, tranquilo. En estos días nos pasa a todos. Le he llamado, no exactamente por que me suplicó usted este encuentro, sino por una bendita casualidad.

215

El periodista la miraba con los ojos muy abiertos, acodado sobre la mesa del despacho.

—¿Conoce usted a Jaime Llorens, de Llorens y Mongay, señor Arrayán?

—Sí, lo conozco. —No dio la sensación de que le incomodara la pregunta.

—¿De qué, exactamente?

Carlos Arrayán se frotó de manera compulsiva el bigote. Habría que revisarlo a cámara lenta para determinar cuántas veces lo hizo. A velocidad de vértigo. Pestañeó y empezó a contar, en su léxico directo y con su estilo atropellado, cómo en lugar de haber llegado a ser redactor jefe de una cabecera de referencia en la prensa madrileña, había acabado en una web de noticias que se ahogaba en la abundancia de préstamos y facturas sin pagar.

Le explicó a Velasco cómo en el camino, al que no le faltó ni media espina, un día lo despertó su ya exmujer a las cuatro de la mañana: «Tenemos que hablar». Con un compañero de trabajo se fue ella. Bueno, no se fue. El que tuvo que hacer las maletas fue Arrayán. Tres días después del ERE en el periódico. Sin hijos y con hambre. Sin casa y con la tarjeta del paro. Dando tumbos, llamó a muchas puertas y solo oyó el eco del timbre. El vacío y muchas espaldas. Eso le dieron.

Al recurrir a los amigos fue cuando se reencontró con Almudena Granados. Se conocían de los tiempos en que era la jefaza de Comunicación en la Policía. La complicidad que más une es la del enemigo común. A ella también le estaba chupando la sangre el mismo parásito que a él le vampirizaba la salud y la vida: Fernando Salgado. «Que ojalá se consuma en los infiernos», sentenció con una intención muy sincera.

Salgado cobraba un pastizal por columna de opinión. 150 palabras. Ni una de ellas, ni las ideas que expresaban, se salvaban de la etiqueta del lugar común. Firmaba en el mismo diario que recortaba sueldos de medio pensionista con algún trienio como el del Arrayán. No contento con eso, le había levantado a su mujer.

Almudena sabía a quién escogía cuando pensó en Arrayán para neutralizar las informaciones de Salgado. En plena crisis por el caso del Asesino de las series. Cuando este se paseaba por las teles adelantando lo que, en ocasiones, no sabía con seguridad ni la misma Policía. Así que con el fin de taponar la fuga, Almudena confió en un ramillete de compañeros de la profesión para darles alpiste; para que dejaran a Salgado con el culo al aire. Así se hace cuando no se sabe dónde está la grieta por la que se escapa el gato. Porque si se detecta, o se tiene al menos la sospecha de quién es el garganta profunda, se le intoxica para desenmascararlo. Después de fracasar con esa fórmula, queda la alternativa de sacar pastitas recién hechas para los invitados preferentes, a la vez que se le da la espalda y se ignora al gorrón que nadie había invitado. Entre los VIP de la fiesta figuró en aquellos días Carlos Arrayán. La Granados le salvó la vida. Y la bolsa. Él se acababa de embarcar en la puesta en marcha de un periódico digital: *LasNoticias.es*. Uno más entre un millón de proyectos emprendedores. Era un concepto rimbombante que escondía un intento de subsistir en mitad de un océano al que azotaba una tormenta perfecta. Y se echó a la mar con una cáscara de nuez, con toda la voluntad y muchos huevos. Con esos mimbres precarios, la razón dice que uno se ahoga. Pues el salvavidas fue el episodio dorado que les permitió sacar la cabeza encadenando unas cuantas exclusivas sobre el caso que tenía absorto a todo quisque. Hasta ahí. Luego volvió la mar revuelta. Un año de oleajes. De viento en contra. De caída libre en la rentabilidad y comercialización de la web. Arrayán sobrevivía a base de desdoblarse bajo tres seudónimos y firmar artículos de opinión especulativa y titulares anzuelos que llevaban a la nada. Humo. Aquella forma de torear a la vida no tenía ni un pase más. Al estrenarse la película y saber que la comunicación también la llevaba la Granados, llamó de nuevo a su puerta.

—¿Y Almudena le dio mi teléfono? —Ante la pregunta de Velasco, un sonrojo, otro movimiento casi espasmódico y una tos nerviosa—. ¿Un poco de agua?

—No, gracias. Estoy bien. Es la alergia. —Se sonó la nariz de manera escandalosa—. Ya sabe. No se desvelan las fuentes.

—Ya. —El *ya* más irónico que tenía guardado la inspectora jefe lo usó con el periodista en apuros.

—Me puse en contacto con ella para proponerle un reportaje sobre qué sabemos realmente del autor o autora de la novela.

—¿Cree que soy yo, amigo Arrayán?

—He llegado a barajar esa posibilidad, no se lo voy a negar. —Lo intimidó la carcajada de Velasco—. ¿Le parece descabellado?

—Simplemente me parece que es usted muy creativo.

—Ya ve de qué me sirve.

—Siempre se le puede sacar partido a esa virtud.

—Hasta la fecha son los demás quienes la aprovechan. Hace tiempo que me siento el tonto útil. Tengo la sensación de que le fui de perlas a Almudena para saber algo más del tal Llorens. Y a la inversa. Ya llevo muchos tiros dados y, con tantas horas de vuelo, se acostumbra uno a detectar las alarmas antes de que salten. Para mí, que Almudena Granados me llevó hasta el despacho de abogados por uno de estos dos motivos: o para husmear y averiguar más allá de lo que ella puede abarcar, o para que fuera Jaime Llorens el que me colara la lectura de la jugada.

—¿Fue él quien le habló del paralelismo entre las muertes de los directivos en Universo Media y los suicidios de France Télécom?

—No. Bueno, no y sí. Él, en principio, no pasó de la mera formalidad. Secreto profesional. Su cliente quería seguir en el anonimato. Sin embargo, me confió lo que le había soplado Almudena. Lo que se comentaba en los pasillos de Universo

Media. Eso fue antes de la muerte del financiero del que apareció su coche cerca del lago.

—No me firme certificados de defunción. No tenemos la certeza de que Francisco Téllez haya muerto. Legalmente, desaparecido, de momento.

4

—¡*R*evisión médica, Delors! Ponte de calle, que vamos a Terrassa.

Así despertaron a Nacho en su celda de Can Brians. Así se había pactado con su abogado y así lo había permitido el juez del número 6 de Vigilancia Penitenciaria. Los días en la cárcel para el huérfano de Rosa Galiano pesaban como pasos dados con grilletes. Vivía constantemente atemorizado. No contaba con la protección del anonimato del grupo. No había ni pasamontañas ni banderas en las que envolverse para pasar inadvertido. En la calle, cuando no le hacían hueco en una, se lo hacían bajo el paraguas de otra. Sin importarle el color ni la tendencia del extremismo defendido a gritos, empujones, cánticos u hostias en acciones que llamaban *limpias;* manchadas de intransigencia. Pero en el código carcelario están penados los arrebatos de bilis de un niño de papá decepcionado, también la ruindad y la mezquindad. Allí dentro no se perdona que, con ideas o sin ellas, amparándote en un *Visca Terra Lliure* o en un *Cara al sol,* te pongas a rociar de gasolina a un mendigo en un cajero.

Nacho Delors quería pactar. Contarlo todo. Y dejar claro que él era una víctima de muchas circunstancias. El huérfano de Rosa Galiano quería garantías de que no le fuera a caer además el sambenito de ser un chivato. Por eso se estaba vistiendo para que un furgón lo llevara al pabellón penitenciario del hospital de Terrassa. La excusa era una revisión de rutina que se complicaría hasta dejarlo en observación. Durante el ingreso, iba a recibir visita. Velasco y Benítez, a esa hora, embarcaban en Atocha con destino a Sants.

Velasco exigió que viajaran en el vagón de silencio. Si era en la cabina de ocho asientos aislada del resto, mejor. Así fue. Tres filas para ellos dos. Benítez alternó algún ronquido con las carcajadas que le provocaba una comedia francesa en el DVD del tren. Velasco quería aprovechar esas dos horas y media para poner en orden algunas piezas de su puzle de anotaciones. Su obsesión era saber cómo y quién podía tener tanta información. Seguía pensando que el caso se había escrito desde dentro. O tenían una fuga. Ernesto de la Calle le remitió al agujero del LexNET. Se lo documentaba con diferentes artículos de prensa. Precisamente se descubrió en julio de 2017, justo después de que cerraran aquel caso.

eldiario.es
David Sarabia, 27 de julio de 2017, 16:52

221

UN FALLO DE SEGURIDAD EN LEXNET PERMITE ACCEDER A MILES DE ARCHIVOS DE LA JUSTICIA ESPAÑOLA EN INTERNET

LexNET, el sistema obligatorio que desde enero de 2016 utilizan más de 140.000 abogados y procuradores en España, tenía una grave brecha de seguridad que hasta las 15 horas de este jueves permitía entrar «en la carpeta de cualquier caso de España», según el decano del colegio de Abogados de Cartagena, José Muelas. Él ha sido uno de los primeros en avisar de la vulnerabilidad a través de la red social Twitter.

El Ministerio de Justicia ha cerrado a las 15 horas del jueves el acceso a la plataforma «de intercambio seguro de información entre los órganos judiciales», según la web de la Administración de Justicia. Este diario se ha puesto en contacto con ese ministerio para conocer el alcance del fallo pero por el momento se niegan a facilitar más información. «Lo grave es que todos los ficheros de la Administración de la Justicia española están al alcance de cualquiera», explica el letrado a *eldiario.es*.

[...] «El problema es: ¿desde cuándo está esto así? ¿Cuánta gente más lo sabe?», se pregunta el letrado. [...] La vulnerabilidad permite a cualquier usuario de LexNET borrar, notificar o modificar los archivos en nombre de otro usuario. [...] «Se puede entrar en la carpeta de cualquier caso de España. Es decir: la Púnica, la Gürtel..., y cuidado, porque aquí también está la Guardia Civil, la Policía Local y la Policía Nacional», dice el abogado.

—Yo me duermo, jefa —le susurró Benítez.

—¿Más todavía? Desde que hemos salido.

—No me he explicado bien. Que o me tomo un café o no supero este estado catatónico.

Fueron dando culetazos y golpes de cadera por el pasillo de cuatro vagones hasta alcanzar la cafetería. Velasco imaginaba que su colega se iba a hundir en el *As* o en el *Marca*. Pero le cambió las cartas.

—Ahora se lo paso al documento de puesta en común pero, como la imagino interesada, le hago un adelanto. Ayer me permití tomar la iniciativa. Cuando supimos que nos iba a recibir el hijo de Rosa Galiano, puse a trabajar a Nando y Leo. Sobre el terreno, quiero decir.

Velasco escuchaba atenta, entre sorbos al café con leche hirviendo. Benítez, que debía de tener un esófago ignífugo, se lo había echado al gaznate de un trago.

—Nos faltaba por completar el recorrido de testimonios por el círculo próximo de la Galiano. Así llegamos con más información. De contexto. Nos faltaba su psicóloga. Estuvieron con ella. En fin, nada nuevo. Rosa Galiano estaba muy preocupada por el perla al que vamos a ver. También le hablaba de su relación con Agustí aun estando casado.

—Espera, espera un momento. ¿Todo esto lo ha soltado la psicóloga sin guardar la confidencialidad de su paciente?

—La doctora Patricia Treviño, sí, señora. Doctora en Psicología. Igual que le sorprende a usted, le llamó la atención a nuestros paisanos, claro. Parece que el hecho de que los dos implicados hayan pasado a mejor vida contribuye a que sea menos discreta, y usted lo sabe de buena tinta porque casi que tiene uno del gremio en casa. O usted en la suya, que para el caso...

Velasco no le afeó el chiste. Tampoco lo celebró.

—Claro que Nando me ha soplado —continuó Benítez— que a la legua se veía que la tal Treviño miraba con ojos golosos a nuestro Leo.

—Vaya, menudo Casanova.

—Ah, y no es detalle menor para explicar que tuviera la lengua floja que su paciente/cliente/amiga le dejó un pufo de los gordos. Llevaba seis meses sin retratarse en caja.

—Estás hoy entre el *Lecturas* y la revista *Forbes*.

—Pues el quiosco se cierra con *Salud y Belleza*. Del Nocta-mid, o como se llame el hipnótico ese, nada de nada. Nunca le habló de que tomara esas pastillas ni ningunas otras para dormir. Valeriana y pasiflora. Todo lo que pase de eso, extralimita sus competencias. Nunca le recetó nada. Ni por insinuación.

223

5

*P*ara recordar los nombres tenía que recurrir a la mnemotecnia. Para los rostros, no. Velasco era buena fisonomista. Por eso, mirando los ojos hundidos de Nacho Delors, le asustó comprobar que no había ya nada de aquel niño de rizos de oro, el de las fotografías en el salón de Rosa Galiano. Su madre hubiera querido que el reloj se detuviera en la edad dulce en la que se tienen la mirada y la sonrisa limpias. Ahora estaban al fondo de unas ojeras moradas. Tras unos párpados medio caídos.

Un sargento de los Mossos los había recibido media hora antes, a su llegada a Barcelona. Un caporal condujo el coche hasta Terrassa. En esa media hora oyó de fondo, sin escuchar, cómo Benítez y los dos policías catalanes hablaban de esto y de lo otro, de política y de fútbol.

Con aquel runrún, apoyada sobre la ventanilla soleada, dejó caer el sueño que no se había permitido en el tren. Fueron una sucesión de diapositivas. Todas las que su memoria había congelado en instantáneas. En ese archivo donde no es nuestra voluntad la que manda. Imágenes congeladas de una copa de anís de su abuelo el día de Navidad; de la melena de tía Mapi flotando en una bañera de vómitos; de papá sonándose los mocos de llanto, restregando los galones de su manga en el bigote empapado de pena; de una hoja de lechuga al fondo de las bolsas de la compra que subía mamá dejándose los tendones por las escaleras; de la primera vez que el espejo le devolvió su pómulo deformado.

—De la Policía de Madrid. —El nombre de la capital, terminado en una «t» por el abogado de Nacho Delors—. Son la inspectora jefe Isabel Velasco y...

—Benítez, Ricardo Benítez. Subinspector. —No quiso que sonara a James Bond, aunque fue inevitable.

—Creo que te puedes incorporar. Te encuentras perfectamente. —Velasco no podía ser convincente con aquello en lo que no creía. Aunque su ingreso fuera un paripé para protegerlo, no estaba segura de estar ante una persona sana—. Te han traído hasta aquí para que puedas estar tranquilo y nos lo cuentes todo.

—No quiero volver allí.

—Eso no depende de nosotros. No te voy a mentir. No te podemos garantizar nada.

—Pero yo estoy seguro de que una buena predisposición por tu parte acabará dándote puntos. Pasa siempre. —Benítez no hacía nunca de poli bueno, pero a veces de seductor, sí.

—¿Y qué me podéis asegurar?

—Que te vamos a escuchar con atención. Solo eso. O nada más y nada menos que eso. Tenemos un lío curioso allí, en *Madrit*. —Benítez no se pudo reprimir. El abogado de Delors lo escuchó con ademán impasible—. No nos hemos hecho seiscientos kilómetros por capricho.

Nacho se apoyó en los codos para incorporarse en la cama. Dobló la almohada para acomodársela junto a otro cojín. Las palabras del policía parecieron el «ábrete, Sésamo» al que se había mostrado renuente.

—Sabía desde hace tiempo lo de mi madre con el capullo ese de Arturo Agustí. Mi madre me trataba como a un niño que no había roto el cascarón.

«Y eso que no has dejado de romper platos y huevos durante estos últimos meses.» A Velasco le sobrevolaban esos pensamientos fundidos con las fotos del bebé en los portarretratos con marcos de plata que vieron en el salón de Rosa Galiano.

—Si estaba todo el mundo al loro. Hasta la mujer de Agustí. Los espiaba.

—¿Conoces a Almudena?

—Sabía quién era. Merodeaba por casa. Espiaba a su marido, imagino. —Se volvió a acomodar el cojín resbaladizo—. Hablé una vez con ella. Se hizo la encontradiza. ¡Otra que me tomaba por gilipollas, imagino! Me preguntó si sabía de alguna casa en la zona que estuviera en venta. No colaba, joder. Pero si por allí hay carteles de inmobiliarias a patadas. La había visto antes, en fotos de prensa, en la presentación de algún programa, junto a mi madre. Y mi madre me había explicado que era la mujer de Arturo. Es que Arturo tengo entendido que era conocido de mi padre desde hacía tiempo. Desde niños. O de la mili.

Velasco levantó la cabeza de las notas que tomaba.

—¿Han mirado en el ordenador de mi madre?

—Es nuestro trabajo, sí.

—Pues, inspectora, habrán visto que tenía un troyano de los que deja todo al descubierto.

Ante la cara de póker de los agentes, siguió su relato:

—Lo colé yo. Se pusieron en contacto conmigo y les dije que sí.

—¿Quién se puso en contacto contigo? —empezó a llevar la voz cantante del interrogatorio Velasco.

El abogado no cambió de actitud. Es más, parecía que le aburriera la historia. Para Benítez era nueva. Su cara fue desde ese momento la del niño que escucha por primera vez un cuento.

—Era una voz femenina. Distorsionada, pero no tanto como para no cantar que era una tía. Sabía lo que me hacía falta. Dinero. Con la pasta que me ofrecía, podía tener libertad para no depender de nadie durante una buena temporada. Para ir y venir. Incluso para financiar la causa.

Velasco y Benítez, como si estuvieran sincronizados, encogieron la nariz y arrugaron el labio superior: «¿Qué coño de causa?».

—A veces una, a veces otra. La de la lucha, siempre. Vivir. O malvivir con los colegas.

—Por partes: ¿por qué hablas en plural? *Se pusieron en contacto.*

—Porque así lo hacían ellos: «Te podemos dar», «Te vamos a ofrecer», «No le vamos a causar ningún problema a tu madre, es solo para joder a los poderosos que la esclavizan». Rollo así.

—¿Qué tenías que hacer?

—Meter un archivo que ellos me daban. Meterlo en el ordenador de mi madre. En el portátil. Ellos sabían que ese ordenador estaba conectado a la red de la empresa cuando se lo llevaba a la oficina. Sabían muy bien lo que hacía mi madre.

—¿Te sonaba la voz?

Ahí dudó Nacho.

—Ahora no lo tengo claro. Yo diría que no. Pero después de hablar tres o cuatro veces, la tengo aquí. —Se señaló la sien—. Grabada. Más desde que le pasó a mi madre lo que le pasó, ¡me cago en Dios!

227

Un mapa de ríos rojos llevó a sus ojos la rabia. Tres gotas de saliva blanca volaron hacia la solapa marengo del letrado.

—¿No la viste nunca?

Nacho cabeceó un no.

—¿Ni a ella ni a nadie de *ellos*? —insistió Benítez.

—Nunca. Desde el mismo teléfono, uno no identificado, me dieron las instrucciones para descargarme el bicho.

Nacho Delors contó cómo le dictaron una dirección que solo podía escribir en la pantalla y después borrar el historial y todo rastro. Daba igual. Aunque la hubiera memorizado. Tenía una terminación de uno de esos países donde se aloja una página durante un rato y la hacen desaparecer al segundo siguiente. Desde allí bajó el archivo para infectar el sistema de Universo Media abriéndose camino desde el portátil de Rosa Galiano. Solo había que ejecutarlo. Es fácil pensar que ella no iba a extremar las medidas de seguridad en casa. No iba a protegerse de su hijo. Cualquier momento serviría. Mientras hacía la cena o cuando se metiera en la ducha. La máquina se quedaba encendida. La pantalla iluminaba el salón también muchas noches. Oportunidades no le iban a faltar. Dinero fácil. Nunca le habían ofrecido 12.000 euros por pinchar un *pendrive* y darle al *enter* sobre la imagen de una estrella.

—¿Una estrella? —De los pósits que tenía en la mano, Velasco desprendió uno y se lo ofreció junto al bolígrafo—. ¿Nos podrías dibujar esa estrella?

Nacho buscó con la mirada algo en lo que apoyarse para escribir. Benítez le acercó la mesa elevada de ruedas para servir las comidas.

—Tampoco me fijé con detalle. Solo me pareció curiosa. Era el icono del archivo. —Empezó a trazarla, la borró y le pidió con un gesto otro papel y empezó de nuevo—. Como la de cinco puntas, pero con cuatro, y una cruz en el fondo. Más o menos así.

Les mostró una rosa de los vientos muy parecida a la del logo de la aplicación para la protección de los menores con la que el productor De Páramo dijo haber grabado casualmente su charla con Rosa Galiano. Velasco se guardó el dibujo.

—¿Cumplieron y pagaron?

—Sí, pagaron lo pactado.

—¿En metálico? —seguía preguntando Velasco.

—Sí, claro.

—Entonces, los verías… —insinuó Benítez.

—Sabrá que hay muchas formas de hacerlo sin dar la cara. Quedamos en una cafetería.

—¿En Madrid o Barcelona?

—Allí, en Madrid. Por La Latina. Yo debía esperar que aparcara una *scooter* en la puerta. Color crema. Clarita. De las que tienen una especie de guantera bajo el asiento. Allí estaría, me dijeron. Y así fue. En un sobre.

—¡No me jodas que no viste a nadie, campeón! —Benítez aparcó la cordialidad.

—Vi a una persona con aspecto de mujer.

228

—Explica eso de *con aspecto,* por favor —suavizó el tono Velasco.

—Iba vestida de mujer. Pero los andares y la forma de moverse me parecieron extraños. Cuando se bajó de la moto y corrió hacia una esquina, por ejemplo. Algo brusca. Al salir de la cafetería, ni rastro. Desde dentro me fijé que llevaba una gabardina larga, un pañuelo en la cabeza y unas gafas de esas de sol, grandes, enormes. Aunque yo apostaría a que era un tío.

229

6

*E*l miedo asomaba en sus sueños con la misma cara. Despertaba aterida, con una bata verde de quirófano medio abierta. Un foco la cegaba al intentar aclarar la visión. Cerraba los ojos pero le dolía todavía la intensidad de las luces, como le dolían todos los huesos. Trataba de acercarse las manos a la cara. Los dedos los tenía entumecidos. Quería frotarse los párpados con el anverso de las manos, pero otras que no eran las suyas, y que se acercaban con un aliento intenso de sangre, la detenían.

—Soldado. Muy mal. Hay que conducir mejor —la reconvenía una voz aflautada—. Muy mal, soldado. Porque ya no tienes estrellas. Ahora eres eso, una simple soldado. Vuelves a la casilla de salida. —Y aquel hombre que tenía una cara conocida para ella, pero que la amnesia le impedía identificar, inspiraba tan fuerte que le robaba el oxígeno y anulaba sus mermadas reservas de fuerza.

Todo se nublaba y se fundía en una oscuridad por la que caía al vacío.

Revivía una y otra vez la pesadilla. Antes de superar Somosierra, había vuelto a notar aquel aliento en su propia respiración. Descansó bien. Salió temprano. Lo hizo con el cuerpo cortado por lo que quién sabe si podría ser una advertencia del destino. Se lo decían sus malos sueños antes de que emprendiera cualquier camino con el temor de que un error garrafal delatara a la Organización. Llevaba lo imprescindible, pero quizás en su bolso, en el teléfono o en la guantera quedara el rastro que la relacionara con el mando.

Fueron poco más de dos horas y media de viaje con la boca seca y las cervicales contracturadas. La cumbre se había programado para ese fin de semana. Era el más propicio para que se dieran cita los rangos superiores, los que no podían asistir con frecuencia a las reuniones ordinarias. Ella, viviendo a menos de 250 kilómetros, había estado demasiado alejada. Fueron unas semanas de locos, llenas de compromisos ineludibles. Aunque eso no le restaba un ápice a su implicación en la marcha del día a día. No bajó la guardia. El pensamiento último de todos sus pasos estaba encaminado a la consecución del gran fin. Nunca estaba cerca, pero a cada paso lo veían menos lejos. Tenía unas ganas inmensas de reencontrarse con todos. En su anhelo había un nombre por encima del resto: Juan. O sea, Héctor. Desde Burgos quedaban escasamente diez minutos. Pronto resolvería la duda.

Fue antes de lo que calculaba. Él mismo la recibió nada más llegar al refugio de Cardeñajimeno. Estaba sentado en el porche, de espaldas, en una silla de hierro forjado. Por entre los huecos de los barrotes blancos del respaldado asomaba un anorak echado por encima de los hombros. La cabeza, cubierta por un gorro de lana rojo vuelto a la altura de las orejas. Estaba encorvado hacia una mesa baja, acristalada. Podría ser cualquiera. La silueta no dejaba intuir la complexión de Salaberri, pero no dudó de que se trataba de él.

Héctor Salaberri esperó a que apagase el motor del coche. Permaneció inmóvil hasta oír sus pasos para levantarse y darse media vuelta. Miró el reloj y le dedicó una generosísima sonrisa.

—Tan puntual como siempre, hermana. —Se fundieron en un abrazo cálido. También reparador para sus hombros, que por fin se relajaron—. ¿Cuánto tiempo hace que no nos veíamos, Almudena?

7

Salaberri también se sintió protegido por primera vez en muchos años. Alargó el abrazo en el que se había fundido con Almudena hasta que el frío de aquel páramo congeló sus lagrimales. Levantó la mirada buscando a alguien.

—Y ella, ¿no ha podido venir?

—No, Juan. Corríamos demasiados riesgos. La mantendremos informada.

Juan/Héctor mostró su resignación escondiendo los labios.

—En fin… Otra vez será. Él tiene muchas ganas de verla. Aquí es feliz, pero nos echa de menos.

—Sí, algún día estaremos todos juntos. Pero ¿cuándo?

Cabeceó, y con la mano le mostró el camino hacia el interior de la casona.

—¿Ha venido alguien a husmear?

—No, no que sepamos hasta el momento, Ana —dejó el nombre suspendido sobre el eco que reverberaba en la bóveda central de una escalinata—. Porque aquí somos de nuevo Juan y Ana, ¿tal vez?

Ana/Almudena agachó la cabeza en un gesto que Juan interpretó como un sí.

A través de las vidrieras se colaba el aire. Dejaban pasar un frío que se arremolinaba con el rumor lejano de un jolgorio infantil. Una fiesta entre las paredes desconchadas de una casa en decadencia. Salaberri dedujo que, ante las muestras de la incipiente ruina que afloraba a cada paso, Ana/Almudena recibía una dolorosa punzada.

—Tenemos que hacer la mudanza lo antes posible, sí. No lo deberíamos demorar mucho más.

—Leí el informe. Ahora mismo no hay problema de fondos. Tenemos liquidez suficiente. La última operación ha dado dividendos de sobra.

—Ya no es como cuando reinaba padre. Hay un vacío enorme. Y no hablo solo de la solvencia económica.

—Lo sé, Juan. Esta es nuestra prioridad ahora. Entre los mayores, y con los cinco estrellas de Austria que se han ofrecido a sacar a flote a la familia, pronto estaremos en una mejor situación. ¿Está decidida ya la nueva ubicación?

—La última vez que entré por Francia y seguí por el Cantábrico, llegué hasta el nuevo caserón. La administración ha dado los permisos y ya nos pertenece legalmente.

Habían entrado a una sala diáfana, con las paredes forradas con paneles de nogal barnizado. No haría mucho que le habían aplicado el barniz porque su olor penetrante flotaba en el ambiente. Alrededor, pegados los respaldos a la pared, estaban dispuestos los asientos para los asistentes a la cumbre. Sillas de madera simples, con signos evidentes de desgaste en las patas. Salaberri se acercó a una pizarra instalada al fondo. Se sacudió las manos antes de coger una tiza con el cuidado con el que se selecciona un canapé ofrecido en bandeja de plata. Perfiló un mapa. Se entendía que era el de España.

—Ahora mismo estamos aquí. —Marcó el punto con una cruz—. Y la nueva ubicación, aquí, en los Picos de Europa. —Unió los dos puntos con un trazo sinuoso. Lo coronó con un golpecito sobre el encerado.

Soltó la tiza, volvió a frotarse las manos, espolvoreando los restos antes de ponerse los guantes. El polvillo le provocó un acceso de tos.

—El inconveniente de este hogar no es el frío. Es necesario crecer en condiciones de resistencia, con un clima duro, en un

233

entorno que los haga fuertes, como padre hizo con nosotros. El problema es que la casa se cae a trozos. No podemos contratar a nadie para según qué reparaciones porque verían que esto no es una familia convencional. Demasiado cerca estamos ya del pueblo. Aun así, hemos pasado desapercibidos estos dos últimos años, desde que salimos escopeteados de los Pirineos. Los hermanos mayores han hecho un trabajo estupendo. Ahora es el momento de hacer realidad el sueño. Trasladarnos a la casa perfecta. No tiene nada que envidiar a las del Tirol.

—El traslado hay que organizarlo de manera escalonada. Los vecinos no pueden ver que empieza a salir desde aquí una comitiva de coches.

—Lo tengo diseñado minuto a minuto. Dentro de dos semanas, con los vehículos que nos quedan libres en Grecia, empieza el espectáculo.

—¿Vendrás tú, Juan?

—Eso tengo previsto. Creo que no debo volver a Atenas. —Buscó en el móvil una fotografía y se la mostró—. ¿Te suena? ¿Lo conoces?

Ana/Almudena asintió.

—Es el chico de la inspectora jefe, de Velasco. —Encogió los hombros. Quería saber más—. ¿También está con nosotros?

8

«Como un toro, Benítez, hecho un toro. Con unos huevos como los del de Osborne.»

Salió de casa una mañana más desde Vara del Rey, al trote, notando que corría la sangre espoleada en el calentamiento previo. Pendiente de la brújula del reloj inteligente.

«Esta brújula se parece al dibujo que hizo el hijo de Rosa Galiano. La del símbolo del archivo que metió en el sistema de Universo Media y que al chaval le corroía por dentro. Él cree que ese es el virus que acabó con su madre. Que lo notó él, sí sí. Y es una brújula la de la *app* de protección parental. Ya. Coincidencias.»

Un infierno en las piernas de Benítez en el kilómetro 2.

«Ufff. Bueno, lo de la brújula esa, pues cuando vea mañana a Velasco se lo cuento. Porque la jefa se ha tomado en serio lo del fin de semana de desconexión. Ni una señal de vida. No está muy bien con el doctorcito. Yo diría que no. Mañana, la ropa la delata. Apuesto a que se están dando un tiempo. Malamente. "Nos damos un tiempo" es como decir "lo dejamos" pero con vaselina.

»Le cuento mañana que en el Skype ese que tenemos tan protegido, el que nos montó De la Calle, ayer también nos vimos con el propio De la Calle y con Nico. Y con la nueva contratada esa, con Cristina Puente. Tiene un polvazo. Eso no se lo digas, Benítez, a no ser que se tercie mucho, mucho, pero que mucho. Tal vez se lo suelto medio en broma.

»Lo que le vas a contar es que la brújula la reconoció. La amiga de la comisaria la identificó como el símbolo de la organización.»

235

Madrid Río. Kilómetro 3.

«Aquí siempre me acuerdo de que sigo teniendo a un colega en un piso de Lavapiés. Allí, cuidando a Martita. Su amiguita Arlet se ha convertido en una estrella. Llegará a Hollywood. Como un rayo. De la noche a la mañana.

»Voy en tiempo, voy en tiempo.

»Arlet. Ahora habrá mucha gente que piense en la inspectora jefa Velasco pero vea la cara de Arlet Zamora. Nando y Leo llevan todo el fin de semana con el minuto a minuto de la película. Eso y cotejando los papeles de Llorens y Mongay.

»¡Pues sí que lleva trabajo hacer una peli! Los créditos. Hay una ristra de gente, y venga gente. Que uno dice… ¡La puta que parió al talón! Los créditos de las películas. Eso. No pierdas el hilo, tío. No bajes. No aflojes. No pierdas el ritmo.

»Repasa el guion de lo que le contarás a Velasco: lo del símbolo de la brújula; que la nueva había dejado caer que, como ella no es policía y va por libre, podía intentar entrar en el servidor de Llorens y Mongay, aunque las barreras para acceder a su núcleo eran duras, se lo tomaban demasiado en serio para ser un simple despacho de abogados.

»Ah, y en los papeles del bufete sobre los cambios solicitados por su cliente durante la producción de la película, solo hay tonterías que se alternan con chiquilladas. Correcto. Pero por eso tenía tanto interés Cristina en poder hackearlos. Así cotejarían si lo han entregado todo o se han guardado alguna carta. Llevan numeraciones que no casan con el plan de rodaje. En eso se fijó Leo.

»La tal Cristina va a contar su historia. Buscan más Cristinas. Más Arlet. Más Marías del Mar. Las habrá. Seguro.»

*E*l nombre del documental no estaba decidido. Se había baraja-
do *Los niños perdidos.* No acababa de convencer, pero era el que
provisionalmente figuraba en las claquetas y en las hojas de producción. Seleccionaron a un equipo técnico de confianza. Velasco
convenció a Gálvez sobre quién debía encargarse de ese trabajo.
Lo coproducirían Universo Media —lo emitiría 7Tv o el Canal
8— y Carlos Arrayán. A la inspectora jefe le dio la impresión de
que era su hombre. Un periodista que huía de los artificios. Lo
vio noble y sincero. Si Almudena Granados o el oscuro Jaime
Llorens habían querido utilizarlo, iba a resultar interesante saber por qué y para qué. Tenerlo cerca era controlarlo.

Además, a Velasco se le presentaba una oportunidad para
tener dentro a un aliado en la maraña legal a la que obligaba el
contrato del grupo multimedia con el autor de la saga. El pacto
afectaba a los derechos de imagen de todo lo que anduviera en
los aledaños de *Asesinos de series.* El documental partiría de la
coincidencia con la que se topó una espectadora viendo cómo
al final de la película sale un niño que es como un clon del que
ella tuvo con su captor.

Era el primer día de grabaciones. En un plató en la Ciudad de la Imagen, fuera de los dominios de Universo Media. Debía realizarse con la cautela de que no se filtrara nada
hasta que estuviera empaquetado y listo para emitir. Cristina
Puente iba a exponerse como no lo había hecho nunca. Pero
también María del Mar, la viuda de Toño Saiz. Y sobre todo,

los niños. Giles y Gabriel. Iba a ser muy importante la labor de investigación, pero Arrayán estaba seguro de que una vez puesto en antena surgirían más testimonios. Se sentía apasionado por el proyecto.

—No me tienes que dar las gracias cada vez que nos veamos, Carlos —le había vuelto a insistir esa mañana Isabel Velasco nada más encontrarse en el rincón del *catering*. Una especie de oficina desmontable con una antorcha de calefacción, cuatro bollos y dos cafeteras. El *set* se había habilitado con un fondo neutro.

—Estuve pensando en un croma. Así después podríamos simular un salón, o el escenario que nos diera la gana. Pero me parecía muy artificial. Aquí todo tiene que ser de verdad. Lo que importa es lo que diga Cristina. Su historia tiene la suficiente fuerza para que no se vea distraída por tal o cual fondo.

—En su casa habría sido más cálido, más próximo —apuntó Almudena, que había sido una de las primeras en aparecer.

238
—Más arriesgado también —se sumó ya al grupo Velasco.

Lo hizo casi a la vez que Benítez, que entró vociferando un «Buenos días» que retumbó y se perdió por el fondo del estudio.

—Se trata de preservar el anonimato todo lo que se pueda, Almu —puntualizó la inspectora—. Sabemos que eso va a ser imposible, pero al menos que no se den pistas de dónde vive o a qué colegio lleva a su hijo.

—Qué estupendamente te ha sentado el fin de semana, Almudena —cambió de tercio Benítez—. Vaya colorete de cara más sano traes.

—He estado en la montaña. A ver si lograba respirar y relajarme.

—Iones negativos. Chute de iones negativos y como nueva. Di que sí. Yo me los meto cada día.

—¿En el campo?

—No, más de andar por casa. Parques de Madrid por los que salgo a correr.

Velasco se alisaba el vestido a la altura del pecho. Creía que le había caído una gota esquiva de café.

—Ha sido un efecto óptico, jefa. No hay mancha.

Benítez estaba en modo observador. Parecía que no se le escapara una. Por eso Velasco había escogido un modelo de la colección Pozuelo. No quería oír ningún comentario sobre qué había pasado el fin de semana para que no viniera vestida del fondo de armario de la casa de Alejandro. Lo llevaba en el coche, tras la visita al tinte.

Se había enfriado, sí. Su relación con el doctor no pasaba por un momento idílico precisamente. Ni él había viajado de nuevo a Grecia ni ella tenía un compromiso especial de trabajo. Pero los dos se cruzaron excusas para evitarse. ¿Desconfianza? Tal vez. Algo tendría que haberles influido el episodio de la foto junto a Salaberri. A ella porque, aun queriendo creer a Alejandro, le parecía demasiada casualidad que su pareja y su excompañero traidor acabaran siendo tan amiguitos a miles de kilómetros de allí, donde Salaberri podía estar huido. «¿Y a él, cómo le ha influido?», no hacía más que darle vueltas Isabel; tal vez le había dolido que lo llevara al matadero, a aquel interrogatorio-encerrona con la Queco. O haberse encontrado una copia del reportaje que no era la que él dejó y que le escamara el cambiazo. O tal vez tuviera algo que ocultar. No hablaba claro. Isabel estaba hecha un lío. No le apetecía volver a sentirse como una joven insegura de veinte añitos.

Cayó a la realidad desde la nube de sus pensamientos cuando notó la mano de Benítez en su codo.

—Jefa, venga un momento. —Pretendía apartarla sin llegar a empujarla. En la otra mano mostraba el móvil campanilleando—. Me acaba de llamar Nico. Tiene novedades. Las listas de Llorens.

—¿Las de los registros entre su cliente y la productora?

—Esas. Ya le dije que de forma oficiosa —remarcó *oficiosa* poniéndole tal empeño que hizo que Velasco levantara la cabeza y mirara a un lado y a otro.

239

Tenía la sensación de que Benítez se había pasado de volumen. Se puso el dedo índice vertical sobre los labios. El subinspector bajó los decibelios hasta obligarla a acercarse.

—Que como esto no es muy bonito, ya me entiende, lo de entrar en ordenadores de otros como Pedro por su casa, la Queco le había sugerido a Cristina que podía intentar, de forma distraída, ya me entiende, entrar en los servidores de los abogados. Por echarles un ojo. Sin maldad. Por curiosidad intelectual y formativa.

—No te líes. Al grano.

—Eso, al grano, que es gerundio.

—Pero ¿qué tonterías dices?

—Sí, tonterías… Ya hablaremos cuando me nombren académico.

—Pues, graneando, Pérez Reverte.

—Que Cristina dijo que no había podido acceder, que si tenían unas barreras que no se las saltaba ni Dios y tal y cual. Pues, o la tal Cristina no es tan hacha en esto de los hackeos, o es que nuestro equipo es el campeón del mundo mundial. Textual lo que me ha dicho Nico ahora mismo: «Ha sido coser y cantar».

—No me jodas, Benítez, que nos metemos en un lío.

—Así se lo he dicho. «No me jodas, nene, no me jodas. Que nos cazan y se te cae el pelo.» A mí, no. —Se pasó la mano por la calva en un gesto tan suyo como sus andares—. Pero dice que no hay de qué preocuparse. Era un *link* de un efe té pollas.

—Ya te estás poniendo muy técnico.

—O como se diga, un enlace abierto que se han dejado en su propia web y que permitía entrar hasta el costillar.

—¿Y?

—Que el tal Llorens nos lo había dado casi todo. Solo casi. Se había guardado unas cuantas variaciones exigidas por su cliente que afectaban a Arlet.

—Bueno, habrá que valorar qué peso pueden tener. Ya sabes que Arlet Zamora es también cliente del despacho, que ellos la representan.

—No, no me he explicado. —Meneó la cabeza de izquierda a derecha—. No eran cambios que afectaran a la actriz Arlet Zamora, que a la sazón hace de la muy ilustre inspectora jefe Isabel Velasco, aquí presente, no. Eran cambios que tenían que ver con el personaje de Arlet. La Arlet de la ficción. La que interpreta Judith Alonso.

—¿Y qué sabemos de la tal Judith?

—Un poco más y pasa desapercibida hasta para la Wikipedia, jefa. No ha hecho muchas cosas más allá de un par de series en la televisión catalana, dos cortos y un telefilme en una coproducción austro-alemana.

—Pues pon a Nando a fondo con ella. A Leo, que ya debe aborrecer la película de las narices y le deben salir los diálogos por las orejas, que le dé un repaso centrado en ese personaje. Cotejando los documentos que no teníamos hasta ahora, por supuesto.

—Literal literal literal. Cuando tú vas…

—Y el jeroglífico de ahora, ¿de qué va?

—Un *crack*. Un puto *crack* es lo que soy. Exactamente lo que me ha pedido es lo que les he adelantado ya a los chiquillos. Nos vamos conociendo…

241

10

El hijo de Cristina Puente estaba entretenido jugando sobre una alfombra con un par de puzles de piezas enormes. Tenía dos coches en miniatura a sus espaldas que, de momento, no habían llamado su atención. En ese rincón iban a grabar unas imágenes de recurso. Cómo se conocían Gabriel y Giles. A ver cómo reaccionaban al verse. En función de lo que pasara, siempre estaban a tiempo de decidir si utilizarlas o qué tratamiento darles. María del Mar y Gabriel aparecieron al fondo. La entrada industrial de la nave recibía un enorme haz del sol de media mañana. Superado ese umbral, Gabriel se soltó de la mano de su madre y salió corriendo con los brazos abiertos. Dudó en los tres o cuatro primeros pasos, cegado quizás por el contraste de luz. Después retomó una carrera alegre y decidida hacia Almudena Granados. Se abrazó a sus piernas metiendo la cabeza a la altura de sus muslos.

—¡Tataaa! ¡Tataaa!

T02x07

1

—*Q*ue la ha llamado *tata*...

—¿Quién a quién, Benítez? —A Velasco se le había escapado la escena. Estaba charlando con Cristina.

Almudena se había quedado con la cara a cuadros, inmóvil, con los brazos en alto, como si la estuvieran apuntando. María del Mar se apresuró a retirar a su hijo.

—Perdona. Debe haberse confundido. Te das cierto aire a una de las enfermeras.

—Por dios. No hay de qué disculparse.

Todo ocurría bajo la atenta mirada de Velasco, que estudiaba cada movimiento de su excompañera. Le lanzó un guiño cómplice, para que se relajara y se dejara llevar. A ver si así, siendo más vulnerable, cometía algún error. Actuar bajo presión no era el fuerte de Almudena Granados.

Observó cómo se agachaba hasta ponerse a la altura de Gabriel. Lo miró a los ojos y le dio un tierno beso.

—¿Cómo te llamas? Yo soy Almu. Almudena.

Gabriel torció la cabeza sin retirarle la mirada. Levantó la vista hacia su madre, pidiendo permiso. Lo tuvo.

—Soy Damián. Y me llaman Gabriel.

Tampoco era grave la confesión del pequeño. Se iba a contar su historia. Así lo había decidido su madre. El objetivo era encontrar más testimonios que llevaran a una pista sobre su padre.

Cristina les habló esa misma mañana de cómo había empezado a trabajar con el equipo de Ernesto de la Calle en un programa que buscara las variables de edad, origen, formación, posición económica y otros criterios que pudieran afinar la búsqueda de chicas desaparecidas.

—¿Tienes alguna hipótesis?

—Es mejor trabajar con intuiciones que con posibles certezas, ¿no le parece, inspectora? Así lo hizo Steve Jobs y no le fue del todo mal.

Cristina argumentaba que si la organización para la que ella estuvo trabajando durante su cautiverio era la misma que secuestró a Arlet —a la que le habrían robado a su hijo— o la misma de la que pudo huir Damián/Gabriel, era plausible que utilizaran a otras Cristinas u otras Arlet.

—Vamos a ver qué podemos tener en común la actriz y yo. Y qué nos une a otras chicas desaparecidas. Si cuando se emita el reportaje surgen más, los criterios se podrían ir afinando.

El objetivo podía ser tan paradójico como macabro: para ser más precisos en la caza, era necesario que salieran a flote más víctimas.

2

*T*res novelas empezadas. Dos en la mesilla de noche. Otra en formato digital en un *e-reader* que, a razón de lo que veía en su entorno, se estaba quedando obsoleto. Todas eran del género del que ella misma formaba parte. Hasta entonces no había asumido bien las licencias creativas que se tomaban Lorenzo Silva, Dolores Redondo o Laura Gomara. Después de verse proyectada en su *alter ego* de ficción —en la otra Velasco—, asumió que hay algunas claves de la dimensión real que son demasiado fantasiosas para pasar por ficcionadas. «Esto lo llevas al papel y no hay dios que se lo crea.» Por su vida transitaban muchas tramas de serie B. En todos los ámbitos. Algunas se sucedían sin solución de continuidad. O tal vez es que ella estuviera más susceptible.

Se convencía a sí misma de que el periodo de desconexión que Alejandro y ella se habían dado le iba a servir para poner en orden emociones y deberes. Al final, su balanza siempre se decantaba hacia los últimos. Los libros estaban entreabiertos y las vidas de sus personajes congeladas porque le era imposible concentrarse en la evasión. Empezaba a leer y por las autopistas de conexiones entre sus neuronas solo había escenas y protagonistas del caso que tenía abierto. Cerraba el libro.

Velasco estaba sistematizando en sus apuntes los avances de esa jornada. De fondo, la tele con un culebrón latino. Era lo único que no le generaba mala conciencia si se marchaba de él, porque podía volver en cualquier momento y, como el dinosaurio, si en algún instante lo retomaba, todavía estaba allí.

Contempló a una chica llorosa, con el corazón encogido aunque sobreactuado:

«Ya no más pulsos, no. Serás más feliz cuando yo no esté. Me echarás de menos por poco tiempo. Ya sabes que siempre te deseo lo mejor.»

¡No puede ser! ¡No puedeee ser!

Paró la imagen. Rebobinó. La pantalla se fue a negro.

—¡Mierda mierda y más mierda! ¿Ahora te vas a estropear? ¡Tanta fibra y tanta leche!

Pulsaba compulsivamente el mando alternando con nervio el *on* y el *off*. Cuando parecía que iba a volver en sí después de reiniciarse, se le fue el dedo al botón de *stop* y el aparato obedeció. Se paró.

—¡Cojones, qué torpe eres, hija de mi vida!

Se dejó caer en el borde de la cama. Salió rebotada, como si hubiera puesto sus posaderas sobre un muelle. Era el sonido del teléfono. Estuvo a punto de contestar llevándose el mando a la oreja. Corrigió antes de saludar a Benítez.

—Estaba a punto de llamarte yo.

—Siempre nos ha funcionado la telepatía. Lo que podríamos ahorrarle al ministerio en teléfono.

—Barbaridades, ya te digo.

—Pues usted dirá.

—No, que estoy a la espera de recuperar la prueba de cargo. Lástima que la tecnología me lo esté poniendo difícil. Así que usted primero, caballero. Canta tú.

—Acaba de aparecer el cuerpo de Téllez.

Un silencio.

—¿Sigue ahí?

—Sí sí. Perdona. Esto se está arreglando. ¿Me decías?

—Hoy vamos con las luces cortas, ¿eh?

—Sí. Llevo unos días que son los de la torrija.

—Le decía: ha salido a flote el cuerpo de Téllez, el financiero de Universo. No dejó el coche allí como anzuelo.

—No hay caso basado en ninguna serie, entonces. No es como en *The good wife*.

—Afortunadamente.

—Sí. Aunque desafortunada para el financiero y para los suyos.

Benítez sentía el mismo alivio por el que había rezado Isabel. En términos reales ya habían dado por descontado que, en escenarios como el de la desaparición de Téllez, es muy improbable que aparezca el cuerpo de otra forma que no sea emergiendo de las aguas que lo ocultaron. Y, sobre todo, no deseaban bajo ningún concepto volver a aquella demencia de la cadena de asesinatos con el recadito de una ficción.

—Se cierra esa vía, pero cuando oigas lo que te voy a poner, si el puñetero aparato me lo permite, igual no nos las podemos prometer tan felices —advirtió Velasco desde el otro lado de la línea.

La conexión por fibra se había repuesto. Entró en el canal de las telenovelas y buscó el momento de la chica sollozante. Acercó el teléfono al altavoz.

—¿Te suena?

—Me suena a culebrón venezolano de los noventa.

—Pues es de hace dos años. *Belleza y traición.* ¿Eso te va sonando más?

—Claro, ese es en el que estuvo trabajando Marta Juncal, la chica del blog *Asesinos de series*. Trabajó de maquilladora.

—Vamos bien. Pero lo más inquietante es lo que dice. ¿Te lo pongo otra vez, Benítez?

—Si no hay más remedio.

Esta vez procedió sin complicaciones técnicas.

—Si le digo la verdad, jefa, sonarme sí que me suena. Pero no tengo ni puta idea.

—¿Recuerdas el informe en el que comparaba las notas de despedida? Había un texto que no cuadraba. No usaba el mismo lenguaje. No se expresaba igual. La puntuación era totalmente distinta…

—El de Rosa Galiano.

—Y lo que dice esta actriz es casi calcado a lo que encontramos en el archivo de Rosa Galiano. No puede ser una coincidencia.

—Sería extravagante, por no decir acojonante, que recurriera al guion de un folletín en el supuesto borrador de su nota de suicidio. —Hubo un silencio reflexivo que rompió una conclusión del propio subinspector—: Claro, que sería peor que un asesino perturbado lo usara para decirnos algo.

3

«*L*a vida es eso que pasa mientras estás trabajando o recogiendo el desastre de la habitación que te han dejado unos asaltantes.» Así se lo había dicho Andrés, el publicista creativo de las grandes ocurrencias. Y exactamente así lo vivía Marta. En esas estaba cuando supo que tenía visita.

—Vienen a verte —oyó desde el otro lado de la puerta, acompañado de dos golpecitos con los nudillos.

Era la voz pastosa de Mencía. La que ella no podía soportar. Creía oler su aliento a carajillo desde allí. Tampoco le había ocurrido nada que pudiera tachar de desagradable con el agente que supuestamente los protegía. Pero no se habían gustado el uno al otro. Era una evidencia. Y empeoró desde el allanamiento. Si Marta ya había sido punzantemente crítica con la falta de sangre y carencia de profesionalidad de David Mencía basando su opinión en «una cuestión de piel», desde entonces tenía fundamentos más sólidos. No le gustaba su actitud. No soportaba sus miradas. No aguantaba su presencia. Ese criterio no lo compartían ni Rubén ni Andrés. Les parecía un policía cheli, que además tenía su gracia con aquellas cosas que les dictaba para la columna del Roqui en el blog.

Marta había intentado que no le condicionara demasiado su vida. Salió al salón, donde ya estaban Velasco y Benítez. Mencía cerraba su ordenador y Rubén colocaba en su sitio unas fichas de un juego de rol que a Marta le sonaban de su olvidada adolescencia.

—Os dejamos. Nos vamos a mi zulo a seguir la partida —se despidió Mencía, que había entendido que sus compañeros querían tener una conversación privada.

Nada más encajarse la puerta, Velasco fue al grano:

—Marta, te acordarás del tiempo en el que estuviste trabajando en *Belleza y traición*.

—Cómo no. Fue mi primer trabajo de maquilladora aquí en Madrid.

Benítez sacó su teléfono. Uno de esos que por el tamaño de la pantalla ya va camino de ser una *tablet*.

—Nos gustaría que vieras esto.

Los tres contemplaron la secuencia donde la actriz, con acento mexicano aunque fuera una serie española, declamaba el texto del archivo eliminado de Rosa Galiano.

Otra vez aquellas palabras que Marta se sabía de memoria. Y la cara de Lupita, a la que no veía desde el rodaje. De la que no había vuelto a saber nada.

—Sí, ¡es Lupita Apud, la mexicana! Contrataron a varias estrellas de las telenovelas de países donde funcionan como un cañón. Para venderla allí. Lupita es una *crack*.

—Pero lo que dice la tal Lupita, ¿te sugiere algo?

—Sí, también también. Me hace gracia. Me parece curioso que de los cientos y cientos de capítulos de la serie me traigan justo ese corte. ¿Le ha pasado algo a Lupita? ¿Le ha ocurrido algo a Arlet?

Marta comprobó que los policías se extrañaron cuando mencionó a la otra actriz, a su amiga de la infancia. Parecían contrariados.

—Es que fue una broma entre Arlet y yo durante mucho tiempo. Por eso lo tengo tan presente. Una de esas bromas recurrentes. De las que se crean cuando hay complicidad. —Marta notaba cómo estaba verbalizando algo que le dolía desde hacía meses. La amistad de dos niñas que crecieron juntas en Anticaria se había desvanecido—. Arlet y yo veíamos la tele juntas desde que éramos pequeñas. Siempre nos quedábamos con un diálogo que después reproducíamos intentando imitar al personaje. Arlet era una payasa. Pero lo bordaba, la cabrona. Cuando llegamos a Madrid, ella venía a verme al plató de vez en cuando. Era una forma de hacerse ver en el mundillo al que ella quería pertenecer. Arlet vino el día que se rodó esa secuencia con Lupita. Se tuvo que repetir seis o siete veces. Las suficientes para que Arlet memorizara cada uno de sus gestos; para que hiciera suyas las palabras del guion.

4

*I*ba a contar para sí misma hasta diez. No, mejor hasta catorce. Le gustaba más ese número. El de Cruyff. Si una vez arrancado el coche —bueno, mejor en marcha— y contados los catorce, Benítez no hacía ninguna alusión al cargamento, es que el mundo estaba cambiando. El mundo donde habitaba Benítez la Portera. Velasco lo llamaba así con cariño y hasta con la admiración de ver cómo en un tosco policía —macho alfa garrulete en apariencia— podía crecer un chafardero insaciable. Un cotilla que seguro que se moría de ganas por preguntar sobre por qué había abatido los asientos traseros del vehículo. En el camino de ida hacia Lavapiés le había contado no menos de cuatro miradas alternando las de soslayo con el retrovisor.

Doce, trece y…

—Va a parecer que me meto donde no me llaman, jefa. —Y con el pulgar apuntó hacia la parte de atrás del coche.

Apuesta ganada. Sobre la campana. En el último segundo. Pero seguía estando en forma. Era capaz de traspasar mentes que leía estudiando de manera intuitiva el comportamiento.

—Me he tenido que morder la lengua cuando íbamos para el piso —fue la confesión de él, ya rendido.

Velasco también sopesaba que si no lo había hecho antes fue porque era consciente de cómo estaba la cosa con Alejandro y se debatía entre el interés, la curiosidad, y la prudencia.

—Si lo preguntaba —siguió Benítez corroborando la teoría de la inspectora jefe—, iba a pasar por un metomentodo de campeonato. Pero si no decía ni mu…, tampoco quería que pensara que soy un insensible. Ya sé que con el doctorcito algo está fallando.

—*Stand by.*

—Llámelo equis, sí. Aceptamos pulpo. No sabía si ha empezado a hacer el traslado de cosas. Porque ya sé que usted se ha ido de Pozuelo, ¿no?

A Velasco el dato la pilló descolocada.

—¿Cómo sabes eso? Si llevo cuidado hasta en el vestido que elijo para evitar el jueguecito este de tus averiguaciones.

—Con el vestido, sí. Pero hay otros elementos. A Watson no se le escapa una. El champú. —Ante los ojos salidos de su órbita de su superiora, Benítez apostilló—: Clarinete que no es el mismo. Cuando viene de su casa, el cabello lo veo más sedoso, con más brillo. Huele mejor.

—Pues porque yo lo valgo.

Velasco le marcó el punto y seguido. Le explicó que iban a acercarse a un trastero de Ventas, no muy lejos de donde vivía María del Mar.

—Estuve hablando ayer en el plató un buen rato con ella. Hemos quedado que nos va a dejar un par de cajas enormes. —Como no podía soltar el volante las describió inflando los mofletes—. Cajas donde Toño guardaba documentos de lo que la jueza de Benasque nunca le admitió. Lo estaba recopilando por si algún día se pudiera utilizar como material documental sobre sus investigaciones en el Pirineo, alrededor de la casa de la extraña familia que él siempre sostuvo que era una secta, de donde se cree que se escapó el que ahora es su hijo. Marimar me estuvo explicando que el niño estuvo en *shock* mucho tiempo. No hablaba. Ya sabes que dedujeron su nombre por la camiseta deportiva que llevaba. Me parece que es interesante tenerla. Ella la guardó y también nos la traerá.

255

—¿*D*ónde va todo esto? —preguntó Leo sosteniendo una caja a pulso.

—Luego repartimos. Hay para todos, niños. ¡Hay para todos! —animaba Benítez—. Dejadlas en la sala de reuniones. Dice la jefa que la avisemos cuando las hayamos subido todas.

Cuando María del Mar le comentó que su marido había guardado el material de su investigación, no podía imaginar que fuera tanto como para ocupar aquellas cuatro cajas típicas de mudanza, de 60 por 40. Clasificaron su contenido en grupos: había dibujos y tareas infantiles; documentos que parecían de la contabilidad común de la casa a la que pudieron entrar tarde; escritos del propio subinspector en los que se alternaban anotaciones de cuaderno de bitácora y reflexiones íntimas; copias de solicitudes que Toño Saiz tramitó en los juzgados sin respuesta satisfactoria; transcripciones de sus conversaciones telefónicas con la jueza Castillo. Y después estaba el material fonográfico. Entre archivos en mp3 con audios en los que hablaba con los vecinos de la zona buscando testimonios de su relación con los habitantes de la casa de Anciles, y los vídeos grabados con su móvil o cámara de la Policía en ristre, se acumulaban cientos y cientos de horas para repasar. También había un dron con un disco duro en el que volcó los registros de aquel pájaro con cámara.

«Fueron muchos años. Y fue muy grande su obsesión. Le quitaba el sueño. Fines de semana y días de libranza. Dedicó su vida y solo le dieron la espalda. No todos. Apareció Damián;

Gabriel. Y eso lo compensó absolutamente todo», le había explicado María del Mar a Velasco.

La camiseta no estaba en esas cajas. La ropa que llevaba su hijo cuando nació de nuevo se la dio en mano, cuidadosamente doblada y planchada en una bolsa con asas de cuerdecilla, de las de tienda de buen calzar.

—Empezaremos por esto. —Así dio por iniciada Velasco la reunión con su equipo. Desplegó la camiseta del Manchester City, réplica de la equipación oficial de la temporada 2012. Había buscado imágenes en Internet para empezar una nueva línea de pesquisas—. Es la que llevaba Damián cuando fue encontrado por Toño Saiz en marzo de 2016. Eso quiere decir que las camisetas…

—O se compraron ya de *outlet* —la interrumpió Leo—. Perdone, inspectora. Es que mi sobrinico es muy aficionado a los equipos de fútbol, de todos los países, ¿sabe? Y yo soy su suministrador oficial. Me lleva como loco el chacho. ¿Me deja echarle un vistazo?

Velasco le lanzó la camiseta.

—Vamos a ver. —Leo le miró las costuras pasando el dedo por encima, le dio la vuelta y examinó las etiquetas del cuello y del lateral interior—. Lo que yo me imaginaba. Tal cual. Falsa de toda falsedad. No es la legal. Una imitación baratera.

—¿De las de top manta? —preguntó Benítez.

—Seguramente. De top manta o de las que te envían por Internet desde la Cochinchina.

—Y esa gente que estaba aislada en su mundo, perdidos en la montaña, ¿iban a ir a la ciudad a comprar camisetas a un tenderete de senegaleses para echar un partidillo de fútbol, jefa? —le daba vueltas el subinspector.

—Ya… —Velasco se quedó pensativa—. Quizás entre los papeles incautados y los que conservaba Saiz encontramos alguna factura, algún apunte. ¿La etiqueta no da ninguna pista?

—La talla. Y poco más. *Made in China* y a correr —sentenció Leo.

—Nico, Ernesto: igual es una locura pero si no lo hacemos, nos quedaremos con la duda.

Los aludidos adquirieron la posición de estar preparados para recibir el impacto.

—¿Podemos rastrear en Internet quién vendía camisetas del Manchester City de imitación desde la Cochinchina o desde donde sea entre 2012 y 2016?

Un gesto de alivio relajó los ceños de De la Calle y de su ayudante.

—Puede ser como lo de la aguja en el pajar, lo sé. Pero si no nos sentamos en el pajar, imposible que se nos clave en el culo. —Velasco, en su versión más gráfica.

—Estaba imaginando qué opciones hay de poner Internet en el año 2012. —Ernesto de la Calle se implicaba.

—Si colabora un buscador como Google, no es imposible —intervino Nico—. Una vez lo hizo durante un día para todos los usuarios. No recuerdo bien si fue con motivo de un aniversario redondo. Algo así sería. Entrabas en una página que habían puesto en marcha y era como acceder al Internet en el año de Maricastaña. Visualizabas las páginas de ese día con el diseño de la época. Nos ponemos a ello.

—Si damos ese paso, tampoco creo que haya tantas opciones para comprar y que te envíen camisetas fules del City a España —remarcó Leo—. No hay mil opciones. Se lo digo por experiencia.

El resto de la reunión sirvió para repartir el resto de tareas.

—Este caso nos acabará convalidando como un máster en audiovisual —comentó Nando al saber que, junto a Leo, que ya se había especializado en los subtextos de la película de *AdS,* debía revisar todo el material de vídeo y audio que había en las cajas.

Velasco y Benítez también pusieron al corriente al resto sobre la última coincidencia: la de la posible nota de despedida de Rosa Galiano.

—Tampoco habría que descartar que, si era parte del guion

de un culebrón que producía Universo Media, y siendo Galiano entonces una productora ejecutiva con mano en los contenidos de las series, con lo que nos encontramos no sea más que el texto original —valoró Nico.

—A ver, explícame bien eso —le pidió Isabel.

—No es una nota dejada con el fin claro de «Me voy a suicidar y dejo dicho esto». Cuando analizamos su ordenador, ese archivo salió de entre el material removido. Es posible que el origen fuera, incluso, una parte de un archivo borrado o dañado. Buscaremos por si ese fichero puede aportarnos más datos. Pero a lo que me refiero es que muy bien podría haber pasado el guion de la serie por su ordenador. Podría ser simplemente eso.

En ocasiones, después de que el prurito profesional les hubiera hecho mirar y remirar lo que tenían ante sus ojos con la agudeza crítica necesaria y no dar por buena ninguna evidencia simple, en ocasiones, y solo en ocasiones, la primera mirada, la que se hacía de frente, era la que valía. Aunque el tiempo que se pasaba dándole vueltas a la misma manzana ni se perdía ni hacía que la manzana se pudriera. Siempre servía para darle el mejor bocado.

259

6

$\mathcal{A}$l margen de la *autopsia* del equipo informático de Rosa Galiano, tenían sobre la mesa dos más.

Las cuentas auditadas de la compañía, donde la conclusión a la que llegaban los analistas de Delitos Económicos es que no aparecía nada que hiciera sospechar de que Universo Media estuviera pasando por momentos delicados como para plantear un escenario similar al del caso de France Télécom.

Por otro lado, manejaban ya los primeros datos de la autopsia de Téllez. La causa de que su cuerpo saliera a flote en el pantano de San Juan: la sequía que había hecho bajar los niveles hasta donde nadie recordaba desde hacía décadas. Más, incluso, que en la acuciante falta de agua de los noventa. La situación se había agravado en el otoño de 2017. Un año después, no se había recuperado. El cuerpo de Téllez había sido arrastrado hacia una roca caliza de la orilla. Quedó dando la sensación de que se aferraba a ella para salir del pantano. Los brazos, abiertos como si la abrazara. El estado de descomposición había hecho que el chaleco lleno de pesadas piedras se le torciera y perdieran contacto con la delgada estructura ósea que quedaba de él. El lastre con el que lo hundieron sirvió para todo lo contrario. Lo hizo emerger. Y Andreu, el forense, les aseguró que había sido golpeado fuertemente en la cabeza antes de que le entrara agua en los pulmones. No conocía a nadie que dándose un golpe de esa contundencia y que le provocara una fisura tan profunda como la que presentaba el cadáver, se lanzara voluntariamente al agua cargado con el chaleco mortal.

—Por cierto, jefa. Que nada de paquetes —recordaba Benítez—. No hay paquete recogido en el caso de Téllez. No lo había en el coche. No le llegó al despacho. Tampoco a Correos.

Cada vez había menos lugares comunes entre las muertes de Galiano, Agustí y Téllez. Se seguía manteniendo la más evidente: los tres tenían un cargo de responsabilidad en Universo Media, la empresa multimedia que había publicado el libro y había producido la película de *AdS*.

Pero sobre la *película* real, Velasco y Benítez apostarían todo lo que tuvieran a que aún no habían aparecido en pantalla todos los que optaban al premio a la mejor interpretación.

261

7

*D*iez llamadas a la semana por reclusa. Las últimas de Ana Poveda las había recibido el periodista Carlos Arrayán, ahora coproductor del documental en el que Cristina Puente explicaba su caso. No fue muy explícita en ninguna de aquellas llamadas. Tampoco resultaba nada nuevo para sus compañeras de Alcalá Meco, o para las funcionarias, con las que últimamente solo intercambiaba monosílabos. Ese fue el rasgo fundamental en su cambio de carácter. Cada día, «más huraña e introspectiva». Cada mañana, «menos comunicativa y desarrollando síntomas de sufrir fobia social, con tendencia a la misantropía por su aversión al trato con otras personas». Una evolución experimentada durante el año que llevaba en prisión preventiva.

Ana Poveda fue acusada de los delitos de detención ilegal, pertenencia a organización criminal y cooperación necesaria en el secuestro de Arlet Zamora. De otras retenciones en las que pudo haber participado no quedaba constancia en la instrucción. No había pruebas concluyentes. Solo indicios. Algunos, orillados como moneda de cambio por su buena predisposición a colaborar con la Justicia. Aunque eso se limitó a las primeras semanas. Entonces Ana Poveda tenía la impresión de que serían más benévolos con ella y que la cárcel no resultaría tan asfixiante. Así se lo decía, una y otra vez, a la trabajadora social que hacía su seguimiento.

Quedaba reflejado en las transcripciones de esos encuentros.

TS (Trabajadora Social).– ¿Hay algo que te irrite especialmente? ¿Qué es lo que te hace sentir tan mal? ¿Tienes enemigas aquí?

AP (Ana Poveda).– Todas. Todas esas zorras. Aquí y fuera. Me habéis mentido. Conmigo no se juega. No se juega.

TS.– ¿En qué te han mentido?

AP.– No. *Me han,* no. Me habéis engañado. El sistema. Tú, el juez, mi abogado, la zorra de Indira [se refiere a la presa de confianza que se le asignó como compañera de celda para que la protegiera en su ingreso y para facilitarle la integración]. Esto no era lo acordado. Yo hablé. Yo dije lo que sabía. [Aquí se arranca a reír con unas carcajadas descontroladas. Está desencajada y agresiva]. Pero ¡os vais a achicharrar todos en este puto infierno! Yo no pienso decirlo todo. ¿Todo? ¿Creéis que soy tan gilipollas para haberlo dicho todo? ¡Y una puta mierda! ¡Se harán con el poder! ¡Lo controlarán todo! ¡Y entonces vendrán a salvarme a mí mientras vosotras os quemaréis vivas! ¡Arderéis y se salvarán los Cinco Estrellas! ¡Ellos están llamados a gobernarnos! ¡Esa hija de puta es la más mentirosa de todas! ¡Esa zorra es la que está traicionando la causa, ella es el demonio, y cuando le corten la cabeza en la Organización, podrá hacerse la limpieza total! ¡Esa cabrona no sabe lo que está haciendo! ¡Que hable, que hable y obtenga su minuto de gloria! ¡Está aquí, y allí, con esa lengua pecadora! ¡Esa puta de las más malas putas recibirá su merecido!

263

También se leía en el informe de seguimiento:

Cuando Ana Poveda empezó a proferir esas amenazas y los mensajes aquí transcritos, se avisó con el pulsador para que las funcionarias procedieran a reducirla. Se le inyectó un calmante por prescripción de la doctora Gomáriz. Seguimos su evolución con cierta preocupación. No se comunica con el resto de internas. Mantiene una actitud hostil con todas ellas. Ha solicitado que se cambie a la compañera con la que comparte la celda. Existe un informe favorable para trasladarla a una de las 38 interiores e individuales. También insiste en que quiere hablar con la prensa. Se ha recibido la solicitud de un periodista, Carlos Arrayán. Con las medidas de seguridad oportunas y teniendo acceso a esa posible conversación, vemos la opción como una oportunidad recomendable para escucharla y observarla interactuando con alguien ajeno al recinto penitenciario.

Pero los trámites para que la Dirección de Instituciones Penitenciarias le diera el visto bueno a la entrevista se enredaron en papeleo y burocracia. La intermediación del juez Santolalla tampoco pudo hacer nada. Isabel Velasco se empeñó personalmente en hacerle ver la conveniencia de escucharla. Algo había hecho que un resorte oculto estallara de repente en Ana Poveda.

—Tengo la impresión, señoría, de que es el cable que nos puede conectar la anterior causa (por la que ella está en prisión) con el frente que ahora mismo tenemos abierto.

—Velasco, no dudó nunca de su sutil intuición, pero nos iría mejor si hubiera algo más sólido a lo que aferrarnos. Eso que comúnmente solemos llamar pistas, o evidencia en su defecto. —El juez la miró por encima de sus gafas.

—No le estoy pidiendo ninguna instrucción especial. Solo va a favor de los derechos de la reclusa. No le solicito que medie para convencerla de que se someta a un interrogatorio. Se ha ofrecido ella. Aquí está la solicitud. —Le dejó el dosier sobre un salvadocumentos acolchado y picoteado por la pluma que soportaba el tic del juez, el mismo que frenó en ese instante para hojear el informe.

—Ya veo. ¿Ha sido ella la que ha pedido expresamente a este periodista?

—Ella se ha referido, en sus arrebatos, a que también quiere hablar con «quien ha escuchado a esa zorra». Señalaba a la tele. Fue después de que saliera la primera parte del documental que ha hecho Arrayán sobre el caso denunciado por Cristina Puente.

Aunque sabía que no podría utilizarlas, en espera de que

llegara la autorización, Carlos Arrayán había grabado todas las llamadas de Poveda. Se resumían en frases muy similares a las que recogía el análisis psiquiátrico hecho en prisión. Una sarta de amenazas delirantes sobre el apocalipsis que aguardaba a un mundo en el que la primera en arder iba a ser «la puta de entre todas las putas que saca culebras de mentiras y odio por la lengua».

Arrayán se quedó en puertas de conseguir el testimonio la mañana en la que se desplazó con el equipo mínimo autorizado para rodar la charla con Ana Poveda. La presa no salió al locutorio.

A las ocho en punto, a la hora del desayuno, un silencio tenso se adueñó del comedor.

—Ay, chiquilla, ¡qué mala vibra me está dando esto hoy! Un *bajío*…

Azucena, funcionaria de prisiones, hizo esa observación llevándose la mano a la boca del estómago. Andaluza de Carmona. Toda la vida en Prisiones. Solo hacía tres meses que había conseguido el traslado a una cárcel próxima a Madrid, donde vivía el marido de una presa al que había conocido en las visitas y del que se había enamorado hasta las trancas. Azucena se las sabía todas. Las triquiñuelas y malas artes de las presas. Y cuando había unos ojos limpios esperando ser salvados, también los cazaba al vuelo. Por eso sentía un profundo dolor y una pena «de esas que te entra un pellizco aquí». Su centro de conexiones sentimentales pensaba que se enredaban en ese otro cerebro que tenemos por el vientre.

Aquella mañana el tiempo parecía haber cogido otro paso. Las reclusas se movían a cámara lenta, como si en el sigilo no quisieran dejar eco del movimiento de cuchillos que se estaban afilando. Ocho y cuarto. Fueron las agujas del reloj las primeras en punzar. Ninguna otra señal. El segundero del gran reloj que colgaba de la pared, desnuda si no fuera por él, marcaba

265

el paso. Cuellos en tensión. Así lo habrían pactado todas las bandas unidas para el mismo fin, y mira que es difícil aunarlas en una causa. Cada una con sus taifas y sus egos. Pues aquella mañana todas fueron una. Todas menos Ana Poveda. Ella siguió con la cabeza gacha, mirando su bol pero sin probar ni un copo de los cereales mustios —«Hay que ver, se le *quean* ahí *choníos*»—, muertos en leche.

Si se da una señal, ya queda rastro. Si una grita, se puede seguir su pista. También quien haya tirado los cubiertos para dar el pistoletazo de salida se está señalando. Sin embargo, si cuando el reloj marca las 8:15, todas a una se arremolinan en torno a Ana Poveda, la ocultan entre el bulto de la multitud y empiezan los gritos, con golpes de caballería emulados con los nudillos sobre el tablero, y se oyen arengas que ahogan el aullar despavorido de la víctima; si pasa todo eso en segundos, solo da lugar a reaccionar cuando el bol de Ana Poveda sigue tambaleándose pero ya no hay quien lo mire. Goteaba la leche sobre el charco de sangre en el que yacía, inerte, Ana Poveda. En silencio para siempre.

8

*U*n azul añil se quema por un destello ocre. La imagen volvía a ser estable tras reponerse del fogonazo. Un cielo limpio se expandía por toda la pantalla ya con el sol amilanado, casi fuera de plano. Un ojo que todo lo ve vuela sin norte, a la deriva. Gira ladeado hacia la izquierda. El rayo natural está ahora a la espalda. Mirada al aire. Arriba, hojas de pinaza y de abetos. Hayas imponentes. Baja el párpado y el ojo del dron parece tomar una trayectoria más estable. Aumenta la velocidad con decisión. Planea sobre las tejas de una casa de piedra. Aislada. Es una planta que mira hacia un enorme prado. Más allá del verde, un precipicio se protege de los desastres con una alambrada. Contra ella está a punto de impactar. Se tambalea con una leve vibración. Se escora. Da la impresión de estar muy cerca de perder el control. Se repone y supera el obstáculo. En ese viaje ha sobrevolado las cabezas de una chiquillada. Corren. Juegan como si fuera una casa de colonias. Quizás estén en el recreo. En el rectángulo central, dos equipos. Juegan al fútbol. Rojos contra azules.

Pausa.

—¿Estas imágenes son de 2012, Leo?

—Ese es el registro del disco duro, jefa. No están grabadas con el dron que venía en las cajas.

—¿Eso cómo lo sabes? —preguntó Benítez.

—Lo vamos a comprobar todo enseguida. —El murciano estaba preparado para darle de nuevo al *play*.

—Se capturaron en el ordenador que recibía por radioenlace la señal del dron, en el monitor que sirve para pilotarlo —aclaró Nico.

—Llevan puesta la indumentaria con la que se encontró al hijo de Saiz. ¿Lo ve? —Nando había congelado la imagen de uno de los niños que vestía de azul celeste en un plano más cercano—. Es la misma camiseta. Serían una falsificación, pero eran de esa misma temporada.

—¿Y sobre el origen de las equipaciones también decíais que habías cantado bingo?

—Exacto, Benítez —volvió a tomar la palabra Nico—. Aquí está. —Pinchó en el portátil en una carpeta nombrada como «La red 2012»—. Estas son las imágenes de la máquina del tiempo que buscábamos. No ha sido tan difícil como pensaba trasladarnos al Internet de hace seis años. Más jodido ha sido lo de rastrear pidiéndole al buscador trucado que nos vendiera ropa deportiva de equipos profesionales de fútbol a precios de ganga. Resulta que solo había cuatro sitios que te lo enviaran a España. Y de los cuatro que existían ahora solo queda uno. Adivinad dónde está.

—Bangladés —soltó Velasco con la contundencia de quien tiene merodeando por la lengua una respuesta pero la reprime para que no sea considerada una mera especulación. O que te caiga un *listilla* de Benítez. Fue como quien suspira aliviado.

Bangladés fue el país desde el que operaba —y donde acababa siempre volviendo para protegerse—la red criminal de Héctor Aguirre. Ahora solo era una pequeña grieta, pero Velasco tenía el pálpito de que se iba abriendo. Veía algo de luz entrar por ese resquicio. Era lo que llevaba aguardando durante todo ese tiempo. Un común denominador. Un hilo de conexión entre la mano que movió la cadena de asesinos basados en series de televisión y lo que ahora ocurría en la tele que había explotado audiovisualmente el invento.

—Ya estamos en contacto con ellos —se adelantó Leo a lo que iba a ser un requerimiento urgente de la jefa—. A través de nuestro hombre en la embajada. Los diplomáticos, si algo son, es persuasivos. Les ha dicho que no tenemos autoridad para cerrarles el chiringuito. Pero como en el chiste ese de «¿No nos haremos daño, verdad?».

—Se lo habrá dicho en otras palabras.

—Sí, en lenguaje diplomático, Benítez. Pero se ve que lo han entendido perfectamente.

—¿En qué se traduce eso, pollo?

—En que no ha hecho falta hincar el diente mucho más. No se querían hacer daño. Así que han colaborado que es una maravilla. Sabemos dónde enviaban camisetas de los dos Manchester, de los rojos y azules, en paquetes de veinte unidades en el año 2012.

—¿Huesca? —Isabel pidió confirmación.

—¿Equilicuá? —también Benítez.

—Pleno. Otro bingazo para los caballeros —confirmó Leo—. A un apartado de correos de Benasque. Claro que aquí no acaba el *show* que hoy les tengo preparado.

269

—Artista, ¿quieres dejarte de fanfarronadas e ir al grano, que va a explotar? —El subinspector era el que estaba en plena implosión.

—La casa cercana a Anciles ya fue abandonada. ¿De qué nos iba a servir ese dato, no? Bien. Esos niños, u otros de eso que creía Toño Saiz que era una secta, y la jueza Castillo que nanay…

—¿Cómo has dicho? —Velasco paró en seco el recuento de los datos que supuestamente conocían todos de antemano. La pregunta sonó a un alud de solemnidad arrollando al compadreo con el que se despachaba la reunión del equipo.

—Decía que esos niños…

—No no, lo de la jueza. ¿Has dicho que era la jueza Castillo la que frenaba que toda esta documentación se cursara por la vía legal de una instrucción como dios manda?

—Eso se deduce de los escritos y los apuntes de Saiz, sí.

—Nando salió al auxilio de su compañero.

Porque, aunque no era una furia desatada contra ellos, la ira de Velasco intimidaba. La convertía en un búfalo. Resoplaba por las aletas de la nariz y sus subordinados notaban ese aire de fuego de dragón.

—¡Hija de la gran puta! —Esa lindeza salió por la boca de Benítez—. ¡Hija de la grandísima puta!

La jueza Castillo, la misma que había acudido estando de guardia al levantamiento del cadáver de Arturo Agustí. La misma Enriqueta Castillo era la jueza que dos años antes llevaba, en Zaragoza, la fallida instrucción de Saiz. Ella era la que le ponía palos en las ruedas, la que contribuía a que el subinspector se estrellara una y otra vez contra el mismo muro. La que había frustrado —quién sabe si por su ineptitud o por algo más grave y turbio— el operativo contra la secta investigada por Saiz día tras día. Para él, en una larguísima noche.

Isabel buscó entre sus recursos una respiración para la templanza. Frialdad. «Ante todo, mantengamos la calma.» No iba a ser fácil ir al juez Santolalla con la historia de su colega. Pero todo se andaría. En ocasiones se encuentran vías de acceso para romper ese corporativismo con el que se defienden a capa y toga los profesionales de la judicatura entre ellos. «Esa es otra secta a la que se mira con permisividad y hasta cierta servidumbre», pensó. Aunque en las sectas no siempre está tan claro quién es el líder. A veces surgen luchas entre los que ostentan el poder y los que anhelan detentarlo. La cuadriculada jueza Castillo no podía dejar en la indiferencia a nadie, y con suerte, a Santolalla también se le revolvieran todas las bilis con solo mentársela.

La inspectora jefe retomó el hilo:

—¿Qué estabas intentando explicar sobre lo de los envíos a Benasque?

—A eso iba. —Leo volvió de la lividez que le había provocado una Velasco desconocida para el recién llegado—. Que lo que aquí importa es saber si han seguido haciendo envíos más o menos iguales a España. Y resulta que sí. No hace tanto. Mismo número de trajecitos deportivos. Mismos equipos. Y también a un apartado de correos. A nombre de…, eso es igual porque seguro que es un nombre de pega. Aquí lo tengo. A nombre de FiveStar A. A la oficina central de Correos en Burgos.

Por primera vez en su vida, Velasco no asoció la ciudad a su infancia.

—¿Pedimos una orden para saber a quién pertenece el apartado de correos? —preguntó Benítez.

—No, no va a servir de nada y si hay alguna fuga, se pondrán en alerta o saldrán huyendo de nuevo. Seamos más prácticos: llama a los de Burgos y que monten una guardia permanente desde que abran la oficina principal hasta que la cierren. Todos los días. Solo tienen que hablar con el responsable de Correos. En cuanto lleguen a recoger cualquier envío, que los sigan con un coche camuflado. Y que nos informen.

Antes de «disolver la concentración», como decía Benítez para dar por finalizadas las reuniones de trabajo, Nando advirtió con el dedo índice en ristre:

—Y para terminar, el plato fuerte del día.

Con el mismo dedo pulsó el *play* del monitor. Los niños recuperaron la movilidad desde la imagen congelada. El dron basculaba sobre el centro del campo. La pelota llegó a la portería. El guardameta sacó con un fuerte balonazo elevado y al que siguieron las miradas de quienes esperaban que descendiera. Manos arriba y bocas abiertas. Nadie hizo caso al balón, que bajó a plomo. Del porche, llamada por la curiosidad que estaba provocando en los pequeños el objeto volante, salió una monitora y volvió a ocultarse bajo la parte techada. Desde allí los llamó para que hicieran lo mismo. De forma disciplinada corren hacia el interior. Desciende algo más el dron para captar la escena. Los portones de acceso a la casa están abiertos de par en par. Cuando se pierden de vista las espaldas de los últimos jugadores, aparece de nuevo la monitora. Armada con una escopeta. El dron intenta coger propulsión para escapar. La pantalla parece romperse en un chasquido sordo. La imagen se va a negro.

—Pero hemos sacado, *frame* a *frame*, fotos ampliadas antes de que la pistolera acierte. A la primera, por cierto. Y el resultado es muy curioso. ¿Quién la reconoce? —retó Nando.

Algo más joven y con un peinado a trasquilones que irían del 3 al 6 en las medidas de la máquina que pasaría por todas las cabezas de los que había captado la cámara, pero en los mismos huesos y con la boca en unos morros en racimo inconfundibles, apuntando a su objetivo, Almudena Granados.

—¡Tata! Claro. ¡Tata! —ataron cabos y se los cruzaron en una mirada Velasco y Benítez.

T02x08

1

*P*aciencia. Si a Velasco le preguntaran por una cualidad que debiera atesorar quien se dedicara a dar con la cara del mal —a saber distinguirla entre el laberinto social en el que se ampara—, ella diría que era la paciencia. Honor y talento, también. ¿Sagacidad? Esa se va adquiriendo y las muescas en la memoria que dejan casos pasados marcan carácter y forjan al investigador. Pero nada de eso sirve si no hay un reposo de paciencia. Ella seguía aguardando con un aparente temple a que Alejandro diera señales de vida. Casi tres semanas en las que un tintineo seco del WhatsApp o la vibración del móvil acallado en una reunión convertían su mano en una zarpa arrebatada que después apartaba el teléfono con la desgana con la que se descartan los naipes en una mala partida.

Aplicó aquellas dosis necesarias de paciencia a los días que tuvieron que esperar para que un Nissan Micra saliera hacia Cardeñajimeno. El destino era desconocido para la pareja de agentes que custodiaban la oficina principal de Correos en Burgos. Se iban turnando para no alertar a la presa. Ella, él, de nuevo ella. Con los funcionarios de Correos advertidos de su vigilancia, simulaban hacer cola para las entregas de paquetes o certificados. Siempre estratégicamente situados para no perder de vista la entrada y el mural de cajetines metálicos. El 357 quedaba a una altura que no obligaba a adoptar ninguna postura antinatural para controlarlo, aunque fuera con el rabillo del ojo.

O tenían la costumbre de acudir al buzón postal cada quince o veinte días, o es que tenían noticia de cuándo iban a recibir un paquete. Fueron casi tres semanas de perseverancia hasta que dio su fruto.

A las 11 de la mañana del jueves, vemos al individuo 1 abrir el cajetín del número en vigilancia. Joven de entre 25 y 30 años. Varón. De complexión atlética. Moreno de pelo rizado, con rasgos centroeuropeos. Viste botas de montaña, pantalón marrón de pana y una chaqueta tres cuartos de paño. No intercambia saludo ni mirada con nadie. Aviso a la compañera desde el interior. Salgo detrás de él. Lleva dos sobres grandes acolchados de color ocre. La compañera, mientras, ha identificado el Nissan que lo había dejado en la puerta y que da la vuelta a la manzana para recogerlo en el mismo lugar. Desde nuestra posición no distinguimos si el conductor es también varón. Lleva gorro de lana. Tenemos nuestro vehículo encarado en el mismo sentido. Dejamos espacio de seguridad sin perderlos de vista. No realizan movimientos que llamen la atención. Van hacia la avenida del Arlanzón y giran a la derecha para ir tomando la carretera de Logroño, la N120 con dirección a la Cartuja de Miraflores por la BU800. Tras unos 7,5 kilómetros llegamos a Cardeñajimeno. En un desvío a la izquierda, en una pendiente que se aleja del núcleo de casas, acceden al control de paso de una finca privada. Las coordenadas de GPS se adjuntan en el dosier, junto a la matrícula del turismo.

La comisaria Gálvez leyó el informe remitido desde Burgos. Contrastaba su manera de trabajar, algo caótica, y el desgarbo natural de sus ademanes con la limpieza espartana de su mesa. Tenía dos criterios antagónicos sobre el orden en su vida. La Queco era dejada para poner algo de coherencia en su vestuario, pero estricta y pulcra con el altar de su despacho.

—Con todo lo que hemos avanzado, Velasco, aún no tenemos nada —se lamentó.

—Ni rastro de Salaberri ni de Almudena —confirmó la inspectora jefe.

Se había ampliado la orden de captura internacional para Almudena Granados. Pero a saber si había salido de España. Y si había huido, tampoco se tenía noticia de si lo había hecho con la identidad de Ana Aguirre o con la que ellos la conocían hasta tres semanas antes. Con la imagen de aquella Almu seis años más joven, sin maquillar, en la instantánea de su pulso contra el dron, en la defensa con uñas, dientes y escopeta de su manada, Benítez había exclamado un: «¡Me cago en todos los dioses juntos y por separado!», que se oyó a tres manzanas de la comisaría. «Y todo este tiempo pensando que me recordaba a alguien. Que sí. ¿No se acuerda cuando volvimos a verla después de la muerte de Rosa Galiano? La madre que me parió. Pero si con esa planta, con el pelo corto, es clavada a Salaberri.»

No era mal fisonomista Benítez. Se le daba más que un aire. No cuando iba pintada como una puerta. No cuando llevaba en peluquería más de 120 euros. Pero así, en su naturaleza más indómita, era la viva estampa del que podría ser su hermano.

—Así que bastaría con que lo acabaran de ratificar las muestras de huellas que se han obtenido de la casa de Burgos. Si por allí pasaron Héctor y Almudena, tendremos constancia enseguida. También de la coincidencia genética. Mi teoría, comisaria, a estas alturas en las que ya no doy para muchas especulaciones, es que no hay duda de que Héctor Salaberri se presenta como Juan Aguirre. Así lo hace en Grecia, como nos contó Alejandro Escuder —Isabel mencionó al doctor con distancia, con nombre y apellido, como un testigo ajeno—, o como se identificó al conocer a la bloguera Marta Juncal. De Salaberri se encontraron coincidencias genéticas entre los restos del avión que estalló y donde se supone que viajaba el patriarca Héctor Aguirre en su huida. Eran exactamente las coincidencias en el porcentaje de ADN que puede haber entre padre e hijo. Luego supimos que Salaberri no iba en ese avión.

Y todo apunta a que Salaberri y Almudena Granados son hijos de Aguirre.

—¿Sabemos qué coño hacía en Grecia Salaberri, Aguirre hijo o como quiera que se llame?

—Iba por los campos de refugiados incluso antes de dejar la placa.

—¿Alma caritativa quiere salvar el mundo?

—Según su credo, sí. —Tragó saliva y tomó aire. También agua—. Como dicen en las películas: «Esa es una larga historia».

Gálvez acomodó la posición en su trono giratorio, del que daba la impresión de que se le columpiaban las piernas.

Isabel Velasco inició el relato. En Cardeñajimeno estuvieron a punto de experimentar la misma frustración que en Anciles, cuando el operativo de Saiz se encontró la casa abandonada y solo pudieron constatar que habían llegado tarde. En Burgos también tenían preparada la mudanza. Habían empaquetado ropas de verano y las vajillas. Los menores fueron atendidos por los servicios sociales inmediatamente. Tiempo habría para que los asistentes pudieran extraer alguna información que resultara relevante. No procedía aturdirlos tras el choque emocional que afrontaban. Lo primero que dictaba el protocolo era que se les practicara una evaluación psicológica.

Los testimonios fiables se estaban obteniendo de los cuatro monitores adultos, de los responsables de la organización que llevaban la intendencia. Era evidente que la caza había sido menor. Había rangos. En la jerarquía, los de mayor graduación era los FiveStar (Cinco Estrellas). En la investigación, Velasco iba a defender que tenían acreditado que a esa categoría, en esa fecha, habría tres capitostes, y que el mando mayor recaía sobre Juan Aguirre, conocido como Héctor Salaberri. Las otras dos personas que compartirían el núcleo de gobierno serían su hermana, Ana Aguirre, conocida como Almudena Granados, y alguien más todavía no identificado. Podría haber huellas de esa tercera persona, pero sin coincidencias en las bases de datos.

—¿Los menores eran fruto de las relaciones entre ellos?

—Es imposible que lo fueran todos. Algunos fueron hijos de Salaberri con las secuestradas como Cristina. Otras Arlet y otras Cristinas que tuvieron tal vez diferente suerte.

—¿Se ha encontrado al hijo de Arlet?

—Es probable que sea uno de ellos, sí. Sin embargo, y aquí es donde entra en juego la conexión con Grecia, la mayoría proceden de Siria.

—¿Secuestraban a hijos de refugiados? ¿Robaban a niños de esa pobre gente que huye de esa maldita guerra y del ISIS? —Los ojos de Gálvez se enturbiaron de lágrimas. La voz le tembló al verbalizar una crueldad de ese calibre.

—Según sus preceptos, no los secuestraban. Los salvaban. —Velasco percibió la perplejidad y el disgusto de la comisaria y continuó su relato.

La historia está plagada de ejemplos donde las más flagrantes ignominias fueron jaleadas por miles de acólitos. ¿Cuántas abyecciones se han justificado por una masa hipnotizada, manipulada, cegada por la luminosidad de sus líderes? En ese caldo crecen los sectarismos. Basta con encontrar la debilidad de un grupo y apelar a una idea o a un gurú que, en su origen, puede ser de una naturaleza noble y muy digna, enarbolarla como la única salvación posible y señalar a un enemigo común. A partir de ahí es más fácil entrar en una espiral sin sentido. La esencia pierde su pureza y se enrosca en una perversión capaz de justificar las bajezas morales. Tanto es así que el caso Winton durante el Holocausto les había servido de catecismo.

Gálvez no ocultó que era la primera vez que oía hablar del personaje. Isabel, después de haber visto más de una vez el documental de la BBC sobre su vida —en un vídeo encontrado en la casa registrada y que era de obligado visionado una vez a la semana— le hizo un resumen del caso.

ϒ

Nicholas Winton fue un empresario británico de padres judíos que salvó a más de 600 niños de morir a manos de los nazis en los inicios de la II Guerra Mundial. Un amigo le instó a que visitara un campo de refugiados en Praga en lugar de irse de vacaciones a Suiza, a esquiar. Allí vio a miles de personas malviviendo en condiciones infrahumanas. Muchos eran niños de origen hebreo. Ser testigo de aquel drama lo marcó profundamente y decidió montar una oficina improvisada en la capital checa para poder sacarlos del país. Recurrió a algunas embajadas. Solo el Gobierno suizo accedió a acoger a algunos de los pequeños. Gran Bretaña dio permiso para que fueran familias las que los alojaran temporalmente.

Winton lo llevó en secreto. Nunca alardeó de aquella hazaña. Tanto es así que no trascendió hasta 1988, cuando su esposa se encontró en el desván de su casa un viejo maletín, dentro del cual aparecieron las fotos y la documentación con los nombres de los 669 niños a los que había logrado salvar.

—Tan sencillo no puede ser. No debería serlo, al menos. Me acojona esa impunidad para robar niños a familias desesperadas. Hablo ahora de la conexión griega de la banda de Salaberri.

—Me temo, comisaria, que en la historia de Nicholas Winton está la explicación. En la Checoslovaquia de entonces las familias buscaban a alguien que pusiera a salvo a sus hijos. Así que, si alguien que llega con la piel de cordero de una oenegé les promete protección para lo que más quieren en el mundo, no todos dudan. Usted quizás no llegó a conocer a Salaberri. Si algo tenía, o tiene, es un don natural para la seducción.

—No creo que Salaberri haya podido entrar y salir del país como Pedro por su casa —dudó Gálvez, que en un impulso de sus extremidades inferiores, casi volcó su cuerpo sobre la mesa. El sillón rodó hacia atrás y, con un movimiento hábil y airoso, simuló que el gesto era voluntario. Se puso en pie como una acróbata que acaba su número.

—Las rutas y el *modus operandi* han sido siempre los mismos. Los detenidos no muestran incoherencias en sus testimonios —siguió Velasco.

—¿No tenían órdenes de callar?

—La instrucción parece ser la contraria. Siguen el mismo manual. En sus relatos enseñan todas las cartas con el orgullo de quien forma parte de un complejo organizado que solo tiene un fin: cambiar el mundo y hacerlo mejor.

Gálvez se acercó a la pared donde había un mapa de Europa.

—Hay que tener presente que nuestro ámbito es todo esto. —Señaló todo el Espacio Schengen: los veintiséis países europeos que han abolido sus fronteras entre ellos.

Sobre el mapa, Velasco le pormenorizó cómo Salaberri, o quien se encargara de cada uno de los viajes, tenía trazadas varias alternativas para eludir los controles fronterizos.

—Su objetivo son los niños. Los quieren formar para el fin superior. Quieren construir un ejército de hombres y mujeres instruidos en un credo estricto. En lo físico y en lo intelectual. No les sirve cualquier chaval. Debe haber una genética de base que predisponga a curtir al soldado. Llegaban a los campos de refugiados identificados como voluntarios y cooperantes. La oenegé con la que operaban era UniMundo. Y esa es otra larga historia, pero se la resumo. Hace unos años esa oenegé era una de las más confiables en el apadrinamiento de niños en todo el mundo. Una operación de acoso judicial por un supuesto fraude en sus cuentas generó un escándalo de enormes proporciones. Quien lideró esa campaña fue, oh casualidad, Fernando Salgado. Sí, el periodista muerto en extrañas circunstancias después de que tuviera información privilegiada sobre el caso del Asesino de las series.

—¿Al final todo nos tiene que llevar a lo mismo?

—Eso se verá. Como iba diciendo, el enviado de UniMundo pasaba una semana en un campo de refugiados llegados de Siria. En aquellos días no había control. Todo estaba desbordado. Buscaba a su objetivo en Idomeni, o en la propia Atenas, en el City Plaza.

—¿No lo ha denunciado ninguna familia?

281

—No hay ningún expediente abierto. Lo hemos comprobado. Vuelvo a insistir en el poder de encantador de serpientes del que fue mi mano derecha, comisaria.

—Ya… ¿Y cómo sacaban al menor de Grecia?

—Escondido en el coche de la ONG. Desde allí, podían optar por conducir hasta Croacia. O hasta Austria. No llegan a mil kilómetros los que les separan de Zagreb yendo por Budapest. Unos doscientos más, y se plantan en Viena. Si el origen era Elpida o Softex, más asequible aún. Trescientos kilómetros y estaban en Sofía. Se decantaban habitualmente por Viena, aunque fuera la ruta más larga, porque en Austria dicen tener una organización hermana. La chica se ha referido a ella como «la gran casa». Desde Viena, y con documentación falsa, volaban a España como si fueran una unidad familiar.

—¿Está todo eso en el informe que vamos a mandar a la Europol?

—Evidentemente, señora.

—¿Sin noticias de los dos huidos?

—Sin novedad, comisaria. Va a ser difícil que, sabiendo que los suyos podían cantar al ritmo que están cantando, se vayan a refugiar en las montañas tirolesas o en los itinerarios que ya controlamos.

—Sí, pensábamos que Salaberri estaría por lo menos en Brasil y dormía muchas noches cerca de un monasterio de Burgos. —Gálvez volvió a auparse al sillón giratorio—. Por otra parte, todo sigue tan abierto como ayer, ¿no? No tenemos la certeza de que Almudena sea la autora de los asesinatos en Universo Media. Solo la vinculan pruebas circunstanciales. ¿Qué cojones tiene que ver la cadena de asesinatos con el entramado al que pertenece Almudena?

—Está por descubrir. Aunque no creo en tantas coincidencias. Almudena estaba cerca de la casa de Galiano, la amante de su marido. La pistola del susodicho perteneció al que ahora sospechamos que era el mayor cómplice de Almu, su hermano, cuando este era subinspector del cuerpo.

SALVARÁS A MIS HIJOS

—¿Y de Téllez? ¿Qué la vincula con la muerte de Téllez? Te recuerdo que lo embutieron en un traje de piedras y que para tirarlo al pantano hace falta la colaboración de alguien con un poco más de fuerza que la tirillas de Almudena.

Velasco notó cómo le vibraba el móvil, y el primer pensamiento siempre era hacia la esperanza de que Alejandro se manifestara. Sin embargo, sabía que había muchas más probabilidades estadísticas de que fuera Benítez. Así fue. Un mensaje:

«Jefa, baje en cuanto acabe con la Queco. En las imágenes de la Almu joven disparando al dron hay algo más. Una niña que usted y yo hemos visto en otro sitio».

2

Si Benítez —o ella misma— hubieran visto antes a la niña del cuadro… El juego de carambolas del universo es un carrusel en el que se van sucediendo hechos concatenados. Más de una vez hemos pensado: «¿Qué hubiera pasado si…?». Pero, y si antes de ese *si* pusiéramos otro condicional y así uno tras otro… No va más allá del juego especulativo. Si el destino estuviera escrito, daría igual si se hubiera evitado un antecedente porque el hecho que pasa «porque está de Dios» acabará pasando igual. Esa idea de su madre era la que recordaba Isabel Velasco cuando ya no había remedio.

Benítez había estado repasando una y otra vez la secuencia de imágenes capturadas, *frame* a *frame*, en aquella acción grabada en la casa del Pirineo que delataba a Almudena Granados. A fuerza de visionarlas, ampliarlas, y volverlas a ver, Benítez sospechó de lo que en principio solo era una mancha al fondo. Cuando la cámara del dron basculaba como el boxeador juega con su cintura para esquivar el golpe del adversario, un resplandor del sol que se colaba en la casa pareció rebotar sobre la lente y expulsó un haz hacia un rincón a la derecha. Se deducía que era un amplio vestíbulo, diáfano, y en una de sus paredes esa mancha, esa mota, llamó la atención al instinto curioso de Benítez.

—¿Habría posibilidad de ampliar eso? —le preguntó a Nico plantando su índice sobre la foto ya impresa.

—Si quitas la zarpa, podré saber a qué te estás refiriendo.

A pesar del ascenso a subinspector, Nico sabía que su jefe valoraba más el respeto demostrado en la lealtad que en las formas. Benítez levantó la mano abierta y le plantó una colleja.

—Qué majete eres, coño. Tú, Zarpas, me refiero a esto de aquí que parece un dibujo.

—No sé si la resolución nos va a dar para mucho.

—Con los *no sé* no llegamos a ningún *lao*. Anda, dale.

Y le dio. La mancha era un cuadro. Precisamente uno que ya tenía visto Benítez. El de la chica del blusón azul, pintado por J. Solís. La niña que, según desde qué ángulo se contemplaran sus ojos, pasaba de mostrar una mirada inocente a tener una retirada a cualquier lolita. La pintura con la que se entretuvieron en la larga espera en el bufete de Llorens y Mongay Abogados. Debían volver allí.

285

3

*L*legaron tarde. Tarde para que hubiera estado en su mano haber hecho algo por la vida de Jaime Llorens. Al abogado se le habían ido los últimos instantes en unos cuantos litros de sangre amarronada y espesa vertida sobre el escritorio de aquel destartalado despacho. El cuerpo de su dueño se volcaba desde un lateral de la mesa hacia la moqueta.

Llorens no tenía concertada ninguna visita en el intervalo de las horas en que lo dejaron seco. Lo hicieron con la rúbrica de la organización de Aguirre.

—En la nuez. Marca de la casa. Herida mortal infringida en la misma zona. Ahí se clavó el bisturí Mikel, el *soldado* que intentó recuperar a Damián en el hospital de Zaragoza —recordó la inspectora jefe.

Lo había visto en los informes de Saiz. Era una imagen que tenía muy fresca porque le impactó leerlo entonces. El fallecido subinspector, testigo de aquel desenlace, lo describió como «el sonido seco de clavar unas tijeras en un coco». La diferencia es que a Jaime Llorens lo habían asesinado con la misma técnica, pero no fue él quien se clavó el abrecartas para zanjar las opciones de cualquier interrogatorio, como hizo el asaltante de la planta de Pediatría.

—Entre otras cosas, porque si te pinchas tú, y precisamente aquí —señaló Andreu la incisión en el cuello—, ya no te quedan fuerzas, ni ganas, de arrancarte la hoja de acero y lanzarla hasta allí. —Indicó un montículo de la alfombra en un rincón de lectura dispuesto hacia el único ventanal del despacho.

El arma había quedado visible solo por centímetros. Con algo más de impulso, la tendrían que haber recuperado de debajo de los flecos de un butacón de dudoso gusto. El forense se acercó a husmearla, sin moverla de su escondrijo. Había sido el primero en llegar.

—Estaba por la zona. Me ha sonado el aviso en lo mejor de la siesta. —Andreu le guiñó un ojo a Benítez.

—¿También tienes novia en este puerto?

—Al ladito, por Claudio Coello.

A Velasco solo le faltaba silbar para fingir que no los estaba escuchando, para disimular la desazón, el hastío y la repugnancia que le provocaba que Andreu fanfarroneara de «castigador sexual» (así, textualmente, se autodefinió en una ocasión), y más con el fiambre delante. Una cosa es tomar distancia, tan necesaria en las profesiones de policía y de forense, pero Andreu no conocía los límites. La inspectora jefe se consoló pensando que Benítez, conocedor de lo estomagantes que le resultaban a ella esas escenitas, disfrutaba dejando en evidencia al doctor.

—A don Jaime le gustaba venir a mediodía. Antes de que llegáramos el resto —empezó a contar desconsolada su secretaria de toda la vida. La misma que entró en el bufete para hacer una pasantía con Llorens padre.

Velasco y Benítez tomaban nota mientras sus compañeros recogían las muestras.

—Eso quiere decir que quien entró debía ser conocido del señor Llorens.

—Sin lugar a dudas.

—Cámaras de seguridad no tienen, por lo que veo.

—Nunca hicieron falta. —La última palabra quedó ahogada por su llanto.

Nando y Leo intentaban remediar esa carencia recurriendo a las cámaras de porterías o comercios de la zona. De paso, recababan testimonios entre los vecinos.

—Va a ser complicado.

—Sí, jefa. Si yo viniera a cargarme a alguien, no iba a salir huyendo de quien no me persigue. No voy a dar el cante.

—Nos estamos graduando en la especialidad de muertos en el despacho, Benítez.

—En acto de servicio, podría decirse. Con las botas puestas.

—Digamos que con la pluma.

El tintero estaba volcado y su contenido dibujaba otro río, paralelo a la sangre, que no cesaba de gotear.

En el suelo, *Las memorias no publicadas de Laureano Llorens,* un manuscrito encuadernado en cuero, con las cuartillas cosidas con hilo grueso en el lomo. Presentado con letra clara, muy trabajada, como hecha con cincel de tallista.

Benítez lo estuvo hojeando con la meticulosidad que han de tratarse pruebas que podrían resultar fundamentales. Le faltaban unas hojas. Acababa en una frase incompleta: «Y que fuera esa la última imagen que se llevara de esta vida camino del infierno aquel…».

El resto quedada ilegible por la sangre que lo había empapado —la vertida desde el gaznate del nieto del autor— y porque, presumiblemente, la misma persona que le había clavado el abrecartas en la nuez también se había llevado unas cuantas hojas cruciales para entender aquellas memorias. «Chapucero. O con prisas. O ambas cosas», elucubró Benítez. Podía incluso saber el número de las hojas que faltaban contando los jirones que el asaltante había dejado de cada una, como si las hubiera mordido para arrancarlas.

El subinspector leyó las primeras páginas de lo que quedaba cosido al lomo. En la portadilla constaba: «Memorias redactadas por Juan Urbano». Un viejo conocido. El famoso profesor de Literatura metido a detective que últimamente vendía sus servicios como redactor de biografías al peso, lo cual no las dejaba desnudas de aquel estilo tan literario que a tanta gente le había servido de inspiración, y así lo habían confesado abiertamente sin pudor ninguno, como el poeta Benjamín Prado.

Las memorias no publicadas de Laureano Llorens quedaron bajo custodia de la Científica, aunque con la orden de facilitarles urgentemente un par de copias escaneadas a Velasco y su ayudante. Tenían lectura para esa noche. Al margen de las novelas pendientes.

Benítez anotó en la agenda: «Hacerle una visita a Urbano». El biógrafo tenía a gala volcar en sus escritos casi todo lo que sabía, pero reservándose el privilegio de que nadie supiera más que él. La madre de Juan Urbano le había dejado en herencia la enseñanza de que «uno ha de valer más por lo que calla que por lo que cuenta».

4

Velasco hubiera preferido que su relación muriera en una despedida a la francesa. «Tenemos que hablar.» Después de tantas semanas, se le antojó un mensaje tan manido como patético. Al que ella respondió con un «Vamos, no me jodas». Quizás porque albergaba alguna esperanza de que lo suyo con Alejandro se pudiera reconducir. Mientras estuviera en el congelador, significaba que no se había consumido. Y Velasco no solía guardar productos caducados.

Aunque no le parecía ni medio normal que, después de tan prolongado silencio y sabiendo lo hipotecado que tenía ella cada minuto de aquellos días, de repente le hubiera hecho casi una veintena de llamadas perdidas. No tenía intención de concederle la venia. Si quería hablar, hablarían. No le iba a consentir que tramitara el finiquito en la cómoda distancia de los mensajes. Pero sería ya al día siguiente. O cuando a ella le encajara mejor en la agenda. Y lo esperaría en su casa de Pozuelo. Por más que se había propuesto no volver a pisarla durante las ausencias de Alejandro, allí estaba otra vez sobresaltada por la adrenalina.

«¿Y esto?» Un sobre grueso. Al peso y por tacto, un dosier de los largos. O un libro. A nombre de Isabel Velasco Marín. Como dirección, la casa de Alejando. Sin remitente.

Pasaron los tiempos en los que un envío así llevaba también escrita la sombra de una amenaza. Si estaba en el buzón, ya había pasado el control de seguridad en la portería. Isabel sabía

que era absurdo levantarlo hacia un aplique de luz del vestíbulo, pero era un gesto que, por inercia, no había abandonado.

No pudo esperar a subir al piso. Rasgó el sobre reforzado
con hilo. Nada más palpar el interior, confirmó su pálpito. Tenía en sus manos las hojas —o parte de ellas— arrancadas de
las memorias del abuelo de Jaime Llorens. ¿Quién se las enviaba? Si era la misma persona que horas antes las había desga-
jado del manuscrito, ¿lo había hecho para que solo las leyera
ella? Quizás hubiera censurado alguna parte. ¿Tan importante
era el contenido de las memorias de Laureano Llorens como
para matar por ellas? También cabría la posibilidad de que una
tercera persona hubiera traicionado a quien las codiciaba tanto,
y quizás las hubiera salvado del desastre y se las confiara a la
inspectora jefe. ¿Y si el propio nieto, viéndose en peligro, se las
hubiera enviado a alguien para que, en caso de que le ocurriera
algo, se las hiciera llegar a Isabel Velasco? ¿Por qué a ella?

Era tarde, pero no tanto como para no llamar a portería.

—Buenas noches. […] Sí, soy Isabel Velasco. Quería saber
si estabas tú ahí cuando alguien ha traído un sobre para mí.
[…] Ya. De acuerdo, muchas gracias, Laura. Buenas noches.

De nuevo, alguien de corpulencia y andares masculinos
pero vestido de mujer. Y todo lo demás, exacto. La descripción
coincidía con la persona y la moto a las que aludió Nacho Delors cuando confesó cómo le pagaron por infectar el ordenador
de su madre y, por contagio, los de Universo Media.

5

A Benítez no le costó averiguar la nueva dirección de Juan Urbano. El profesor, detective y biógrafo literario vivía en la antigua casa de su madre. En su ausencia, sus queridísimas hermanas la habían remozado para él y sus libros. Su voz seca y cortante le indicó desde el telefonillo: «Sigue la luz». Benítez no tuvo más que empujar la puerta para entender a qué se referían las instrucciones de Urbano. Un largo pasillo desembocaba en un lucernario que alimentaba con el primer sol del invierno toda la planta del coqueto palacete. Al pasar la biblioteca, distinguió la silueta del anfitrión al fondo. Vio campaneando sus piernas, sentado a una mesa en lo que no sabría decir si era una cocina abierta al salón o un comedor en el que había instalado una nevera americana de doble puerta y una campana extractora capaz de succionar la flaca figura de Urbano.

Era como si hubiera estado esperándolo. Vestía de traje mientras daba cuenta de un desayuno más que abundante. O como el propio Urbano lo hubiera calificado en una de sus obras, pantagruélico. También habría añadido un pensamiento materno: «No hay que comer por los ojos, Juan».

Con un gesto elegante tras estrechar la mano del subinspector, lo invitó a que tomara asiento y lo que gustase del bufé.

—No sabes cuánto te lo agradezco, Urbano. He estado toda la noche en vela, leyendo, y con la obsesión por cogerte en casa a primera hora, solo llevo encima un café de mala muerte de la tasca que hay debajo de mi casa. Me sirvo otro. Con tu permiso.

Benítez soltó una carpetilla de cartón granate, de las que se cierran con unos tirantes de goma, en la silla que quedaba frente a Urbano y se acomodó en la contigua. Antes de posar su trasero, le dio la vuelta a una taza que colmó de un aromático expreso cubano. «Vaya con la función pública —pensó Benítez por la condición de profesor de su colega—. ¡Y joder con el sector privado! —rumió cayendo en la cuenta de que si Urbano se podía permitir vivir en esas condiciones era por lo que facturara como detective o por sus biografías, y no por ser maestro de escuela.

—¿Llevas ahí las memorias de Laureano Llorens? —Señaló Urbano la silla donde descansaba la carpeta.

Al subinspector no le sorprendió la pregunta. Si lo que quería el profesor Urbano era intimidar al alumno, con Benítez lo llevaba clarinete. «Lo tienes crudo, chaval.» No era tan difícil que el biógrafo estuviera al corriente de la condición de finado de su cliente. Tampoco que dedujera —ya que era investigador privado— que su visita a esa hora de la mañana se debía a su labor como hagiógrafo de la saga del abogado.

293

—Yo no me he pasado la madrugada entre escritos, como tú, Benítez, pero prácticamente acabo de llegar de América. Un encarguito me ha llevado por tierras cubanas, de ahí el café.

—¿Investigación académica, Urbano? —Una concesión a su interlocutor. Una pregunta capciosa. Un brindis a que se gustara con sus batallitas.

De sobra sabía Benítez que si estaba tan descansado y lozano sería porque habría dormido en un cómodo sillón de *business*, y eso no lo financian los mecenas en ninguna cátedra de España.

—No, ¡ni mucho menos! Es una larga historia que da para una novela y ahora mismo estoy tan aturdido que, por una vez, lo único que tengo claro es el título, *Los treinta apellidos*. Pero vayamos a la que nos ocupa, que imagino que debe interesarte más.

Benítez sacó las fotocopias y se las plantó a Urbano en el único espacio del mantel que quedaba libre de vajilla y migas.

—Dudé de si vendríais juntos o por separado.

—¿A qué te refieres?

—En cuanto he llegado a España y me han informado de la trágica muerte de Jaime Llorens… Ha sido su secretaria, no pongas esa cara, Benítez. Ella tenía órdenes de hacerlo si ocurría alguna desgracia.

—¿Eso quiere decir que Llorens vivía con miedo, amenazado?

—Yo no era su confesor, amigo. Hasta donde sé, o deduzco, trabajaba para algunos clientes de los que se puede esperar cualquier cosa. También unas estupendas facturaciones para la cuenta de resultados. Y eso tiene sus riesgos.

—Ya —asumió Benítez, que no quería perder el hilo—. Pero me decías que en cuanto has aterrizado…

—He sabido que ibais a hacerme una visita. Velasco y tú, o uno de los dos. No creí que iba a ser tan pronto.

—Encontramos ese manuscrito en su bufete. —Señaló los folios que Urbano ya hojeaba—. El original, evidentemente.

—No puedo negar que los he escrito yo, sí. Por encargo.

«Y sableándole lo que no está en los escritos, cabrón.»

—Pero sabemos que ahí no está todo. Que alguien se llevó, arrancando de forma chusca, una serie de hojas, además de las que no se pueden leer porque están pringadas de sangre. Tanto que será difícil que los de la Científica puedan rescatar algo.

—¿Y quieres que yo cante *La Marsellesa*?

—En el tono que más le convenga a esa voz de tenor que tienes, sí, señor.

—Sabes que no puedo hacer eso. Firmé un contrato de confidencialidad.

—Tú lo has dicho. Firmaste. En el pasado. Y en el presente, a quien debes esa discreción ya no le puedes rendir cuentas.

—A él puede que no. A mí mismo, a mi deontología, sí.

—¿Eso de la deontología se emparenta con la ética?

—Primas hermanas son, Benítez. Primas hermanas.

Al menos, Juan Urbano le aseguró que él se encargó de comprobar que todo lo que dejó escrito Laureano Llorens se ajustara a la verdad histórica.

Con el nombre de Laureano Expósito fui bautizado antes de ser entregado a un hospicio. Fui el fruto de un embarazo odiado por mi madre, la Carme, una prostituta de La Rambla a la que engendrarme le torció la vida. Con todo el dolor de su corazón y las penas del hambre, me dejó en recogimiento a las hermanas que me criaron al calor de sopas de raspas de pescado y gazpachuelos.

Así empezaba la biografía del abuelo de Jaime Llorens.

—Entonces, ¿el tal Laureano quiso dejar claro que si habían de llamarle «hijo de puta» lo hicieran con conocimiento de causa y sin que faltasen los motivos? —se interesó Benítez.

—Yo no lo juzgaría tan severamente. Espera a que lleguemos al final, aunque sea con la invitación cursada por una orden judicial. Mientras tanto, no te precipites sacando conclusiones, Benítez.

295

6

*E*l fragmento de historia que Benítez iba a escuchar de boca de Juan Urbano era la versión oral de lo que había plasmado en las hojas que quedaron a salvo.

—Laureano Llorens fue precoz —le explicó entre molletes y chicharrones—. Siempre quiso ser mayor, y con dieciséis años se cameló en el convento a una novicia de buena familia.

—¿Buscaba dar el braguetazo?

—Eso creí cuando lo escuché. Pero no.

Fue por amor. Lluïsa era mayor. Tenía veintiún años y ninguna vocación. Estaba allí porque se frustró su herencia. Llegó con los cuartos justos para que, entre eso, y lo que Laureano sisaba de la caja de los dulces, amasaran la cantidad suficiente para escapar, cambiar la identidad y casarse en la parroquia de Llinars, muy cerca de Granollers. A él le hizo mayor de edad una nueva documentación falsa.

—¿Y es cierto que vivieron del estraperlo?

—Hasta que estalló la guerra, sí. Estaban en el punto medio del corredor Barcelona-Cerbère. Allí convirtieron una antigua masía en un hostal de paso, a los pies del Montseny. El que se quedó guardando ella cuando alistaron a Laureano.

Una vez acabada la guerra, él volvió para rescatar de las miserias a Lluïsa. Y encontró la respuesta a por qué no contestaba a sus cartas. Circulaban hasta coplillas que decían que de ir para monja acabó siendo la querida de un oficial de la República. Así que Laureano, con el alma hirviendo, hizo una última visita a la que fuera su casa. Se fue derecho hasta la trampilla del sótano para coger tres cacharros de valor, quincalla y algunas pesetas que robaron a quienes robaban; las que Lluïsa y él guardaban por si los tiempos se torcían. En lo que en su día había sido un granero se había perdido una de las sesenta bombas lanzadas por la aviación italiana el 31 de mayo de 1938.

Laureano levantó un cascote que había caído sobre la trampilla y se agachó para retirar una lámina metálica con asas. Una bofetada fétida le provocó una arcada. Una intuición heló la sangre que llevaba en plena ebullición. Escamoteó la escalinata y de un salto que le quebró las rodillas y le quemó las suelas, se plantó ante ella. Lo que quedaba de ella. En estado de putrefacción. Atada a un pilar de madera. De manos y por el cuello.

Laureano se arrodilló y lloró todo lo que llevaba en el alma. Lo que no había sacado de su pecho desde los primeros días en el hospicio; en las carencias de su infancia; por la rabia de la adolescencia; lo que no lloró en las trincheras ante la sangre de los suyos. Lloró y juró venganza.

Le quitó las ropas rasgadas por los bárbaros que habían abusado de esa brutal manera de ella. Aquello no lo había perpetrado un solo hombre. Demasiadas botellas de anís. Demasiadas colillas para el aquelarre de un solista.

Cavó su tumba. De madrugada. Con un esfuerzo añadido: el del voto de silencio que se impuso. Nadie debía saber que Laureano estuvo allí y había descubierto la verdad sobre lo que le ocurrió a Lluïsa Mongay.

Se secó las lágrimas. Recogió sus cosas. También se llevó una cajetilla arrugada de Gitanes Maïs, unos cigarrillos franceses de papel amarillo y regusto a maíz que habían triunfado en las dos últimas décadas entre la población rural de Francia. Una clase de tabaco que solo llevaba a la zona uno de los estraperlistas con los que había hecho negocios Laureano antes de abandonar Llinars.

No era conveniente tirar hacia Barcelona. El camino del norte tampoco le aseguraba la discreción. Antes de la guerra siempre se había movido en ese eje. Enfiló hacia la ribera del Ebro. Quería alcanzar Zaragoza subiendo por Osera, Villafranca, Alfajarín y La Puebla.

—Nada de lo que leas en esas memorias está trufado de invenciones mías. No me permitió licencias creativas. Fue tal cual —juró el escriba Juan Urbano.

Apareció diciembre en el calendario. Llegué tarde a la estación de Velilla después de que desfalleciera por congelación el carburador del autobús de La Hispano Igualadina.

Todo pasó tras un estruendo que pudo oírse a kilómetros. Yo estuve ahí, a la escasa distancia que separa el andén principal de un hangar de vía muerta donde me había ido a guarecer de la noche más fría de un 3 de diciembre, a 10 grados bajo cero a orillas del Ebro, en la estación de Velilla. La noche en la que ardieron dos trenes en una espantosa colisión. Un barquero del río y otros lugareños temieron que aquella madrugada hubiera vuelto a estallar la guerra.

Nunca nadie supo precisar las vidas que allí se quedaron. La confusión lo cegó todo. Fueron cientos de víctimas y horas de agonía. A algunas almas las había partido por la mitad el esqueleto de metales retorcidos. Otros morían desangrándose por las heridas de tajos profundos. Hasta niños, por la falta de cobertores para protegerlos de la madrugada gélida.

Yo no engañé a nadie. Aunque tampoco desmentí a los servicios de salvamento. Llegaron trenes desde Caspe, desde Mora la Nueva y Zaragoza. Trasladaban en autobuses a los heridos menos graves hasta los hospitales de la capital. Pasé a los ojos del doctor Martínez Vidales como una víctima más. En pleno impacto emocional y absolutamente desorientado, me había puesto a echar una mano. Para acceder hasta un vagón volcado sobre su eje, me clavé en la pierna un hierro. Me practicaron un torniquete. Estuve en Zaragoza recuperándome con los cuidados del que iba a ser mi protector y capataz en los años venideros. El doctor me llevó a Madrid.

La Navidad de 1940 fue la primera que viví en paz. En paz no quiere decir en armonía.

Nunca le conté la verdad a don Rafael. Así lo conocían sus pacientes del barrio de Salamanca. Él viajaba en el expreso que había salido de Barcelona con veinte minutos de retraso. El que venía de Madrid lo hacía con una demora de una hora y cuarto. Tuvo que ser aquella noche. La del mayor accidente ferroviario de España hasta la fecha.

A Agustina Vidales, la madre de don Rafael, le molestó que su único hijo, casadero y sin novia conocida en el Madrid con posibles, osara salvar a un pipiolo, movido por la voluntad de realizar la acción altruista del mes. Aun así, me fui haciendo valedor de la confianza de la madre; la del hijo ya supe ganármela desde el primer encuentro.

Por si a alguien le diera por conjeturar que tuve que ceder alguna vez a las ensoñaciones lujuriosas del doctor, he de decir que jamás me incomodó ni hubo lugar a que tuviera necesidad de pararle los pies. Ni las manos.

Yo miraba y anotaba en su consulta médica. En mi nueva vida se me presentaba la oportunidad de tomar enseñanzas de otros saberes. Especialmente, de la farmacopea, pues no tenía forma de quitarme de la cabeza el fin último al que estaba decidido a dedicar lo que me quedara de vida.

Genís Giner, el bastardo de Cardenou fumador de Gitanes Maïs, pagaría con creces su salvaje crimen; la bravuconada que se le fue de las manos, y de la bragueta, junto a una jarca de otros indeseables.

En casa de don Rafael vivía a cuerpo de rey. También es cierto que me movía más que un zascandil para procurarles todos los recados al doctor y a su señora madre.

De camino de la consulta a la botica, en el tranvía, me leía hasta memorizarlas las recetas de las fórmulas magistrales y principios básicos. A la vuelta, me familiarizaba con sus nombres, con los olores. Una chispilla me ponía en la yema del dedo y testaba. Mi paladar se fue haciendo a los agrios y amargos de todos los barbitúricos. Los de esta familia me provocaban un placentero sopor.

También me quedaba con el efecto que provocaban al ser administrados los sedantes en los pacientes en la consulta, que parecían andar por la vida de manera lánguida, como si les hubieran anulado el espíritu y la voluntad, con un habla adormilada y lenta. El doctor Martínez Vidales les prescribía sedantes como el bromuro, barbifonal, el fenobarbital o el recién descubierto tiopentato de sodio, al que llamaban pentotal. Si unas gotas de aquellos brebajes podían adormecer, unas cuantas más quizás llevaran a una persona a un sueño tan profundo como para ser eterno.

¿Dónde se hallaba el umbral de lo que el cuerpo humano asimilaba de aquellas sustancias? ¿A partir de qué dosis entraría en el sueño de los justos quien yo deseaba? Fui tentando a la suerte en quien más a mano tenía para ser mi cobaya: la madre del doctor.

Lo que parece increíble es que su hijo no atinara a diagnosticar que la debilidad en la que iba cayendo día a día, infusión nocturna a infusión nocturna, no fuera causa de la ancianidad, sino de mi letal ejercicio.

Solo lamenté una cosa: la fragilidad con la que llegó a entregarse a la parca la matriarca pareciome excesivamente placentera. Yo anhelaba que a Genís Giner se le ulceraran las tripas y se disolviera en ácidos abrasivos; que del dolor se le desprendieran las órbitas de los ojos y que fuera esa la última imagen que se llevara de esta vida camino del infierno.

7

*L*a noche sumergida en las memorias del abuelo de Jaime Llorens le sirvió a Velasco para reafirmarse en la idea de que el placer de la lectura era otro de los que había abandonado. También fue útil para recomponer parte de la historia oculta que desembocaba en el presente.

—¿Me lo va a dosificar en plan culebrón? —Benítez seguía tan intrigado como le había dejado el desayuno sin postre en casa del profesor de Literatura metido a detective y biógrafo.

La resolución que no le había confiado Urbano apelando al secreto profesional la tenía Velasco entre las manos.

—Tras la muerte del doctor hay un salto en el tiempo. Por referencias posteriores, deduzco que hay una elipsis. —Velasco intentaba completar el puzle.

—O que el Mago Pop que lo hizo aparecer en su buzón no tiene mucho interés en que usted lo lea y se haya guardado esas hojas.

—También podría ser. La cuestión es que me he enterado del origen del cuadro. Y de algo más.

Isabel Velasco fue recomponiendo la historia tomando los atajos oportunos. Había descubierto que el óleo de J. Solís llegó al despacho como pago de una paciente del doctor. Tras convertirse la consulta médica en despacho de asesoría y gestoría, se cambiaron los diplomas y títulos colgados de sus paredes, pero no el óleo.

—¿Laureano se volvió a casar?

—Vamos a darlo por supuesto. Tiene un nieto que conserva su primer apellido.

—Tenía —precisó Benítez en tono de humor negro—. Si era un único nieto y se trataba de Jaime Llorens, tenía.

—Alquiló una casa en Lanzarote durante la Semana Santa de 1981 para toda su familia. No era un lugar recóndito, pero sí un destino más selecto y exótico que en la actualidad. Todos los gastos corrían a cargo del patriarca.

—¿Qué celebraban?

—La jubilación de Laureano. Por todo lo alto.

—No le fue mal, no.

—A la comitiva también se suma Ana María Benedí.

—¿Familia?

—Como si lo fuera. Amiga íntima de su nuera y secretaria personal de Laureano. Soltera.

—Si se queda sin trabajo en lo suyo, busque a ver si necesitan guionistas en *Belleza y traición*.

—Esto es crónica, no inventiva. Y para dar fe del salseo social, antes te colocas tú en el *Hola*.

—Empate.

—Te gano por goleada. Siempre es así.

—Por favor, quite la pausa publicitaria y dele dele.

—Sí, porque ahora viene lo gordo, lo que le da sentido a que se nos haya cruzado en el camino Jaime Llorens. En Lanzarote, justo en la casa de al lado, no te puedes ni imaginar quién vivía.

—¿Ahora vamos a jugar a las adivinanzas?

—No, ahora te vas a caer de culo, chaval. —A Velasco le gustaba el juego de emular los giros más chelis de Benítez. Imitaba hasta su timbre de voz cuando lo hacía.

—Me siento, pues.

—Héctor Aguirre. El mismo gran capo del entramado que seguimos investigando desde el caso del Asesino de series. Héctor Aguirre fue vecino de Llorens durante esas vacaciones.

—¡No me jorobes! —Se levantó como un resorte el subinspector—. ¡No me jodasss, no me jodasss!

—Recordarás que entonces Héctor Aguirre estaba huido de la Justicia porque en Estados Unidos lo acusaron de provocar el incendio de la mansión de su ex y el productor con quien se la jugó.

—Equilicuá.

—Pues ahí lo tienes. Cuadra. Aguirre estaba empezando a trenzar sus negocios, más turbios que lícitos, desde el cuartel general que se montó cerca de Los Jameos. Y mientras duran las vacaciones de Llorens, se conocen a raíz de una fiesta que monta Aguirre.

—Lo estoy viendo. Se lían. Héctor se lía con la tal Ana María.

—¿Sabes o deduces?

—¡No será por lo que me ha contado Urbano! ¡Una tumba, el muy cabrón! Pero usted ha sido la que me ha enseñado las cartas. Vamos, que me lo ha puesto como a Fernando VII. Si no iba a ser así, no me hubiera enseñado el trapo de la chiquilla. Ha sido verlo y embestir, jefa.

—Refrendo. Nos vamos conociendo. A veces creo que en exceso. —Por la cabeza de Isabel sobrevoló la imagen de Alejandro y en ese instante apareció su nombre en la pantalla del móvil. La llamada volvió a caer en el lado de las perdidas.

—Héctor y Ana, además. Iba a ser mucha coincidencia.

—Eso es, porque Ana María vuelve a Madrid embarazada. No estaba en sus planes.

—¿Y en los de Aguirre sí?

—Por lo visto, sí. Aguirre no tuvo reparos en sincerarse con Llorens y hablarle de su situación legal en Estados Unidos. De hecho, Laureano concibió entonces escribir, o mandar escribir, sus memorias porque él también le confió sus andanzas y Aguirre se quedó fascinado. Tanto es así que vio en ellas una película que algún día produciría. Aguirre le explicó lo defraudado que estaba por la condición humana y la Justicia. Y que iba a luchar todo lo que estuviera en su mano por construir un mundo mucho mejor.

—Un iluminado.

303

—Su discurso es el de un trastornado, más bien. Quiere fundar una nueva raza. Una estirpe superior, con una moral muy por encima de la que se está perdiendo. «Dejad que los niños se acerquen a mí, para formarlos en unos nuevos valores», sería. Quiere empezar por lo que él, de momento, no tiene.

—¿Cree que se los va a dar Ana María?

—Es el anhelo de Aguirre. Pero Ana María Benedí dice que nanay. Aguirre llama a quien piensa que es el único que puede ayudarle a convencerla, y cita a Llorens en Lanzarote. Según explica este, le suplica que consiga que su mujer de confianza no aborte. «Pídeme lo que quieras. No hay límites. A cambio de que el embarazo siga adelante yo haré por ti cualquier cosa.» Aguirre sabe perfectamente cuál es la obsesión de Llorens.

—La venganza que nunca consumó contra Genís Giner, el violador de su esposa.

—Sí, pero Genís Giner ya había muerto por causas naturales en esas fechas.

—¿Entonces?

Velasco fue a una de las últimas hojas del manuscrito. La tenía señalada con un pósit rosa. Leyó:

—«A ti te robaron el amor de tu vida. Pero no solo eso. También te segaron a toda una estirpe. Yo haré justicia por ti y tú salvarás a mis hijos.» Llorens le confió todos los secretos que fue apuntando en su cuaderno de bitácora sobre el efecto de los barbitúricos. Aguirre encargaría que todos los descendientes de Genís Giner murieran de la peor y más dolorosa manera posible. A cambio, Llorens convenció a Ana María para que sacara aquel embarazo adelante. El embarazo fue doble. Mellizos.

—Ana y Juan. Aguirre los dos, claro.

—Los que hemos conocido como Almudena Granados y Héctor Salaberri.

—Y que a saber dónde están.

—A eso vamos luego. Pero ¿tú recuerdas cuando Nacho Delors nos dijo que su padre y el amante de su madre ya se conocían de hacía mucho tiempo?

304

SALVARÁS A MIS HIJOS

—Perfectamente.

—Genís Giner Muntaner era hermano de la abuela de Oriol Delors. Y este, primo segundo o tercero de Arturo Agustí Muntaner. Todos con orígenes en Cardenou. Oriol Delors murió en extrañas circunstancias en el vuelo transoceánico. De un infarto, se supone. Arturo Agustí ya sabemos cómo.

—¿Y Francisco Téllez es de la estirpe Giner?

—También cae de una rama del árbol genealógico, sí.

—Joder con el nepotismo.

—En este país siempre ha funcionado. Ser hijo del amigo del primo del vecino puntúa lo que más en los procesos de selección.

—¿Y qué tenían contra Rosa Galiano?

—Quizás ella había averiguado algo, o tal vez Almudena Granados, ya metida a matarife, le dio por ampliar sus competencias y eliminar a la amante de su marido. Ahora mismo todo son conjeturas.

—Mujer, visto así…, ya puesta. Donde mueren dos, mueren tres.

305

8

Si bien podía albergar alguna duda sobre la implicación de Almudena Granados en la muerte de Rosa Galiano, a Velasco se le antojaba muy poco verosímil que hubiera sido su antigua compañera la que clavara el abrecartas en la nuez de Jaime Llorens, y más estando en paradero desconocido y buscada por la Justicia. No creía que anduviera arriesgando su pellejo, aunque se camuflara bajo unas gafas de sol y un pañuelo. Tampoco le cuadraba que Almudena tuviera algún interés en enviarle a ella la parte más comprometida de aquellas memorias.

Los hechos se empeñan una y otra vez en demostrar que jamás se acaba de conocer a una persona. La habían tenido trabajando en la Policía —igual que a su hermano y cómplice— y la habían tratado siendo ya directora de Comunicación de Universo Media, donde llegaron a coincidir los descendientes del carnicero de Cardenou.

Isabel vio llegar a Alejandro. Se habían citado en la cafetería más próxima a la clínica. Cuanto antes le diera carpetazo, más fácil sería volver a la normalidad.

—¿Y eso? —La pregunta del doctor sustituyó cualquier formalidad de saludo. Señalaba una bolsa, visiblemente vacía, que Isabel había dejado intencionadamente a la vista.

—Vengo preparada.

—¿Dónde vas? —Había más extrañeza en sus ojos que en el tono.

—A casa. ¿Dónde voy a ir?

—¿Con la bolsa vacía?

—La llenaré de lo que tengo en la tuya. No creo que sea tan extraño. Pones esa cara… Parece que hayas visto a un marciano.

—Marciano y raro. Eso es lo que me parece todo esto.

—No me vengas ahora con contrariedades.

Las formas de los dos eran mucho más apocadas que las que se despachan en circunstancias así. Contrastaban sus voces reposadas con las frases intercambiadas a dentelladas. Si aquello era la ruptura, en un manual de divorcios civilizados debería figurar como el caso ejemplar.

Alejandro quitó de la mesa unas migas inexistentes. Las expulsó hacia los laterales. Se abría paso como una máquina quitanieves.

—Vamos a ver, Isabel. ¿Ya lo tienes claro?

—Tengo tropecientos mensajes y otras mil llamadas perdidas. —Enarboló el teléfono como prueba de cargo—. Línea argumental: «Tenemos que hablar». Aquí me tienes. Hablemos de una vez.

Alejandro se estiró para coger aire. Se apoyó en el borde de la mesa para que el impulso fuera más teatral. Buscó algo en los bolsillos de la chaqueta. Estaba en el de la derecha. Sacó una fotocopia.

—Aquí está. Es del libro. Página 208 de la edición que he conseguido.

Velasco leyó:

«Arlet dio una vuelta a la sala, inspiró junto a la ventana, sobre la que apoyó la frente y le echó el aliento generando una nube de vaho. Con el dedo índice dibujó un 2 irregular».

—¿No llevabas meses preguntándote quién podría estar detrás de la mentira? ¿Quién sería el narrador falso? No sé si es la única que lo hace, pero Arlet evidentemente miente.

—¿Cómo sacas esa conclusión?

—Imagino que de una forma muy parecida a como lo hace tu gremio. Encontrando una contradicción.

—Que sería…

—Que tanto en el libro como en la película (porque también me he tomado la molestia de verla), el personaje de Arlet dibuja un 2. Eso no fue así. Lo he corroborado con mis apuntes. En las sesiones que tuvimos, ella se desplazaba por la consulta y caminaba de forma demasiado, no sé cómo decirlo, sobreactuada. Siempre me pareció un caso… tan de libro que no me sonaba del todo bien. Pero un diagnóstico no se puede basar en sensaciones. Los loqueros pasaríamos por locos. Ahora lo he visto claro. Ella no escribió nunca un número. Lo que esbozaba en el cristal era «A3S». Nunca fue otra cosa. «A3S», una y otra vez. ¿Te dice algo?

—¿Me permites? —Velasco le cogió la copa balón donde se deshacían dos cubitos con sabor a té rojo. Estaba empañada. Escribió los tres signos que según Alejandro dibujaba una y otra vez Arlet.

—¿Qué ves desde ahí?

—5EA —deletreó Alejandro.

—Lo mismo que vería alguien desde la calle.

Velasco sabía que era también el identificador de la tercera persona al frente de la red criminal, de la que no podían cotejar huellas; la que merodeaba por la casa de Burgos y le enviaba cartas a Salaberri. ¿Podía tratarse de la actriz Arlet Zamora?

Tan obcecada se quedó con esa idea que no tuvo oídos para atender a lo que estaban contando en la tele en el programa matinal de sucesos en una de las cadenas de Universo Media.

9

*P*resentadora.– Esta vez no ha sido el doctor o el enfermero. Fue la vecina. La simpática vecina que todos tenemos como referente de amabilidad en nuestro barrio. Una mujer de ochenta años, viuda, muy popular en una urbanización de la localidad madrileña de Las Rozas. Hasta allí nos vamos. Cuéntanos, Alberto.

Reportero.– Sí, Ana. Y ha sido esa condición de su estado civil —la viudedad— la que acabó por levantar las sospechas entre los servicios municipales de Asistencia Social. En el último año y medio habían fallecido varios amigos y vecinos de Marisa Cortázar. Todos mayores y de la misma manera: tranquila y plácidamente. Hasta la fecha no llamó la atención de nadie. Les había llegado la hora, simple y llanamente; ley de vida. Sin embargo, el pasado sábado la ya conocida como Vecina Muerte llamó alarmada al SAMUR. Al volver de la compra, se encontró a su marido en la cama, ahogado en su propio vómito. El intento de reanimación fue inútil. La infusión que su mujer le sirvió la noche anterior no le hizo el efecto sedante de las anteriores. Algo reaccionó de forma diferente en su organismo. A Miguel se le practicó una autopsia y esta arrojó el dato que hace sospechar que su mujer hubiera estado cometiendo una cadena de homicidios. Todo hace pensar que de forma involuntaria.

Su mujer asegura que ella se limitaba a ponerle «una pastilla para dormir» recetada por su médico de familia. En parte era cierto. Pero Marisa no seguía estrictamente la prescripción en la dosis de lormetazepam que le administraba. Se trata de un potente somnífero de la familia de los hipnóticos. Comúnmente se comercializa en pastillas de 1 miligramo. Cuando hace cerca de dos años el matrimonio empezó a tener problemas para conciliar el sueño, les recetaron en la Seguridad Social el genérico. Al parecer, durante aquellos días hubo un problema con el suministro de las cajas de pastillas con esa dosis de principio activo. Marisa volvió a la consulta. El doctor le explicó que podría recetarle las de 2 miligramos y que así, cada noche, se tomarían «una pastilla entre los dos». Ahí empieza la fatalidad en las cuentas. Ahora, reconstruyendo los hechos, se ha llegado a la conclusión de que ella entendió que se tomaran dos pastillas cada noche. Dormía como un bendito él, eso sí... A ella pronto no le hicieron falta. El doctor se jubiló. La receta quedó registrada como crónica, y Marisa la iba renovando con la enfermera de turno. Miguel, que siempre tuvo problemas para conciliar el sueño, cada noche entraba en un letargo de más de diez horas. Era un milagro. La tragedia se consumó cuando Marisa —que ya estaba cuadruplicando la dosis prescrita— interpretaba que alguna amiga o vecina estaba excesivamente nerviosa y decidía convertirse en la Doctora Cortázar...

10

—¡*A*bra! ¡Policía!

Arlet oye los gritos a los que han precedido golpes con-tundentes, con los puños, o alguno incluso con las botas de los operativos especiales.

Se acerca al ventanal. Entreabre la primera hoja y saca la cabeza, calculando la altura que la separa de la calle. Estira el cuello como la atleta que se dispone a ejecutar un salto de altura. Este en caída libre. Se despoja del camisón y se queda en *shorts* y una camiseta de manga corta. Va descalza. Los golpes en la puerta son cada vez más insistentes.

—¡Vamos a entrar! ¡Apártese de la puerta! ¡Repito, va-mos a derribarla!

Arlet sale a la cornisa. Es tan estrecha que debe poner los pies ladeados, como un pingüino. Le falla uno.Le resbala pero vuelve a la verticalidad. Las manos le sudan. Deja su huella en los cristales.

Estruendo. La puerta se desploma. Arlet ve cómo levanta polvo y astillas antes de perder el equilibrio y desaparecer.

—¡Cooorten! La damos por buena.

La primera imagen con la que se topa Arlet Zamora cuando se incorpora en el colchón que ha amortiguado una caída de no más de cuarenta centímetros es la de Velasco y Benítez.

—Buenas tardes, pareja. —Los recibe con la mejor de sus sonrisas—. ¿Cómo ustedes por aquí?

—Hay cámaras, Arlet. Vamos a hacerlo como tú quieras. O montamos un guirigay acorde con lo peliculero del entorno, o nos vamos a tu camerino y haces mutis por el foro. Y aquí paz, y en el coche hacia comisaría te regalamos discretamente unas esposas. —Velasco le mostró el camino.

—No deja de ser paradójico —dijo Arlet sin perder la sonrisa.

—¿Qué exactamente?

—Que vaya a detenerme la misma que yo he sido, Velasco versus Velasco. Tiene morbo. —Y con absoluta impunidad y desacato, le cogió la barbilla a la inspectora jefe y le dio un beso en los labios.

Velasco ni se inmutó. Benítez, testigo en primera fila, parecía divertido.

—Vamos, cielo, no te agobies. ¿Vendrás a verme a la cárcel?

—No querré entretenerte, querida —Velasco no se amilanó—, por si tus amigas, las que ajusticiaron de tu parte a Ana Poveda, ven bien que escribas allí tus memorias. Sé que le vas a poner imaginación. Tanta como le echaste al guion que les robaste a Marta y sus colegas. Y eso que era tu amiga del alma. ¿También le echarás el arte que le entregas a cada uno de tus personajes? Con la recreación que hiciste de ti misma nos tenías engañados a todos.

—¿Y mi hijo? —De repente Arlet pareció tomar conciencia de lo que significaría su arresto.

—Esperaba que nos lo dijeras tú —intervino Benítez—. Creíamos que Almudena y Salaberri habían escapado con él. Hace dos horas los han detenido en la frontera entre Austria y Suiza. Iban ellos solos.

Demudada, la actriz se llevó las manos a la boca acallando un grito ahogado de terror. Las lágrimas resbalaron sobre el maquillaje para dejar al descubierto tres pecas que formaban un perfecto triángulo equilátero en el vértice de su nariz, aniñando aún más su rostro. Los ojos humedecidos expulsaron de manera natural las lentillas, aquellos cuerpos extraños de hidrogel en tono verdoso que igualaban el color de su mirada, exacta a la de su padre ausente. Gris en el iris del ojo derecho, pardusco el del izquierdo.

11

—Arlet Zamora reclama su derecho a tener a su hijo en prisión, junto a ella —empezó a explicar Velasco a su equipo.

—Pero tenemos un problema. El chaval no aparece —intervino Benítez.

—En realidad, ella dice que es su hijo, pero no lo es —matizó la inspectora jefe—. Ha quedado acreditado a qué corresponden las enumeraciones de iniciales y cifras. Tanto los encontrados en Cardeñajimeno como en Anciles. Son exactas a las de las famosas listas que encontramos en los ordenadores de la red de Héctor Aguirre y sobre las que no se decía nada ni en el libro ni en la película. Son el censo de los niños que estaban en formación y bajo el auspicio de los clanes o sectas en cada promoción. Año por año.

El proyector mostró un recorte escrito a mano donde en cada fila figuraban números que iban del 1 al 5. Le seguía una letra, una fecha, y en algunos casos otras tres cifras entre el 135 y el 155. Benítez prefirió que lo explicara De la Calle y se acercó a su asiento.

—Vamos, chaval, al encerado. Lúcete, que el tema de examen de hoy es sencillito.

—¡Desde luego! Ojalá toda la criptografía fuera siempre tan pueril. Por eso mismo podemos deducir que lo escribían así, no tanto para ocultar algo, porque es muy evidente, sino como una forma de llevar un registro de los críos que tenían bajo su tutela en cada internamiento. Utilizan la sucesión de números

314

para sustituir a las vocales, por orden inverso del 1 al 5, como ya hicieron con otros códigos en documentos del caso del Asesino de las series. También hacen referencia a la consonante con la que empieza el nombre o la primera que aparece en él —señaló un ejemplo en la imagen proyectada—, y después figura el año de nacimiento sin el guarismo del milenio, que es común a todos. Por ejemplo: D535012 es Damián. Más dudas nos crearon las valoraciones entre 135 y 155, al final. Al ver que no las tenían todos, concluimos que solo aparecen cuando el «soldado» (así se refieren a los chavales) tiene, al menos, seis años.

—¿Y a qué criterio responden esas valoraciones? —Leo era el más inquieto e intrigado por la exposición.

—Es el CI, el cociente intelectual. Figurar entre esos rangos significa una inteligencia superior a la media.

—¿Superdotados? —preguntó de nuevo el murciano.

—Sí, exactamente. A partir de 130 se puede hablar de una dotación extraordinaria de la inteligencia.

—¿Qué tiene que ver todo esto con el hijo desaparecido de Arlet?, imagino que os estaréis preguntando. —Velasco acertó, a tenor de los gestos de asentimiento—. Pues bien. Por una parte, como acaba de explicar De la Calle, solo realizan la evaluación del cociente intelectual a los mayores de cierta edad.

—Porque hasta los seis años existen pruebas orientativas pero no aportan un dato exacto —intervino el forense.

—Eso es, Andreu. Y sabemos que el hijo de Arlet tiene, ahora mismo, en torno a catorce o dieciséis meses porque fue concebido y nació mientras ella estuvo secuestrada por la organización. Por lo tanto, tendríamos tres candidatos. Solo tres soldados, varones, nacieron según estas anotaciones en esas fechas. Los tres están recogidos por los Servicios Sociales. Se les ha hecho un análisis genético. Cualquiera de ellos podría ser hijo de Salaberri.

—Como todos, de hecho —recordó Benítez—. Sin embargo, ninguno de esos tres tiene una mínima coincidencia con el ADN de Arlet como para que ella lo hubiera parido.

315

—Arlet insistía en que su hijo era Hermes, H44017 en los papeles incautados —explicó Velasco—. Pero no existe ni una opción remota de que él sea su hijo natural. Al no quedar constancia oficial documentada y no coincidir la prueba genética, el juez no puede autorizar el traslado del niño a Brieva, donde está provisionalmente la detenida.

—¿Pudo haber simulado su embarazo y mentirnos? —planteó Nando.

—Deberíamos descartarlo. El informe de aquellas fechas es muy claro. Ella no habló de su hijo hasta que no se recuperó del *shock* del secuestro, cuando se le incitó a que lo hiciera en el tratamiento psiquiátrico, después de que una exploración arrojara evidencias de que había pasado muy recientemente por una fase de gestación y un parto.

Velasco quería creer que la demostrada capacidad interpretativa de la andaluza, de su *alter ego* en la ficción, no pudo llegar a límites como para engañar a la Medicina Interna. O que la mano de la organización no hubiera sido tan alargada como para manipular los diagnósticos. Eso habría implicado a mucha gente. Y Arlet se restableció en CronoSalud. Le confiaron aquella tarea a Alejandro Escuder, con quien Isabel se acababa de reconciliar, de quien no quería volver a sospechar.

Budapest

A Amina le deslumbra el reflejo. La roseta acristalada de la estación de Keleti filtra los primeros rayos de sol que esa mañana ha querido sacar su lengua con más fuerza. Ella baja la cabeza, sigue caminando en actitud sumisa, con el cabello empapado de sudor bajo el hiyab. No tiene intención de cruzar la mirada con nadie. Busca por el suelo, entre las papeleras, cerca de los *containers* a las puertas de los bares y cafés de la avenida Rákóczi que a esa hora todavía no han sido recogidos por el servicio de limpieza ni asaltados por otros que, como ella, buscan algo que les sirva como desayuno.

Cuando oye pasos a su lado, Amina distingue si son del trote ligero de aquellos que arrancan la jornada pisando con prisa hacia sus quehaceres o si se trata de los turistas que remolonean haciendo tiempo para ir o venir en alguno de los trenes que para Amina siempre fueron los de la esperanza. Los viajeros suelen mostrarse más generosos, con limosnas de unos céntimos. En ocasiones, son bocadillos o latas con las que solventan las hambres de Hayffa y el chiquillo.

Así será hasta que lleguen para rescatarlos, como les juraron por lo más sagrado, cuando sean ellos los que puedan subirse a uno de los trenes que tienen Alemania como destino del sueño europeo. O tal vez con pasaje hacia el país que les prometieron aquellos españoles tan amables y caritativos, Juan y Ana.

Amina y los suyos, mientras, amanecen un día más apoyando sus enseres, mantas y hatillos sobre una columna del puente que da acceso al portalón de la Keleti. Pronto partirán desde allí a una nueva vida.

No pueden demorarse muchos días más. Juan y Ana les han dejado la custodia de su hijo. Una criatura angelical que, con más de un año, tiene dificultades para moverse, al que se le cae la baba y ladea la cabeza columpiándose hacia delante y hacia atrás en la silla donde está postrado. Amina contempla cómo con el pulgar de su mano izquierda, la que se le ha quedado como una C invertida, el niño se rasca las tres pecas de la nariz mientras la mira suplicante con sus ojos de distinto color, uno gris otro pardo, que parecen preguntar: «¿Qué será de mí?, ¿qué va a ser de todos nosotros?».

Julio 2017-noviembre 2018
Almuñécar-Madrid-Florencia-Burgos-Barcelona

ESTE LIBRO UTILIZA EL TIPO ALDUS, QUE TOMA SU NOMBRE
DEL VANGUARDISTA IMPRESOR DEL RENACIMIENTO
ITALIANO, ALDUS MANUTIUS. HERMANN ZAPF
DISEÑÓ EL TIPO ALDUS PARA LA IMPRENTA
STEMPEL EN 1954, COMO UNA RÉPLICA
MÁS LIGERA Y ELEGANTE DEL
POPULAR TIPO
PALATINO.

SALVARÁS A MIS HIJOS
SE ACABÓ DE IMPRIMIR
UN DÍA DE VERANO DE 2021,
EN LOS TALLERES GRÁFICOS DE EGEDSA
ROÍS DE CORELLA 12-16, NAVE 1
SABADELL (BARCELONA)